JEANNE GAMONET

Périphérique Blues

GALLIMARD

Prologue

L'an 2000 imminait, mais à part le compte à re-
bours de la tour Eiffel, aucun signe sur terre ni dans
le ciel ne semblait annoncer ce passage.

François Morvan aimait bien le mot passage. Un
passage c'était beaucoup plus évocateur qu'une rue,
ça impliquait des pavés, une végétation obstinée et
semi-sauvage, des petites maisons de guingois, des
enfants heureux, des animaux, des guérisseurs, des
brocanteurs.

Un rite de passage, il avait appris ça il y avait
longtemps au cours d'éphémères études d'ethnolo-
gie, c'était un cérémonial qui marquait l'accession à
un nouvel état : initié, marié, prêtre, mort... Rien de
neuf ne pouvait jaillir sans qu'un rite vigoureux n'ait
balayé l'état précédent. Mais le seul rite de passage
qu'on allait servir à ses contemporains serait sans nul
doute un défilé design pondu par des génies de la
pub, une resucée de celui du Bicentenaire. En fait, il
ne se passerait rien, même pas un petit tremblement
de terre.

Alors, si le futur ne devait être que la continuation, linéaire ou tordue, du passé, François Morvan décida d'innover. Il allait fêter la grand-peur de l'an 2000 à sa manière : en se faisant plaisir.

Le 24 juillet, le dossier de Slobodan Jovici et de Bozidar Jovanovic fut transmis au Parquet.

Les deux Serbes, résidant illégalement en France, étaient accusés en vrac des meurtres de Patricia Loucheur, Charly Mirapolis, Kevin Rignaule, Hubert Châtelard, Panchua Hirigoyen et Alain le Goff.

Le rapport de Jean-Loup Darsonville, jeune espoir élégant, performant et brillantissime de la DST (il avait fait l'ENA), était accablant.

Celui de François Morvan, commissaire de quartier, accablé, pour ne pas dire azimuté par le chaos phénoménal de cette fin de siècle, émettait de sérieuses réserves sur leur culpabilité, surtout en ce qui concernait la mort de Patricia Loucheur : son proxénète avait beau se livrer depuis deux mois à une sorte de mambo-hésitation : un coup j'avoue un coup je me rétracte, c'était bien lui qui l'avait « exécutée ».

Mais comme François était cabochard, poète, comme il avait toujours refusé les téléphones portables, et surtout qu'il était près de la retraite, le Procureur ne lui accorda qu'une attention accessoire.

PREMIÈRE PARTIE

LE PURGATOIRE

1

Un homme banal soupirait dans son bureau banal en regardant sa montre. Puis il appuya sur le bouton d'un interphone.

« Dites à Élisabeth Pignerol de passer dans mon bureau. »

Pour échapper quelque peu à la lumière froide dispensée par les tubes fluorescents qui sévissaient dans l'entreprise de restauration rapide dont il était le manager, lumière appelée à tort « le néon », il avait apporté de son appartement une lampe au pied en bois tourné qu'il se mit à caresser. Le poli satiné du bois et sa forme courbe l'apaisèrent vaguement.

Il était logique qu'il ait installé une lampe à incandescence dans son bureau : la lumière du « néon » est nocive pour les yeux, et peut-être pour d'autres organes. Mais elle coûte moins cher que la lumière des lampes à incandescence, sans danger et plus chaude. Alors les gestionnaires commerciaux performants sachant performer et rentabiliser l'utilisent (pas chez eux, évidemment), réinjectant un peu de gaîté commerciale dans la décoration de l'entreprise par le biais de peintures murales rose vif, orange vitaminé et jaune tournesol.

L'ordre de l'homme banal fut transmis à la jeune fille qui se tenait debout devant la machine à déconditionner les poulets surgelés qu'elle manipulait avec beaucoup d'habileté et de précision. Elle se dirigea vers la porte en s'essuyant les mains sur son tablier, enleva celui-ci et le suspendit au portemanteau, puis elle ôta ses gants de chirurgien et les mit dans la poche du tablier.

Elle traversa l'immense espace de consommation, baigné de la lumière du « néon ». Par les grandes baies on distinguait le paysage avenant de la zone industrielle. Des humains mâchaient, se parlant peu. De toute façon, s'ils s'étaient parlé, ils n'auraient pas pu se comprendre, la musique techno vomie par les haut-parleurs aurait couvert leurs propos. Mais combien d'entre eux avaient des choses contondantes à se dire ?

La jeune fille ramassa un petit palmier fait de lanières de matière plastique dorée montées sur un cure-dent qui avait chu sur le lino, le rendit à un enfant qui apprécia, et entra dans le bureau de son patron.

2

La jeune fille se tenait devant lui.

Elle était extraordinairement belle, grande, blonde aux yeux sombres, pâle, sans aucun apprêt. Pas de maquillage, les cheveux prisonniers de la charlotte à douche règlementaire — mais il les avait vus au moment de l'entretien d'embauche, des cheveux longs et brillants, quoique mal coupés et pendant n'importe comment.

La mode ne semblait pas la concerner : le T-shirt et le jean qu'on apercevait sous sa blouse étaient usagés, sans style, sans logo, des vêtements « génériques » bas de gamme. Elle portait aux pieds des tennis fatigués grisâtres, et à l'annulaire gauche une bague de fiançailles modeste, ornée d'un petit diamant rachitique.

Elle lui rappelait un tableau qu'il avait vu quelque part dans un magazine, à la rigueur dans un livre... C'était la « Naissance de Vénus », de Botticelli. Il n'aurait pas pu appeler le tableau par son nom, évidemment, mais Vénus le hantait : chaque fois qu'il se trouvait en présence d'une coquille Saint-Jacques, même surgelée, il se rappelait la déesse surgissant nue de la mer Méditerranée.

On aurait dit que la jeune fille lui avait servi de modèle. Ou plutôt, qu'elle était descendue de ce tableau. L'ovale du visage, les grands yeux, la douceur des courbes... l'expression lointaine, un peu élégiaque. Aussi belle, juste un peu moins sexy que la somptueuse Uma Thurman dans *Le Baron de Munchausen*. Aussi fragile que Kate Moss dans les pubs pour Calvin Klein. Il s'en fallut de peu qu'il n'entendît le bruit de la mer léchant la grande conque.

Hélas, la jeune fille qui travaillait au déconditionnement des bas morceaux de poulets de batterie destinés aux succulents beignets de la chaîne, des chefs-d'œuvre aux sulfites, carraghénanes, gommes et tartrazine tellement appréciés des jeunes consommateurs, n'avait ni la tendresse bienveillante ni l'humour léger que l'on prête habituellement à Vénus.

Elle le regardait sans sourire, sans empressement, avec une subtile agressivité, qui n'était pas faite de grosses injures ou de gestes provocateurs, mais d'une immobilité d'animal à l'arrêt.

Elle le questionna d'une voix blanche, un peu sourde :

« Vous m'avez demandée ? »

L'homme banal se sentait toujours mal à l'aise devant cette fille. Pourquoi ? Elle travaillait très vite, très bien, elle ne bavardait jamais ni ne se disputait avec ses collègues. D'ailleurs elle ne ressemblait pas aux autres jeunes qu'il embauchait pour bénéficier des primes à l'emploi des jeunes : elle n'exprimait aucune révolte, ne partageait ni leurs revendications ni leurs fous rires, ni leurs goûts. Elle restait dans son coin.

Il choisit un ton de voix dramatique, celui qu'on lui avait recommandé au cours des séminaires d'encadrement des personnels de la chaîne « California Mac Quick » pour motiver lesdits personnels en cas de péril commercial.

— Madame Gomes est malade, et j'ai encore vingt-sept cartons de poulets à déballer

— Je peux le faire, dit la jeune fille.

— Ce soir ? » demanda l'homme banal, surpris, presque frustré de n'avoir pu lui expliquer dans quelle situation shakespearienne le plongeait madame Gomes.

Bien sûr, cette créature, ou plutôt ce membre du personnel stagnant au bas du bas de l'échelle n'avait jamais participé à un des perform centers où on apprenait qu'il était carrément obsolète de se faire attaquer par un virus grippal en plein mois de juin, surtout le jour précis d'un déballage des cartons de poulet.

« Oui », dit la jeune fille, conservant son expression froide et indifférente.

« Ça va vous faire rentrer tard », dit l'homme.

« Oui », dit la jeune fille.

« Vous n'aurez pas peur de rentrer toute seule ? Le 666 ne passe plus après vingt et une heures, depuis qu'il y a eu les agressions. »

Il avait une idée derrière la tête, et essayait de la dissimuler sous un air impersonnel. La raccompagner après un travail supplémentaire pour lui éviter une agression était un acte bienveillant, attentionné, protecteur. Et de la protection au rapport personnel il n'y aurait qu'un pas. Mais elle répondit, carrément glaciale :

— Non.

Il y eut un petit silence. L'homme n'était vraiment pas à son aise. La jeune fille le regardait comme si elle voyait le mur au travers.

— Eh bien reprenez votre service. Merci, Élisabeth. Vous toucherez des heures supplémentaires.

— À 125 pour cent ?

« Oui, évidemment », dit-il, étonné. On ne pouvait déceler l'ombre d'un brin d'avidité dans sa question, qui n'était qu'une demande d'information, comme si elle s'était exprimée sur les ondes de Radio-France, mais il aurait préféré qu'elle ne connût pas les tarifs, pour se réserver le plaisir de les lui apprendre.

« Très bien. »

Elle tourna les talons et sortit. Il se dit qu'il n'aurait jamais dû enfreindre pour elle les directives de la maison-mère en embauchant une fille qui avait eu le bac avec mention. Il regarda avec appréhension sa médaille de la culture d'entreprise encadrée entre les deux fenêtres. Était-il toujours digne de cette distinction tant appréciée ?

3

Une voiture venait de prendre feu rue Bidet, dans une zone à demi détruite, là où des bâtiments quelconques jouxtaient des terrains vagues, les permis de construire ayant été « gelés » depuis plusieurs mois par une commission d'enquête lymphatique, malgré la vigueur des lobbies de réhabilitation du quartier.

À l'intérieur, on aurait pu distinguer vaguement deux silhouettes luttant silencieusement. Une des silhouettes assomma l'autre d'un vigoureux coup de poing bien fermé sur le pariétal gauche, puis ouvrit la portière et décampa sans avoir été atteinte par les flammes.

Élisabeth arrivait, un sac de sport à l'épaule. Elle cligna des yeux, vit un homme courant au loin, mais ce n'était qu'une silhouette indistincte. Il semblait y avoir un être humain dans la voiture. Elle fit quelques pas dans sa direction en se demandant comment elle pourrait le secourir, mais c'était risqué, et de toute façon l'immobilité de ce quelqu'un laissait à penser qu'il n'y avait plus rien à faire.

Elle recula, s'assit sur le bord d'un container et se

mit à regarder la voiture brûler, restant à une distance prudente du théâtre des opérations, attentive et ravie comme un spectateur qui va applaudir. C'était beau. Elle aimait bien la couleur et le crépitement des flammes. Et puis c'était pour elle seule.

Le réservoir explosa. Elle frémit. Le toit de la voiture fut projeté contre un mur avec une telle force que deux pierres se détachèrent. La lumière de l'explosion avait révélé un instant des traces de papier peint, de cheminées, d'une vie ancienne qui s'était déroulée dans l'immeuble écroulé. Il valait mieux que tout brûle, c'était moins triste que ces cicatrices d'existence.

Elle n'avait pas eu peur. Elle aurait aimé que le feu se répande dans toute la ville et qu'il soit accompagné d'une grande fanfare de cuivres. Elle décida de relire l'Apocalypse le soir même dans son lit. La prophétie du cinquième ange, une de ses préférées.

« Alors le cinquième ange ouvrit le puits de l'abîme, et il monta du puits la fumée d'une grande fournaise... »

C'était peut-être le cinquième ange en personne qui s'était enfui en direction de l'arrêt du 666. Il allait peut-être s'envoler ?

Il n'y avait ni passants, ni police ni pompiers. Juste une carcasse qui se consumait dans un no man's land et une jeune fille au visage fermé qui restait immobile.

Puis on entendit un pin-pon qui se rapprochait. Élisabeth se leva, s'éloigna sans attendre l'arrivée des combattants du feu et disparut dans la nuit d'été.

4

Sabligny-sur-Seigle, 74 000 habitants environ au dernier recensement, est une petite ville ordinaire située entre le cours de la Seine et celui de la Marne. Malgré cette localisation, il serait inexact de lui attribuer le nom de « ville de banlieue », ou même de « grande banlieue », car il ne s'agit pas d'une banlieue dans l'acception médiatique du terme. De mémoire de citoyen, jamais Sabligny n'a eu les honneurs d'un reportage télévisé ou à la rigueur écrit, et si ses jeunes rencontrent les mêmes difficultés que les « jeunes de banlieue » ce ne sont pas des « jeunes-de-banlieue » au sens sociologique du terme.

Sabligny n'a rien de romantique : à part un centre-ville piétonnier bien léché gravitant autour de l'église et de l'hôtel de ville, présentant quelques maisons anciennes et quelques commerces de luxe, c'est un cafouillage médiocre, un mélange incohérent d'architecture pavillonnaire traditionnelle (le triomphe de la meulière) et d'immeubles en brique du Front Populaire, saupoudré çà et là de quelques tours. Pas de violence paroxystique, pas de conflits ethniques, juste une criminalité modeste, un commerce de stupéfiants artisanal, un chômage en harmonie touchante avec la moyenne nationale, des problèmes municipaux sans grande envergure.

Seuls les jardinets des pavillons gris casquettés de marquises rappellent que sur terre existent aussi des végétaux. Un canal contourne la ville : il est assez joli, pas trop mal entretenu, des péniches et des petits bateaux y naviguent tranquillement, sans émettre de gros décibels, de gaz polluants, ni créer d'embouteillages.

Des pépés s'obstinent à y pêcher des trucs grouillants pas très appétissants qu'ils rejettent en général dans l'eau. Quelquefois ils attrapent un vrai poisson.

C'était un mardi, jour de congé d'Élisabeth. Elle arpentait une rue commerçante de Sabligny, son sac de sport à l'épaule, vêtue d'une petite robe imprimée légère et chiffonnée : des hommes, jeunes et vieux, regardaient son corps ; certains la suivaient pendant quelques mètres avant d'être découragés par son visage fermé.

Elle ne prenait pas garde à l'émotion qu'elle suscitait.

La rue était animée, clinquante, avec beaucoup d'énormes panneaux publicitaires aux couleurs vives, voire fluo, promettant des rabais sensationnels, des liquidations urgentes de stocks, des promotions renversantes, le tout agrémenté de grosses fautes d'orthographe rigolotes.

Élisabeth arriva devant une grande station-service rutilante, avec ateliers, boutique, et coin-cafeteria,

le : « GARAGE DE LA RÉPUBLIQUE, ROBERT CHÂTE-
LARD ET FILS ».

Un jeune pompiste en cotte bleue, Jean-Pierre Châtelard, fils cadet du patron, servait de l'essence. Élisabeth s'approcha. Le jeune homme, un rouquin bouclé au visage ouvert, de l'espèce des doux flemmards sympathiques, toujours en train de rire ou de plaisanter, arrêta de s'occuper de son client pour la saluer, la regardant d'un air adorateur.

« Salut, dit Élisabeth. Hubert est là ? »

« Il t'attend dans sa chambre », dit Jean-Pierre avec envie, mais sans révolte.

Élisabeth se dirigea vers l'intérieur du bâtiment, et croisa un maçon au jean plein de taches de plâtre, qui travaillait dans un bâtiment annexe.

C'était Alija, (prononcer « Alia »), un Bosniaque de la trentaine (que les gens du quartier, pour ne pas se fatiguer à faire de la géopolitique, appelaient « le Yougo »), un grand brun aux cheveux longs. Il était athlétique, avec des épaules larges et des hanches étroites, mais son visage était fin, avec des pommettes marquées. Il avait une peau mate, des yeux brillants très noirs, et une présence charnelle tellement forte que la jeune fille se mit à respirer plus vite. Il posa ses outils pour aller la saluer lui aussi. Il marchait comme un danseur de flamenco.

« Bonjour, ça va ? » dit-il en roulant les R.

« Ça va, bonjour », dit-elle en baissant les yeux.

Il sourit sans rien dire. Il était très près, elle sentait son odeur, d'abord de la sueur mêlée aux relents fadasses du plâtre, et au-delà de ce mélange, l'odeur de ses cheveux noirs et de sa peau. Son expression indifférente disparut, et elle amorça un sourire étonné, car elle ne se serait jamais attendue à éprouver un remous intérieur d'une telle amplitude. Elle l'avait déjà vu, mais de loin. Il était beau, d'accord, mais cette beauté était jusque-là restée un élément du paysage, comme celle du buisson de camélias à gauche du perron du bâtiment d'habitation. Elle ne l'avait pas encore respiré.

Jean-Pierre avait très bien capté leur échange de sourires. Malheureux, il tournicotait autour d'eux sans s'occuper de son client. Celui-ci, un monsieur genre cadre commercial performant pas aimable, se mit à sautiller sur place en tapotant ostensiblement sa montre avec l'ongle de son index droit.

« Alija, il est toujours content ! Il a une pêche d'enfer, lui ! », dit Jean-Pierre.

« Je vois pas pourquoi je ferais la gueule ! », dit Alija en fixant Élisabeth.

« Faut dire qu'on est peinards, ici ! La Yougoslavie, c'est pas le pied, hein ? » dit Jean-Pierre, gentil mais maladroit.

Alija s'assombrit et fit une grimace. Élisabeth capta son changement d'expression, et lui fit un sourire compréhensif.

« Ça finira bien par s'arranger un jour ou l'autre » dit-il.

Le client, furieux de voir les deux hommes tourner autour de la jeune fille alors qu'il restait en plan, approcha, l'air belliqueux, fustigeant ces saboteurs indolents qui coulaient l'économie de marché parce qu'ils étaient indûment protégés par des syndicats obsolètes et gnagnagna la mondialisation et gnagnagna l'Europe, le krach de la bourse coréenne et la flexibilité chez les ratons-laveurs.

Il se mit à menacer d'appeler le patron, de retirer sa clientèle à une station-service où on se payait sa tête. Très cool, Jean-Pierre finit par retourner vers lui en marchant lentement, et se mit à essuyer le pare-brise avec nonchalance à l'aide d'une serpillière agonisante en répétant « On se calme ! On se calme ! ».

Alija repartit vers la partie du bâtiment en travaux et remonta sur son échafaudage avec une agilité de trapéziste tout en continuant à regarder Élisabeth à la dérobée. Mais celle-ci s'était rapprochée en glissant du client, et, le fixant avec une froideur minérale, lui susurra à mi-voix :

« Crève ! »

Le client crut qu'il avait entendu des voix. Il secoua la tête comme pour se débarrasser de soudains acouphènes. Mais non, elle avait bien dit « Crève ! ». Il regarda Élisabeth avec une sorte de stupeur scandalisée et recula d'un pas.

Avant qu'il ne soit remis de son émotion, Élisabeth était rentrée dans la boutique de la station-service. Passant devant la caisse, elle remarqua un marteau oublié sur le comptoir et le caressa de l'index, feulant comme un chat. Feulement libératoire, feulement de regret. Beau marteau, joli marteau, joli bruit que ça ferait sur le crâne d'un con de plus qui gâchait un matin d'été et l'odeur d'un homme.

Alija demanda à Jean-Pierre comment s'appelait la jeune fille. Jean-Pierre rigola.

« Comment, son nom ? Qu'est-ce que tu me fais comme plan ? Tu es là depuis trois semaines et elle passe presque tous les jours ! Tu ne vas pas me dire que c'est la première fois que tu la vois ! »

« Oui, je la vois, mais je ne sais pas son nom » insista le maçon.

« C'est Élisabeth, la fiancée d'Hubert. »

« Sa fiancée ? »

« Officielle, avec bague et tout. »

Alija fit une grimace incrédule. Ses yeux très noirs restèrent fixés dans la direction de la boutique de la station-service. Il répéta : « Élisabeth... Élisabeth... » plusieurs fois pour lui, entre ses dents, comme une incantation.

Dans l'atelier, deux hommes entre cinquante et cinquante-cinq ans étaient penchés sur une voiture capot ouvert : Robert Châtelard, le patron, et Gérard Pignerol, son employé. À l'instar de certains enfants qui sont distingués en Orient au moyen de signes physiques traditionnels et promis de ce fait à un avenir religieux de premier plan, Châtelard portait sur lui les marques du chef : c'était un homme massif, sans cou, le cheveu ras, l'autorité suintant par chaque pore de sa peau. Pour en souligner l'évidence, il portait un débardeur permettant d'admirer une musculature qui commençait à s'enliser sous le lard. Pignerol, lui, était plutôt chétif. Il nageait dans sa cotte de mécanicien. Mais Châtelard eût-il été maigrichon et Pignerol musclé, on ne s'y serait quand même pas trompé : les yeux bleus et vifs du premier trahissaient une détermination inébranlable, les yeux noisette du second une soumission de cocker.

Il faisait très chaud, les deux hommes étaient en nage et l'antique ventilateur à pales ronronnant balançait à chaque révolution des effluves de carburant, d'huile et de substances synthétiques dans l'atelier. Malheureusement, comme ça ne se passait pas à Macao, aucun exotisme, aucun romantisme véhiculé par des Orientaux mystérieux tapant le carton ne venait agrémenter le décor.

Châtelard râlait. Il voulait que son employé démonte la boîte de vitesses et la remplace immédiatement. Pignerol trouvait que ce n'était pas nécessaire : il projetait de changer la synchro de la seconde, ce qui aurait pris deux ou trois heures, mais c'était Châtelard le patron, et d'habitude, Pignerol s'écrasait. La controverse inattendue avait agacé et altéré Châtelard. Il était en train d'envoyer Pignerol chercher deux bières en s'essuyant le front du revers de la main, lorsque le téléphone sonna. C'était le propriétaire de la bagnole. Châtelard l'envoya balader sans prendre de risques : il possédait le meilleur atelier du quartier, ses clients n'auraient jamais l'idée de changer de crèmerie.

Pignerol trotta jusqu'à la partie boutique du garage, revint avec deux boîtes de bière, et attendit respectueusement que Châtelard ait ouvert la sienne pour boire. Toutefois, le moteur qu'ils avaient expertisé ensemble le tracassait. Il jeta un nouveau coup d'œil dans les entrailles de la voiture et dit timidement :

« Mais si le client s'en aperçoit ? »

« Il verra rien, ce con, répliqua Châtelard, inébranlable. Et puis de toute façon, même si la boîte neuve coûte cher, je lui facturerai moins de main-d'œuvre. »

La discussion s'emballa.

— Pourquoi on va jeter une boîte qu'on pourrait très bien réparer ? C'est du gaspillage.

— C'est toi qui gaspilles ta salive avec tes manies de vieux ! Qu'est-ce que c'est que ce plan de tout vouloir réparer ? On ne répare plus, maintenant, on change. Mets-toi ça dans le citron !

— Et si il nous cherche des crosses ? Ça pourrait nous retomber sur le nez.

— Arrête, tu me gaves. T'as toujours eu les foies.

— J'ai pas les foies, mais j'aime pas faire des embrouilles comme ça.

Pignerol avait essayé de sauvegarder sa dignité en ne capitulant pas tout de suite, mais il s'était attaqué à forte partie.

— Et quand on « nettoyait » les postes rebelles au Tchad tous les deux, t'aimais pas, mais tu y allais quand même !

Pignerol détourna la tête.

— Arrête, Robert ! C'est loin. Remets pas ça sur le tapis. On ne pourrait pas oublier une bonne fois pour toutes, non ?

— C'est sur le tapis parce que c'est toujours d'actualité... C'est moi qui donne un ordre, comme ça tu n'y es pour rien ! Il s'esclaffa. T'en fais pas pour le client. Je te couvre, comme au bon vieux temps... Tu peux continuer à dormir tranquille...

Tranquille ? Pignerol s'était mis à trembler. Il n'avait jamais eu la force de dire non jadis, de refuser de participer à ces opérations cruelles et inutiles, mais il n'avait jamais participé à des actions déshonorantes de gaîté de cœur. Et puis cet enrôlement aberrant consommé après une nuit de cuite lui avait fait voir du pays. Et puis la louche complicité qui le liait à Châtelard depuis les crimes qu'ils avaient perpétrés ensemble lui avait rapporté un boulot stable. Il n'y avait pas de quoi faire la grimace.

Chaque jour, en observant la régularité avec laquelle l'étau du chômage se resserrait sur tout le continent, avec laquelle les entreprises s'écroulaient comme les immeubles de la rue Bidet lorsque la grande boule était venue foutre en l'air des maisons tout à fait habitables sans que rien n'ait jamais été construit à la place, il se résignait de plus en plus à vivre cette compromission. Je suis un privilégié, se répétait-il, mais l'évocation du passé le rendait physiquement malade, préférant accuser cette douleur insidieuse qui revenait tous les jours lui brûler l'estomac avant chaque repas, cette douleur qu'il refusait de signaler au médecin, puisqu'elle était envoyée par le destin comme une expiation de sa lâcheté.

— Me charrie pas. J'essaie seulement d'être réglo...

— Mais tu l'es, réglo, mon bonhomme ! T'as jamais arrêté d'être réglo ! C'est peinard, hein, de ne pas être sergent, de rester troufion de seconde zone toute sa vie ?

Il rit encore, puis tourna la tête. Il avait perçu une présence. Élisabeth. Elle était entrée sans faire de bruit, du pas glissant qui lui était particulier, et se tenait derrière eux, impassible. Elle lui brûla les yeux comme un arc de soudure. Avait-t-elle entendu la conversation ?

Le visage de son nul de père s'éclaira : il balbutia « Lili ! » avec un air adorateur. Elle les salua tous les deux, les fixant d'un air indifférent.

Châtelard, déstabilisé, essaya d'être drôle.

« Bonjour la plus belle ! Alors, les poulets ? » (Il fit un clin d'œil qui se voulait ludique à Pignerol.)

— Ils se portent bien.

— Ça doit être le pied, d'être au congélo, en ce moment ! Dis donc, tu fais du zèle ! Il paraît que tu fais des heures sup ?

— C'est payé à 125%.

— Je croyais que c'était pour le plaisir que tu déballais des poulets ! Ça doit être fendant ! Et puis c'est toi qui les coupes en morceaux ? Ça doit faire des sensations.

— Ils sont prédécoupés.

— Ah, c'est quelqu'un, ta fille ! Elle a toujours une réponse de prête ! Pan dans les dents ! Allez, dimanche, on boira le champagne !

Il fit un pas vers elle et prit un ton ambigu, comme s'il quêtait l'approbation de la jeune fille.

— Du rosé, comme tu aimes ?...

— Comme vous voulez, monsieur Robert.

Elle était calme et passive. Châtelard était complètement déconcerté : il ne comprendrait jamais rien à cette fille.

« Je veux ! », dit-il. Puis, à Pignerol : « Toi, va donc appeler le concessionnaire. Tu lui demandes quand on peut aller chercher la commande. »

Pignerol fila vers le magasin. Les mystères de la génétique fascinaient Robert. Comment une tache comme Gérard, avec ses épaules tombantes, ses gestes mal aboutis, son air sous-alimenté, avait-il pu engendrer une plante aussi superbe ? Échange de bébés à la maternité comme dans *La vie est plus tranquille sur le fleuve que dans la baie d'Ha Long* ? Adultère ? Sa femme, la grande Janine, que lui, Robert, redoutait parce qu'elle était trop ouvertement intelligente, l'avait-elle trompé avec un rugbyman ? C'était une hypothèse réjouissante. La grande Janine se faisant sauter dans un vestiaire de stade... pendant que Pignerol, fourmi grise, s'échinait à remettre en état des pièces qu'on aurait pu changer en trois secondes. Mais Élisabeth était déjà loin, au fond de l'atelier. D'un bond, Châtelard la rejoignit, l'attrapa par le bras, la faisant pivoter. Elle se secoua et protesta, très bas :

— Lâche-moi, Robert. Je vais voir Hubert.

Les doigts de Châtelard s'enfoncèrent dans la chair de son avant-bras. Elle ne dit rien, ne fit pas un geste pour se dégager mais baissa les yeux. Ils respiraient fort tous les deux. Il lui prit une main qu'il posa sur sa propre poitrine et fit circuler dans l'échancrure de son débardeur en fermant les yeux.

Elle grogna et plongea la main plus bas sur la peau humide. Avec l'esquisse d'un petit sourire, elle murmura, triturant les muscles de son futur beau-père :

— C'est encore dur, hein, pour ton âge, tu te défends bien.. Tu fais toujours tes haltères ?...

Rouvrant les yeux, il l'attira vers lui. Elle se secoua.

— Je te dis qu'Hubert m'attend là-haut !

Elle remonta sa main, le frappa au cou. Il la lâcha. Ils se regardèrent, se défiant.

En bonne logique, l'un des deux était le bourreau et l'autre la victime. Mais qui était qui ?

Elle tourna les talons et s'en alla au fond, gravir l'escalier en colimaçon qui menait à l'étage. À chaque marche la corolle de sa jupe découvrait un peu plus de ses jambes, centimètre par centimètre. Châtelard la suivait des yeux, tétanisé.

5

Il faisait déjà un peu moins chaud.

La chambre d'Hubert, au-dessus du grand atelier du garage, était une grande pièce en désordre, moitié chambre, moitié atelier.

Il y avait un lit-divan, des posters représentant des voitures de course, mais la plus grande partie de l'espace était occupée par un établi, des caisses à outils, des bidons, des trucs et des machins. Les livres étaient tous des manuels techniques, des revues professionnelles, voire des ouvrages de maths.

Élisabeth, en petit caraco de tissu synthétique, était assise dans le lit, tranquille, inexpressive, à peine décoiffée, un walkman sur les oreilles. Un peu de musique de discothèque s'échappait des écouteurs. On entendait distinctement le boum boum lancinant des basses.

Hubert, un jeune homme de vingt-cinq ans, se rhabillait en face d'elle. Son slip et son T-shirt blancs étaient trop classiques pour un jeune de son âge. Il pêchait un à un ses vêtements bien pliés au carré sur une chaise.

Il était beaucoup moins séduisant que son frère cadet Jean-Pierre. Son corps n'était pas foncièrement mal bâti, mais trop mince, ses cheveux étaient d'un blond fade, sa peau était trop blanche, la monture de ses lunettes ne lui allait pas, et surtout il arborait un air sévère et doctoral.

Il regardait Élisabeth qui regardait le plafond.

— Faudrait peut-être qu'on aille consulter un sexologue... (Silence.) Eh ! Je te parle !

Elle écarta un des écouteurs du walkman et le regarda d'un air vague.

— Qu'est-ce qu'il y a qui ne va pas ?

— Tu es frigide.

Elle répondit « Ben oui » avec le calme parfait de quelqu'un qui énonce une évidence et remit l'écouteur en place. Hubert, vexé, agacé, monta le ton. Elle monta le son de son walkman. Il alla lui secouer un poignet. Elle consentit à baisser le boum boum.

— Mais tu te rends compte ?

— Hein ? Qu'est-ce que tu dis ?

— Tu te rends compte que c'est pénible pour moi ?

— Mais non, c'est normal. Il ne faut pas en faire un drame. Je l'ai lu dans les journaux.

Sa voix était calme, polie, mais Hubert ne pouvait ignorer qu'elle était complètement ailleurs. Il alla nouer ses lacets pour faire quelque chose, puis arrêta son geste. Il dut hurler pour se faire entendre.

— Comment, normal ? On est un couple heureux, on va se marier. Tu devrais quand même sentir quelque chose.

32

Le calme olympien d'Élisabeth se teinta d'une ironie à peine perceptible.

— Tu devrais lire les statistiques. Entre quinze et vingt ans il n'y a pas 25% des filles qui sentent quelque chose. J'ai dix-huit ans, je suis dans les normes. Ça viendra.

Elle n'avait pas un sourire, pas un regret, n'exprimait pas une émotion. On aurait dit qu'elle parlait du cours de la pomme de terre. Hubert, désespéré, tenta de reprendre la maîtrise de la situation.

— La Liliane de Philippe, elle a ton âge, et il paraît que... (il siffla d'admiration)

Élisabeth reçut le message mais ne se culpabilisa pas une miette.

— Tiens ! Et c'est lui ou elle qui t'a dit ça ?

— C'est lui.

— Je l'aurais juré ! Ou alors...

— Ou alors ?

— Ou alors il faudrait que tu lui demandes des conseils !

Elle était parfaitement sincère. Avant de rencontrer Hubert, elle avait couché avec trois autres garçons, et sans parvenir à aucune extase cosmique elle avait trouvé ça agréable. Le corps d'un garçon sur le sien se métamorphosait en une sorte de couvercle qui la protégeait un moment des pièges de la vie et des grandes catastrophes en gestation : les chambres closes avec des draps saccagés, les banquettes arrière de voitures ou, voire, les cours d'immeubles désaffectés étaient des no man's land, des sursis, des bulles étanches.

Mais ses trois précédents amoureux étaient des chômeurs sans autres qualités que leurs physiques avantageux. Et un soir historique Hubert, un authentique ingénieur, l'avait demandée en mariage... Elle trônerait un jour à la tête du grand garage, sauvant son père de l'ire chronique de son chef et du couperet arbitraire du licenciement... sauvant toute la famille de la fracture sociale. Elle était devenue leur ange tutélaire et cela lui plaisait bien. Chaque fois qu'elle décelait chez autrui — et autrui faisait toujours la même gueule en apprenant ces fiançailles inattendues — l'admiration mêlée de compassion qu'on éprouve à la vue de la victime propitiatoire d'un sacrifice antique, elle se sentait grande et magnanime.

Elle avait adoré, lorsqu'elle était encore écolière, feuilleter de vieux livres de classe de sa grand-mère dans lesquels figuraient des gravures édifiantes en noir et blanc du genre de « Charles le Téméraire dévoré par les loups » (il avait l'air de faire très froid et Louis XI, ce mochard malingre, se serrait dans son blouson ridicule en regardant le cadavre de Charles, tout nu, menaçant bien que mort et tout nu, que les loups n'avaient pas encore commencé à déguster, attendant patiemment le départ du roi et de ses copains), ou de « L'excommunication de Robert le Pieux » (pas mal, celle-là, avec les cierges noirs brisés et Mme Robert le Pieux se traînant aux pieds de l'excommunié — au fait, pourquoi l'avait-on excommunié, si il était si pieux que ça ?) ; mais sa gravure favorite restait « Sainte Blandine dans l'arène » avec des lions tournant autour de la sainte qui regardait en l'air (une sainte regarde rarement vers le bas) en se léchant les babouines et ce gros nazi d'empereur romain qui se penchait vers eux pour les exciter à se mettre au boulot. Ah, sainte Blandine, quel destin enviable.

Quoique... il se fût agi d'une vie un peu trop courte... et que se faire manger soit somme toute une perspective assez douloureuse. Non, elle, Élisabeth, avait choisi le martyre indolore : elle se sacrifiait à la caste supérieure, les Châtelard, pour sauver définitivement la caste inférieure des Pignerol. Elle la colmatait, elle, la célèbre fracture sociale, en livrant son corps au prince héritier dans la plus parfaite anesthésie. C'était bien. Elle avait décidé d'oublier l'autre aspect de ses relations avec la dynastie Châtelard : qu'elle aimait bien mieux faire ça avec Robert, de repousser le souvenir de ces instants brutaux dans le Triangle des Bermudes de sa mémoire.

Cette amnésie programmée n'était pas le résultat d'un sentiment de culpabilité devant l'inceste : ça lui était complètement égal que Robert soit son futur beau-père. C'était parce le plaisir qu'elle éprouvait avec lui était inquiétant. Un plaisir brutal en dysharmonie avec le peu d'estime qu'elle avait pour lui. Elle le trouvait moche, bouffi, bas de plafond, et vachard avec son pauvre père à elle. Cette jouissance inavouable qui survenait comme un coup de couteau était incompréhensible, dégradante, posant une question vertigineuse : pourrait-elle en éprouver une plus grande encore — elle pensait « une pire » — avec un être encore plus antipathique ?

Il ne fallait donc jamais y penser, car cette trouble hypothèse était la seule fêlure dans la parfaite architecture de son avenir proche. Tous les morceaux du puzzle s'emboîtaient harmonieusement : les parents étaient ravis, enivrés d'un immense espoir de promotion sociale, Hubert épousait la femme qu'il aimait et Châtelard la gardait à portée de main. Jean-Pierre était un garçon agréable, serviable et drôle, le grand frère tendre qu'elle n'avait pas eu.

Mais elle ? Si seulement l'amour avec Hubert avait été autre chose qu'un exercice de gymnastique insipide, l'avenir aurait été confortable. Seulement voilà, c'était vraiment trop inintéressant. Et ce désintérêt risquait de faire regimber la bête qu'il fallait garder verrouillée.

6

François Morvan avait cinquante-cinq ans. Il était solide, pas très grand mais taillé carré comme un paysan auvergnat, grisonnant, les cheveux épais, un peu débraillé, avec un sourire puéril qui n'allait pas du tout avec l'autorité qu'il incarnait.

Il était commissaire de police depuis un bail, sans avoir jamais été promu au grade de principal, et détestait les bureaux. Il n'avait aucune envie de promotion, aucune envie d'avoir un chez soi étiqueté à la PJ, son commissariat de quartier le comblait : c'était le terrier inespéré dans lequel il pouvait à la fois gagner sa vie sans voler l'État (il était bosseur, courageux et croyait au Service Public) et la rêver (sa vie). Il voyait défiler des tas de gens, les écoutait, et faisait preuve d'une intuition qui frisait la médiumnité, tant son imagination était susceptible de s'emballer à partir d'un détail, d'un timbre de voix, d'une odeur. Cependant, à côté de ses dons de voyance, il possédait une connaissance irréprochable des nouveaux textes de loi, des médias et des moyens de communication de pointe.

On le trouvait atypique parce qu'il aimait bien crapahuter dans les quartiers démolis, les bords du canal, les troquets séculaires en chantonnant des thèmes de jazz.

Ceux qui ne le connaissaient pas le prenaient pour un jobard, un dinosaure, un bras cassé de la police, mais ceux qui ne se laissaient pas prendre à son air faussement débranché sollicitaient son aide pour surfer sur Internet, débuguer un programme ou énoncer le dernier alinéa du dernier règlement d'administration publique venant en application du dernier décret modifiant une loi tordue.

Trois soirs par semaine, depuis son divorce, il s'initiait à la calligraphie arabe dans un sous-sol de Créteil avec une poignée d'autres aspirants au décollage d'un réel trop vide de poésie, mais il gardait cette innocente déviance soigneusement secrète.

Il relisait le rapport du légiste sur le crime de la rue Bidet. La victime retrouvée dans les restes de la Volvo calcinée avait été identifiée : c'était une prostituée de trente-sept ans nommée Patricia Loucheur, qui avait succombé à une hémorragie méningée juste avant de griller dans la voiture. Il y avait neuf chances sur dix pour que ce véhicule dont il ne restait qu'une carcasse lugubre ait été volé à un agent d'assurances en retraite tout ce qu'il y avait de pépère. Le pépère ayant signalé le vol dans les règles trois jours avant le meurtre, il était hors de cause. À moins que.

En général, ce sont les proxénètes qui tuent les prostituées. Les tordus, c'est déjà statistiquement plus rare, quant aux serial killers, ils sévissent beaucoup plus dans les feuilletons télévisés que dans le Val-de-Marne. Quoique.

Patricia Loucheur vivait depuis deux ans avec un Yougoslave — ou plutôt un ex-Yougoslave — aux occupations floues, plus ou moins barman, plus ou moins bookmaker. D'après Bethsabée Chauvin, responsable de l'antenne locale de l'association « Résurrection », une ramification de Témoins de Jéhovah exaltés qui tentaient d'extraire de leur monde de stupre les prostituées de la région, la défunte était sur le point de « raccrocher ». Le commissaire avait déjà eu affaire à Mme Chauvin : il la trouvait franchement fatigante et avait beaucoup de mal à s'habituer à son vocabulaire obstinément biblique. Mais elle avait au moins une qualité : elle était très observatrice.

Ce jour-là, elle s'était présentée à l'hôtel de police et avait abreuvé tous les êtres humains passant à portée de sa voix aigrelette de discours répétitifs sur le salut de leur âme. Les flics excédés l'auraient bien mise dehors mais leur patron avait recueilli de la bouche de la Témouine enflammée la confirmation du bruit qui circulait dans le quartier : Patricia avait décidé de mettre un terme à sa carrière à la fin du mois, juste quand elle aurait fini de payer les traites de son congélateur. C'était hautement intéressant et cela désignait logiquement le proxénète, lequel était furibard de voir se tarir la seule source régulière de ses revenus. Évidemment, le soir de la rue Bidet il jouait au poker avec des copains. Mais les copains n'avaient pas été chauds pour confirmer son alibi : ils s'étaient défilés, laissant l'homme aux occupations floues se débrouiller tout seul avec ses contradictions.

Morvan l'avait fait cueillir la veille et décida de prolonger la garde à vue : le rapport du légiste le rendait mauvais. Pauvre Patricia Loucheur. Ç'avait été une belle fille. Morvan soupira profondément. Il adorait les femmes et, s'il s'était plutôt mal que bien habitué aux termes cliniques des rapports d'autopsie quand ceux-ci concernaient des hommes, il ne les supportait toujours pas quand il s'agissait de femmes.

Comme s'il avait réalisé un « raccord » parfait et involontaire entre les réflexions de son patron et ses propres projets pour l'après-midi, Jérôme Fourmillon, l'adjoint de François Morvan, entra sans frapper et proposa d'aller tirer quelques renseignements supplémentaires du patron du bar où le proxénète faisait quelques remplacements ponctuels.

Mais Morvan préférait aller fouiner lui-même dans le quartier yougoslave qui lui plaisait beaucoup avec ses bonnes odeurs de mouton au cumin, son petit air de faux Istanbul, et où il avait coutume d'aller boire le meilleur café du département. Il ordonna à Fourmillon d'aller vérifier si la voiture cramée était bien celle dont le retraité avait déclaré le vol.

Fourmillon, bon jeune homme très soigneux dont les trois passions étaient le football, les armes à feu et les lieux communs, fit un peu la gueule car il adorait intimider les émigrés, mais la hiérarchie c'était la hiérarchie.

7

Le square Léon-Mulot avait le mérite d'être un des rares espaces verts de Sabligny. Mais les massifs de fleurs rachitiques étaient constamment dévastés par les enfants, des débris divers jonchaient le sol depuis que l'administration municipale avait licencié la moitié de son personnel, les quelque jeux étaient déglingués, et les bacs à sable pleins de crottes de chien.

Au milieu d'une pelouse pelée trônait le buste pompier d'un barbu l'air suffisant avec cette inscription : « À Léon Mulot, maire radical de la commune de 1946 à 1961, les habitants de Sabligny reconnaissants ». Reconnaissance qui n'était pas usurpée : Léon Mulot avait beaucoup œuvré pour le contrôle sanitaire des cantines scolaires et l'amélioration de l'éclairage urbain.

Des ménagères molles tricotaient et engueulaient des enfants hurlants. Les enfants se tabassaient. Des clochards de tous âges picolaient en chœur et essayaient de soutirer des pièces aux ménagères qui les invectivaient en employant des noms d'oiseaux plutôt orduriers. Les oiseaux, eux, qui n'avaient pas encore vu le film de Hitchcock, bouffaient paisiblement n'importe quoi.

Un jeune homme de vingt-cinq, vingt-sept ans, jean et baskets, ébouriffé, le visage doux, style « artiste-étudiant », trouvant que le « peace and love » des générations antérieures était un slogan pas si mal que ça, entra dans le square d'un pas vif, des partitions sous le bras. Il était plein d'illusions, professeur de musique, et s'appelait Julien Garnier.

Il aperçut Élisabeth assise sur un banc, tricotant quelque chose de flasque à côté d'un grand jeune homme pâle et mince qui lisait l'*Auto-Journal*.

Elle baissait la tête, absorbée dans ses mailles torsadées. Il reconnut tout de suite la meilleure élève de sa classe de piano et s'assit avec précaution sur un autre banc légèrement en retrait, de façon à pouvoir l'observer sans qu'elle ne le voie.

Ce qui apparaissait d'elle était ce qu'il est convenu d'appeler un « trois quarts dos », ses grands cheveux blonds retenus par une barrette, son cou long et mince, le dessin parfait de sa mâchoire, le méplat de sa joue. Il la regardait, plein de ferveur et de curiosité, sans prendre conscience des progrès que l'amour faisait en lui, persuadé de ne voir en Élisabeth qu'une élève énigmatique.

Hubert baissa l'*Auto-Journal* et se mit à ronchonner. Julien tendit l'oreille, afin que les bruits du square ne couvrent pas la voix du jeune homme. Comme celui-ci était en colère, il braillait un peu et Julien l'entendit distinctement se plaindre :

— Il a encore fallu que tu nous gâches la soirée d'hier ! Pourquoi est-ce que tu as été désagréable avec Papa ?

Elle prit le temps de rattraper une maille qui avait filé avant de répondre.

— Qu'est-ce que je lui ai encore fait, à ton père ?

Le jeune homme haussa les épaules.

— Dire qu'il avait acheté du champagne rosé rien que pour te faire plaisir !

— Mais je l'ai bu, son champagne rosé ! C'est toi qui m'as empêchée de reprendre une troisième coupe. Je ne lui ai rien dit.

— Justement ! Tu ne dis jamais rien ! Tout le monde essaye de te faire plaisir et toi tu fais tout le temps la gueule ! Tu vas apprendre à te conduire en famille, c'est moi qui te le dis ! Je ne sais vraiment pas comment tu as été élevée, enfin, si, je le sais, malheureusement pour toi, mais chez nous c'est autre chose. Quand on sera mariés, il faudra que tu te comportes comme une femme civilisée.

Elle ne réagit pas. Sa pelote 85 % polyamide 10 % autre chose et 5 % laine dégringola et roula à terre. Hubert se pencha pour la ramasser avec un gros soupir d'exaspération, mais en se redressant il se cogna la tête contre le montant du banc et grimaça en geignant. Élisabeth détourna légèrement le visage, et Julien capta sur ce visage angélique un sourire de satisfaction tellement mauvais qu'il en resta bouche ouverte.

— Tu t'es fait mal, mon pauvre chéri ?

Les mots « pauvre chéri » n'allaient pas du tout

avec l'expression d'Élisabeth. qui savourait le coup avec délectation et frottait distraitement le crâne de son fiancé d'une main légère. Il ne fallait pas qu'il décède avant le mariage, cet abruti ; après ce serait plutôt chic, elle se ferait faire des robes noires, le noir allait bien aux blondes, et comme le contrat de mariage prévoyait une donation réciproque, elle hériterait de tas de choses, alors que si elle se jetait du haut de son immeuble, Hubert hériterait tout juste de trois culottes et de quelques partitions. Pas dupe de la caresse sur la tête, mais très loin de mesurer la profondeur abyssale de l'indifférence qu'il inspirait à sa tendre fiancée, Hubert lui jeta la pelote sur les genoux en haussant les épaules, alors que surgissait un grumeau hurlant de jeunes garçons qui se jetèrent sur eux comme une invasion biblique de sauterelles.

Julien les reconnut tout de suite : c'étaient des terreurs locales, de ceux qui pouvaient s'enorgueillir d'avoir déjà envoyé plus d'un enseignant à l'hôpital psychiatrique et d'avoir été le sujet de monographies attendries de la part de sociologues penchés sur les tourments de leurs âmes, les trois frères cadets d'Élisabeth. Lionel avait treize ans, Christophe onze et Sylvester dix. C'étaient des paroxysmes d'agressivité sur pattes qui se battaient constamment entre eux ou avec leurs copains. Les deux plus jeunes brandissaient des armes galactiques en plastique fluo, produits dérivés très rentables de feuilletons japonais superbement gérés, avec lesquelles ils dévastaient tout sur leur passage.

« C'est nous les "esterminators". Gerbez vos meules les nuls ! On arrive ! »

Imperturbable, Élisabeth commença à rassembler ses propres affaires, cependant qu'Hubert regardait ostensiblement ailleurs. La jeune fille exhorta les gamins à rentrer, c'était l'heure, mais évidemment, les gamins n'étaient pas d'accord.

« Ta gueule la meuf », dit Christophe.

« C'est pas toi qui vas nous la faire la loi ! », dit Sylvester.

Pour mimer une attaque à la mitraillette plastique contre leur sœur, ils reculèrent tous les deux pendant que Lionel arrachait de la main d'une fillette beaucoup plus petite que lui un bonbon en gélatine de vache folle. Bien sûr, il avait des excuses : gavé de pub, il prenait un appui inconscient sur un spot célèbre dans lequel un petit garçon arrache son yaourt à une petite fille en pleurs parce qu'une envie de dessert trucmachin « ça ne se discute pas ».

Ils bousculèrent une très vieille passante rigolote en survêtement mauve qui arrivait au petit trot. Elle ressemblait à la Maude de *Harold et Maude*, et comme Maude n'avait aucune envie de se laisser faire. Elle attrapa vivement au passage le bras de Sylvester et le secoua en le traitant d'abruti.

« Va te faire mettre, vieille conne ! » répliqua gracieusement Christophe, solidaire.

La vieille joggeuse lui expédia une gifle sonore.

« On n'a pas fait 1789 et puis mai 68 pour se faire terroriser ! » dit-elle.

— La prochaine fois je vous fous une trempe !

Les garçons, qui avaient l'habitude de voir leurs victimes s'effondrer, préférèrent détaler. Alors Élisabeth s'approcha en souriant de la vieille dame et lui dit d'une voix douce :

— Il n'y a rien à faire, mes petits frères c'est une catastrophe naturelle. Mais avec un peu de chance, un jour ils tomberont sur une bande qui leur écrasera la tête. Patience, ça va venir...

Elle s'approcha encore plus, lui sourit encore plus et lui parla encore plus bas, tout près de l'oreille.

— Ou alors sur un maniaque bien psychopathe qui les...

C'était trop bas, Julien ne put entendre. La vieille dame, déstabilisée, s'éloigna en s'éventant avec la main comme pour se protéger d'une épaisse pollution atmosphérique. Élisabeth rit sans bruit. Julien était stupéfait.

Alors il se leva, sortit du square, et se dirigea vers un immeuble municipal Front Popu en briques qui avaient été roses longtemps auparavant, orné d'un panneau portant les mots : « Conservatoire Municipal de théâtre, de danse, de musique classique et contemporaine ». Il s'engouffra dans l'immeuble.

Il gagna la salle vieillotte, mal éclairée, mal aménagée, consacrée à la musique classique, bric-à-brac poétique qui ne recevait que rarement la visite de l'aspirateur, et s'assit tout de suite au piano. Il y avait des portraits de compositeurs au mur, et même un buste égaré de Schütz (auteur de pièces religieuses souvent barbantes mais toujours distinguées dont la plupart sont tombées aujourd'hui dans un regrettable oubli), des magnétophones hors d'usage, des disques, des partitions en mauvais état, des bouquins mangés aux rats, des métronomes... Tout le fouillis habituel d'une classe d'enseignement de la musique manquant de subventions s'entassait sur des étagères de guingois.

Il regarda quelques secondes le reflet de ses doigts dans la paroi verticale qui lui renvoyait une volée de touches virtuelles. Il adorait regarder ça depuis l'âge de quatre ans, C'était complètement puéril mais ça lui faisait plaisir. Ses doigts reflétés s'additionnaient à ses doigts réels pour faire une forêt de doigts. Il se mit à composer. La musique était sa bulle, son armure, son rempart, son anxiolytique, sa défonce.

Il chercha un air sur le piano tout en écrivant des notes sur du papier réglé. Ce n'était pas de la musique sérielle, écartelée, mais une phrase mélodique rappelant un peu Debussy.

8

Élisabeth fit longuement la queue à la boucherie Popuviandes.

La caissière l'avait vue arriver de loin avec une mine de statue du Commandeur mais elle devint aussi sucrée que Mireille Dumas lorsque la jeune fille lui tendit sans mot un paquet de billets, réglant une note impayée grâce aux heures sup accomplies au fast-food. Se faufilant le plus vite possible entre les troupeaux de ménagères dépitées qui s'étaient massées autour de la caisse histoire de la voir se faire engueuler une fois encore à cause de la note qui s'allongeait, elle sortit dans l'avenue de la Coupe-du-Monde.

Elle traînait toutes les courses de la famille entassées dans deux gros cabas, plus un gigantesque baril de poudre à laver. Ses petits frères marchaient à côté d'elle en se donnant de grands coups d'épaule, lesquels, application mathématique de la théorie des dominos, se répercutaient sur les passants qui les frôlaient et en faisaient trébucher plus d'un, mais aucun d'eux ne se serait abaissé à l'aider. C'étaient des combattants, eux, leur mission était ailleurs.

Ils croisèrent Alija, le maçon, qui attrapa d'un geste rapide le baril et le plus gros sac de commissions. Il avait l'air scandalisé.

« Tu es chargée comme un bourricot ! », dit il à Élisabeth avec véhémence. « Ils ne peuvent rien porter, ces petits cons ? »

Elle haussa les épaules. Ils marchèrent, s'observant à la dérobée, suivis par les petits frères.

Ils s'arrêtèrent à un feu rouge, Alija en profita pour prendre la main d'Élisabeth, regarder le petit diamant et lui demander de quoi il retournait. Elle retira sa main, vaguement gênée.

— Tu vois bien ! C'est ma bague de fiançailles.

Profitant de ce que les deux interlocuteurs se considéraient d'un air concentré, Christophe fit un croc-en-jambe à Élisabeth. Immédiatement, Alija lui envoya sa main dans la figure.

« Vous allez lâcher votre sœur, non ? »

Aussi surpris qu'on ose s'opposer à lui que lors de l'incident avec la vieille joggeuse, Christophe ne se rebella pas.

— Tu es fiancée officiellement ? Je ne peux pas croire ça, continuait le Bosniaque.

— On va se marier cet été et habiter le bâtiment du fond, dit la jeune fille

— Ah, d'accord ! Je comprends pourquoi les Châtelard sont tellement pressés de le refaire.

Élisabeth détourna les yeux. Parler d'épouser Hubert, parler des Châtelard avec Alija lui sembla tout à coup impossible.

— C'est son cadeau de mariage, dit-elle très bas.

— Beau cadeau. Il ne se fout pas de toi, ton beau-père.

— Oui. Très beau. Quatre pièces. Le living va être en duplex...

— Plus la terrasse ! Fantastique !... Quel dommage !

Comment, quel dommage ? Elle qui était si fière de son futur appartement s'arrêta, piquée au vif, redescendant sur terre, sur la planète Sabligny. De quel droit ce maçon débarqué si récemment dans leur monde se mettait-il à critiquer ses projets nuptiaux ? Et surtout à réactiver ses propres réticences ? Elle avait été découverte en trois coups de cuiller à pot. Et par lui. C'était insupportable.

Les petits frères, heureusement, ne prêtaient aucune attention à la conversation, occupés à bousculer d'autres passants.

— Ça te regarde ?

— Hubert et toi ? (Il secoua la tête, l'air atterré.) Vraiment, je ne peux pas y croire. Si tu me dis que tu es amoureuse de ce grand con, je meurs.

— T'occupe pas de mon mariage !

— Jean-Pierre, je comprendrais, il est sympa. Mais Hubert !

— Jean-Pierre est un nul. Hubert, lui, il est ingénieur. Rends-moi ça !

Elle fit un geste nerveux pour reprendre son sac et son baril. Mais Alija les garda d'un air décidé.

50

« C'est avec les diplômes d'Hubert que tu vas coucher ?... Dis ? Réponds-moi au lieu de hausser les épaules ! Tu ne veux pas répondre ? Non, je garde tes courses.... ou tu préfères te péter les vertèbres ? »

Elle se mit à marcher devant, raidissant le dos, l'air d'une reine d'Angleterre offensée. Puis ils arrivèrent en vue d'un ensemble d'immeubles moches de la cité Bernard-Tapie, une petite cité pépère de taille humaine, grande comme le quart de la moitié du Val Fourré. Devant la porte de son bloc, Élisabeth reprit les sacs. Des gamins se battaient dans le hall avec des nunchaku. Les petits frères se précipitèrent sur eux en hurlant et formant bientôt un conglomérat gigotant. Élisabeth regarda Alija dans les yeux.

« Bon, je suis arrivée. Merci. »

Elle tendit les mains pour récupérer ses courses. Il posa le sac et le baril à terre et lui saisit les poignets entre ses mains. Ses mains chaudes, brunes, sèches, solides, osèrent remonter jusqu'à ses coudes, puis s'arrêtèrent.

« De rien. Je suis à tes pieds. Quand tu auras des sacs à porter, ou des maisons à construire je serai toujours là... Dis... Tu reviens, demain, au garage ? »

Elle ne savait plus quoi dire. Elle hocha la tête et ils échangèrent de longs sourires. Le reste de l'humanité était devenu tout flou, comme dans les vieux films en noir et blanc au moment où les amants se rencontrent. Une voisine passa, Alija retira ses mains. Élisabeth avait envie de lui dire quelque chose. Elle ne savait pas quoi. Elle savait seulement qu'elle allait se jeter dans ses bras. C'était nécessaire. Vital. Mais impossible. Elle tourna les talons et s'engouffra dans le hall. Alija suivait des yeux le balancement de ses hanches et voyait au travers du béton des paysages magnifiques, sauvages, rutilants, des galaxies en furie, des volcans explosant, des images de création du monde.

Il n'avait pas eu besoin d'avaler des pilules pour décoller, il lui avait suffi de regarder cette fille monter un escalier.

9

Dans le séjour des Pignerol, le père ronflotait devant la télé, émettant des petits bruits de porcelet enrhumé. Dans la cuisine, la mère faisait semblant de préparer le repas en essayant de se fatiguer le moins possible. Elle épluchait des patates et jetait les pluches de temps à autre derrière son épaule gauche pour voir si elles formeraient des initiales en retombant sur le carrelage.

La mère d'Élisabeth, la grande Janine, avait eu trente-huit ans aux cerises. C'était une belle brune bien faite, sensuelle, avec des formes plus prononcées que celles de sa fille, un peu amortie par le Ricard, sans perdre pour autant son charme ni une certaine classe.

Coiffée n'impore comment, style « tête de loup », elle était présentement vêtue d'un peignoir chinois de rayonne turquoise froissée avec des grands dragons brodés crachant des flammes orange, et chaussée de mules à pompons.

Cigarette au bec, elle s'était attablée devant une montagne de paquets de conserves et de surgelés qu'elle contemplait avec animosité en chantonnant un paso-doble. Elle s'offrit une gorgée de Ricard et se mit à jouer avec les paquets répandus devant elle, frappant en cadence sur les boîtes de conserve avec le bord d'un couteau, continuant à chanter avec un fort accent parisien :

> *Ce n'est pas à Pampelune,*
> *Que j'ai connu mon chéri !*
> *Mais c'est en cherchant fortune,*
> *Près du café de Madrid....*

Elle n'était pas vraiment ivre, elle avait seulement décollé en direction d'une autre galaxie. La sonnette de la porte d'entrée la fit redescendre au 4e étage du bloc 7 de l'allée la cité Bernard-Tapie, elle en avait, de la chance, d'avoir obtenu un appartement dans une des quatre nouvelles (la nouveauté consistant essentiellement en un effort de gaîté chromatique : les cités des années 50 étaient gris verdâtre tendance Wehrmacht mais les récentes jaune d'œuf ou saumon passé) cités bon marché de la ville, orgueil de la municipalité. Elle leva les yeux au plafond constellé d'émanations de Végétaline cramée, écrasa son mégot dans une assiette remplie de reliefs de choux-fleurs en gelée, et hurla :

« Voilà, voilà ! On y va ! »

Elle resserra la ceinture de son peignoir, rectifia l'attitude et ouvrit. Les trois garçons se précipitèrent si vite dans le séjour pour voir la télé qu'ils manquèrent la renverser.

Ils s'en furent zapper comme des fous en se battant pour la possession de la télécommande. Ils arrivaient à zapper tellement vite de leurs trente doigts superposés que l'écran était couvert d'images dansantes comme dans un film de Carmelo Bene et émettait un hachis de sons confus comme si on diffusait une émission d'un studio d'essai (espèce en voie rapide de disparition, les studios d'essai étant des entreprises pleines d'imagination créatrice et d'enthousiasme). Le père souleva à moitié les paupières comme un lézard engourdi et n'intervint pas. Son non-interventionnisme n'était pas le résultat d'un choix : le fait d'intervenir ne lui était jamais venu à l'idée.

Élisabeth arriva quelques secondes plus tard que ses frères et s'en fut déposer les commissions sur la table de la cuisine. Elle frotta l'une contre l'autre ses mains sciées par les poignées des sacs, puis s'arma d'un grand couteau et éventra avec un plaisir évident un gros paquet mou emballé dans du papier d'aluminium. De la chair à saucisse se répandit sur la table comme une lave molle et grumeleuse.

En un bref rêve éveillé, elle se vit médecin légiste. Des petits garçons hurlants, qui vous saluaient en tendant en l'air le majeur de la main droite, avaient été précipités dans une machine à faire des Francfort en promotion, et son travail consistait à analyser des lots de chair à saucisse pour savoir s'il s'agissait de chair animale ou humaine. Elle reconnaissait au passage un conglomérat de Lionel et de Sylvester grâce aux visières de leurs casquettes de (simili) base-ball qui, définitivement vissées (à l'envers, évidemment)

55

sur leur crâne, étaient passées avec eux à la mouli-
nette.

Elle revint au réel avec un petit rire. Janine se ral-
luma une cigarette. Sylvester surgit, l'air mauvais.

« Ben quoi, il n'y a plus de Coca ? »

« Au frigo, la terreur ! », dit sa mère, sans se
fâcher.

Le gamin prit un magnum de Coca et sortit sans
refermer la porte du frigo. Élisabeth la referma soigneusement et se mit à renifler une grosse boîte de
cassoulet ouverte trouvée sur une étagère sans regarder vraiment l'intérieur. Du moisi s'était développé à
la surface du cassoulet, faisant une jolie moquette
gris-vert tapissant les haricots. L'odeur était aigrelette. Plissant les yeux, Élisabeth scruta l'objet, distingua les ravages du temps et de la chaleur au fond
de la boîte et eut un sursaut de dégoût.

« C'est ouvert depuis quand ? »

« J'en sais rien ! », dit Janine, calme, du ton de la
simple constatation.

« Faut faire attention aux conserves, ça peut être
grave », dit Élisabeth en jetant la boîte dans le vide-
ordures avec un rien de sentencieux. « La semaine
dernière deux cents Russes sont morts d'avoir
mangé de la macédoine en boîte. »

— Ah ben, les Russes, j'aurais cru qu'ils digé-
raient tout, les Russes...

Élisabeth se mit à préparer en vitesse de la purée
en sachet sans que cela ressemblât en rien au gra-
cieux ballet de la mère modèle des pubs pour les pu-
rées synthétiques, ces jolies jeunes mères qui ont six

56

ou sept ans à tout casser de plus que leurs enfants, qui sont si bien coiffées et que leur famille aime tant parce qu'elle leur sert des flocons de patates passés à l'eau de Javel au lieu d'éplucher, de faire cuire et de mouliner des tubercules authentiques.

Janine la suivait comme un animal familier, les bras ballants, mais en soupirant.

— Vivement qu'ils retournent à la cantine ! Ça rouvre quand ?

— La semaine prochaine, quand ils auront fini la désinfection.

— Tout ça pour un rat !

Élisabeth prit le temps de fixer gravement sa mère :

— Un rat dans une cantine, ça peut être lourd de conséquences.

Janine alla humer la chair à saucisse pour se donner une contenance et fit remarquer à sa fille, histoire de manifester quand même un léger intérêt à l'égard de l'alimentation de sa descendance, qu'elle aurait pu prendre de la viande hachée, puisque c'était écrit dessus depuis trois semaines que c'était du haché bien français. Mais Élisabeth répliqua du tac au tac que la chair à saucisses était en promotion.

Rêveuse, Janine admit que sa fille avait toujours raison.

« J'espère pour toi que tu n'auras jamais d'enfants », dit-elle tout à coup.

Élisabeth se mordit les lèvres et répondit sèchement qu'elle n'y tenait pas du tout.

Janine flaira un bémol dans l'accomplissement

d'une union qu'elle souhaitait ardemment depuis longtemps. Elle était obsédée par le casage de sa fille, dont elle ne jalousait pas la beauté, car c'était une femme foncièrement généreuse et qui adorait ses enfants, mais qui l'inquiétait. Cette gamine était trop. Trop belle, trop bonne élève, trop bonne découpeuse de poulets, trop renfermée, trop organisée... mais qui par bonheur avait séduit sans le vouloir un jeune homme propre sur lui et surtout héritier présomptif du garage.

Le garage de la République tenait une place capitale dans son paysage mental : c'était le lieu dans lequel son propre époux s'échinait depuis plus de vingt ans. Il n'était plus jeune, ce pauvre Gérard, et surtout pas bon à grand-chose. À trente ans, il avait été plein de projets sympathiques mais imprécis qui s'étaient écroulés les uns après les autres. Au garage, il tenait un poste peu reluisant, mais régulier. Robert, ce gros taureau furieux toujours en pétard ne pourrait plus jamais le virer lorsque leurs deux familles auraient fusionné. Et il avait du blé en banque. Aucun chômeur, rappeur (quoique... un beau rappeur....), glandeur, destructeur de bagnoles, agresseur d'érátépistes, toutes espèces carnivores qui n'étaient pas encore trop répandues à Sabligny mais fleurissaient à une allure exponentielle dans les communes limitrophes, n'aurait plus jamais une chance sur un milliard d'entraîner sa princesse dans la marginalité.

Vaguement inquiète, elle s'enquit de la date du mariage.

« Hubert voudrait qu'on se marie en juillet », dit Élisabeth. Janine sourit, rassurée. Mais sa fille poursuivait, sur un ton neutre, cependant décidé :

« J'aimerais bien aller en vacances chez Mémé à Meung-sur-Loire, avant de me marier. Hubert, ça ne lui dit rien, Meung, il dit que c'est ringard, il veut qu'on aille en voyage de noces à la Grande-Motte. Moi je voudrais revoir la Loire et les Mauves. »

Janine prit un air rêveur. La Loire... Elle avait passé les seize premières années de sa vie à Meung, élevée par sa mère et une tribu de vieilles tantes souriantes qui tenaient un magasin de chapeaux et de bérets dans la rue des Remparts. La vie était douce, là-bas. Elle aussi aimait aller chez la mémé, se balader le long des Mauves, petits affluents de la Loire pleins de grenouilles et qui sentaient la menthe, traîner dans les ruelles pavées de la petite ville somnolente et gracieuse... Elle sourit au grand mail avec ses arbres centenaires qui faisaient un joli bruit quand le vent du printemps les agitait, ou quand les oiseaux y tenaient leurs congrès les soirs d'été, à la confiture de mûres du mois d'août et au lait caillé que suspendait la mémé dans un grand mouchoir à carreaux pour l'égoutter à la fenêtre de la cuisine, et puis son sourire disparut en même temps que le Meung virtuel.

Il avait fallu « monter » à Paris pour vendre du pain (on appelait ce machin comme ça) industriel au rayon boulangerie d'une grande surface : les offres d'emploi ne se bousculaient pas à Meung. Enfin, se replier sur Sabligny la rapprochait du grand fleuve.

Peut-être que dans quelques années ils pourraient déménager à Orléans... et un peu plus tard encore réintégrer Meung !

« Moi non plus, j'avais pas tellement envie de me marier, mais je t'attendais. Et à l'époque... j'avais une voisine qui en était morte, de l'IVG qu'on ne pouvait pas faire. Alors... Qu'est-ce que tu veux, c'est la vie. Faut se marier. »

Élisabeth s'était mise à éplucher une salade. Elle demanda sans se fâcher pourquoi il fallait vraiment se marier. On se mariait de moins en moins dans les pays industrialisés, non ? Sa mère prit un air docte.

« Parce que les filles qui se marient, jamais elles ne traînent avec des bandes. Et une femme mariée, on la respecte, même si c'est la dernière des connes. »

Élisabeth répondit du tac au tac que premièrement, elle n'était pas la dernière des connes. Et que deuxièmement on ne l'avait jamais vue traîner avec des bandes. Il n'y avait pas beaucoup de bandes dans le quartier, et surtout elles s'agglutinaient régulièrement dans les mêmes cafés et les mêmes espaces de jeux vidéo : on pouvait donc les contourner sans peine si on avait de vagues notions de géographie tribale.

Janine fut bien plus ennuyée par le ton calme de sa fille que par une explosion de colère. Elle marmonna :

« C'est pas vraiment ça que je voulais dire ! »

À ce moment, Gérard Pignerol entra, à moitié endormi. Il regarda Élisabeth et lui sourit avec adoration. Mais Lionel surgit, s'insurgeant avec force et dans un langage très imagé contre le retard du déjeuner.

Élisabeth le regarda sans rien dire et lui tendit avec un air des plus aimables la poêle où la chair à saucisse était en train de frire avec des oignons, tablant sur son avidité.

Gagné ! le gamin voyait bien que la chair grésillait mais il avait tellement faim et se sentait tellement invincible qu'il en attrapa une poignée à pleine mains. Il se brûla sérieusement et lâcha la poêle en hurlant. La mère se mit à ramasser la chair à saucisse avec une cuiller, le père à gémir, Élisabeth à passer un coup de serpillière par terre en rêvant d'expédier Lionel à l'hôpital des grands brûlés.

« Pourquoi tu as pris ça comme ça ? » dit-elle à son frère qui criait en passant ses mains rouge betterave sous le robinet d'eau froide. « T'es vraiment trop, toi... Fallait prendre une fourchette ! »

Son expression était celle d'une grande sœur insoupçonnable, compatissante et doctorale.

« Janine, faut peut-être appeler un docteur ? » demanda le père, inquiet.

« Meuh non, ça va passer, dit Janine. C'est douillet, les garçons. Allez, viens, je vais te mettre du beurre dessus. »

Élisabeth savait qu'il n'était pas indiqué de mettre du beurre sur des brûlures et que cela risquait d'aggraver l'état des mains de son frère, mais au moins comme ça, avec des extrémités handicapées, il ne pourrait pas la houspiller pendant au moins quinze jours. Ça serait toujours ça de pris. Ah, si elle avait pu disposer d'un immense fait-tout plein de graisse bouillante, il aurait été dans l'impossibilité de lui nuire pendant très, très longtemps...

Enfin, quand la famille eut emporté dans le séjour, devant la télé, la chair à saucisse rescapée, des chips, la purée Mousline, du ketchup et des esquimaux, Élisabeth se prépara une assiette de fromage, se fit une salade de tomates et put s'asseoir au bout de la table de la cuisine. Seule. Tranquille.

Dans le séjour, Gérard Pignerol dit à sa femme :

« Tu sais quoi, Janine ? Il y a eu une femme d'assassinée cette nuit. »

Janine répondit, catégorique et résignée, que beuh, toutes les nuits, des hommes tuaient des femmes. Ça n'était pas d'hier.

« Oui, mais cette fois c'est rue Bidet », dit Pignerol, sûr de son petit effet.

« Merde alors, dit Janine, stressée. C'est quasiment en bas d'ici ! »

Les gamins étaient fous de joie. Ils assaillirent leur père de questions, et glapirent des : « C'est qui ? C'est qui, l'assassin ? C'est qui l'assassinée ? »

« On sait pas, dit Pignerol. Elle a cramé. Même que les flics sont venus au garage. Aux dernières nouvelles ça pourrait se faire que ça soit une prostituée. »

Les garçons regardèrent leur père avec un respect inattendu. Ça n'était pas rien d'avoir un père interrogé par des flics au sujet d'un crime ! Et Lionel, qui n'était pourtant pas d'une nature très compatissante, émit une sorte d'éloge funèbre bien tourné à l'adresse de la pauvre dame : lui savait ce que c'était que de se brûler !

Mais Pignerol n'était pas passionné par le crime de la rue Bidet. Il se leva, sa fille lui manquait. Il alla à la cuisine et lui demanda doucement si elle ne voulait pas manger avec ses parents et ses frères. Elle le rassura : elle était très bien dans la cuisine, elle préférait manger au soleil et en silence.

Elle le rassura aussi au sujet de la note de boucherie à la traîne. Elle avait réglé. Elle lui raconta comment elle avait remplacé madame Gomes et décroché un paquet d'heures sup. Ça tombait bien, non ?

Gêné, son père se mit à se dandiner, se passant la main dans les cheveux, désireux de s'excuser, de la féliciter, mais il ne trouva pas ses mots. Il était soulagé pour la note, mais se faire aider financièrement par sa fille lui était pénible. Elle le comprit. Alors elle se leva et alla l'embrasser tendrement, puis prit le transistor de sa mère, l'ouvrit et chercha une station. Elle tomba par hasard sur le trio de Schubert. C'était tellement beau qu'elle en resta bouche bée.

Elle fouilla dans le placard, ouvrit une boîte de petits pois, les versa dans un bol et commença à les manger froids, avec une cuiller.

Son père entra à nouveau dans la cuisine pour aller chercher de la bière fraîche. Il vit les petits pois froids et s'en étonna.

« Tu ne mets rien dedans ? Pas de sauce ? » demanda-t-il timidement Mais elle ne répondit pas. Un rayon de soleil tomba sur elle. Elle lui tendit les mains et sourit à l'ailleurs de la fenêtre entrouverte.

Son père la regarda d'un air mélancolique. Il soupira puis reprit le chemin du séjour et referma la porte de la cuisine sans bruit.

10

Alija, torse nu, assis par terre sur le futur balcon des futurs jeunes époux, finissait un sandwich, tranquille, savourant chaque bouchée et l'ardeur du soleil. Ses lointains ancêtres indiens lui avaient légué une peau caramel satiné, qui n'avait nul besoin de crème pour bronzer parfaitement.

Il fredonna un chant superbe et triste, l'hymne des Fils du Vent, que des parents lui avaient appris longtemps auparavant sur une route pas loin de Mostar :

« Gelem gelem, lungane dromençar... Maladilem, baxtale Rromençar... »

(J'ai marché, marché sur de longues routes... J'ai rencontré des Tsiganes heureux... »)

Aucun ennemi ne pouvait l'entendre, dans ce petit îlot propret indemne de nationalistes organisés.

Le dernier morceau avalé, il but une canette, puis rentra dans le bâtiment.

Dans une pièce à peine terminée, un objet tombé à terre attira son attention. Cette chose n'était pas là la veille. Il se pencha : c'était un petit cache-cœur de

femme, bleu ciel, oublié. Étonné, — comment ce vêtement avait-il pu atterrir là ? — il le ramassa, gratta
les fragments de plâtre qui s'y étaient attachés puis
le renifla : il reconnut l'odeur d'Élisabeth. Extatique,
il ferma les yeux et passa longuement le pull sur ses
yeux, son front, son cou, tout son corps pour demeu-
rer dans le parfum à peine perceptible de la jeune
fille.

11

Dans la petite salle de musique, Julien jouait au piano une transcription du trio de Schubert. Élisabeth entra timidement.

« Continuez, monsieur Garnier, je ne voulais pas vous interrompre »

Mais Julien s'est levé et regardait la jeune fille avec un sourire ébloui. Elle baissa la tête. Elle était attristée : elle ne pourrait plus venir avant la rentrée de septembre.

« C'est dommage (elle fit signe que oui), tu commençais à jouer ton Mozart très bien. Tu pars en vacances ? »

Ça l'ennuyait de lui révéler qu'elle avait consacré sa caisse noire à payer le boucher. Elle inventa de nouveaux horaires au fast-food.

« Et le mois prochain ? » demanda Julien, désolé. « Tu ne pourrais pas t'entendre avec une collègue pour venir de temps en temps ? »

« Je vais essayer... j'espère... »

Il avait parfaitement compris qu'elle mentait par pudeur et qu'il s'agissait d'un problème d'argent, alors il lui demanda de venir quand même, à n'importe quelle heure, lui proposant de payer ses leçons à la rentrée, quand cela serait possible.

Elle poussa un soupir de soulagement et ébaucha un sourire. Julien en fut tout heureux.

— Merci, monsieur Garnier.

— Allez, joue-moi ton andante.

Élisabeth s'installa au piano et joua l'andante du vingt-troisième concerto de Mozart. Elle jouait d'une façon passionnée, faisant quelques fausses notes et quelques décrochements de tempo, mais malgré les erreurs techniques, c'était très beau. Son jeu était suave, coloré. Julien, en extase, ne se souvenait pas avoir jamais entendu une interprétation aussi forte en concert. Il lui semblait que la jeune fille jouait comme Samson François, loin de la technique impeccable des interprètes japonais : elle faisait l'amour avec le piano.

Julien était heureux. Ç'avait été un pari tellement improbable que d'amener une adolescente de la cité Bernard-Tapie dont les parents ne possédaient pas de piano à étudier assez régulièrement dans la vieille salle du Conservatoire pour être capable de jouer du Mozart à dix-huit ans, que cette victoire était pour lui un joyau.

Dans le couloir, un groupe de jeunes farouches venus chercher des CD de rap furent fascinés par cette musique inconnue. Un jeune homme bouclé catalogué « dur de dur » par tous les établissements scolaires du département, et qui croyait que rien ne pouvait l'étonner fit un geste impérieux pour demander le silence à ses copains : il entendait des sons pas normaux qui ne pouvaient venir que d'une autre galaxie. Il se crut happé dans un univers parallèle et c'était bon, très bon, très beau. Cette découverte le marquerait pout toujours à son propre insu. Quelque chose en lui changea ce jour-là : il se mit à espérer.

12

Châtelard et Hubert parcouraient le futur appartement du jeune couple. Ils contemplèrent avec minutie une pièce qu'Alija venait de terminer, cherchant vainement le défaut. Châtelard était content ; il aimait l'ouvrage bien fait. Hubert, lui, regardait le « Yougo » à la dérobée, dévoré par la jalousie. Sa beauté, son efficacité, son autorité sereine le rendaient malade. Où avait-il trouvé cette force vitale ? Pourquoi certains hommes étaient-ils tellement doués pour réussir ce qu'ils entreprenaient ?

Il lui sembla brusquement qu'Élisabeth, quand ils vivraient tous les deux dans leur appartement, percevrait la présence du maçon à travers son travail. Il serait là partout, tout le temps, sorte d'anti-luimême, mettant en relief toutes ses propres imperfections. Hubert était loin d'être stupide, il était parfaitement conscient de ses faiblesses, de son manque de charme, de ses inhibitions, et savait qu'Élisabeth s'était laissé courtiser à cause de la protection qu'il lui offrait. C'était affreusement douloureux, mais il préférait encore la devoir à ces motifs lamentables que de n'avoir jamais pu se l'attacher.

Il se disait souvent qu'il faudrait qu'il fasse des efforts pour changer, pour se décontracter, pour muscler son corps, pour sourire, pour tenter de se hisser à la hauteur d'une fille si belle, mais il savait très bien que c'était impossible. Aucun bronzage, aucun exercice de musculation ne lui donnerait l'aisance de ce maudit Yougo. La seule issue respectable qui lui était offerte pour dominer Élisabeth était de la faire souffrir : mais comment y parvenir ? Élisabeth était lisse comme la surface d'un lavabo, rien ne pourrait jamais l'atteindre... Et puis il n'avait pas vraiment envie de la faire souffrir. Mais le Yougo, lui, était vulnérable, comme tous les étrangers aux papiers périmés qui vivaient de boulots intermittents.

Châtelard s'était mis à quatre pattes pour vérifier si les plinthes avaient été peintes comme il l'avait prescrit. Après tout, Alija était maçon de métier, pas peintre. Incroyable ! il ne trouvait rien à dire.... Pourtant, tout le monde le savait, Châtelard était un difficile ! Il tenta de le coincer sur les délais et lui demanda quand il aurait fini, espérant obscurément entendre son ouvrier lui annoncer une date tardive pour pouvoir se mettre en colère.

« Dans trois semaines. Demain, je fais la niche pour le compteur EDF. »

Châtelard hocha la tête. Il avait vraiment décroché le gros lot le jour où le boucher lui avait recommandé ce sans-papiers qu'on appelait aussi « le Romano » sur les chantiers. Mais Hubert prit un air scandalisé.

« Trois semaines ? »

Trois semaines pendant lesquelles Élisabeth le verrait presque tous les jours ! Trois semaines de danger continu... Une évidence terrible le traversa comme un coup de couteau : il était sûr qu'avec le maçon aucune femme ne resterait frigide. Il ne s'agissait plus de considérer Alija comme un « anti-lui », comme la matière est le contraire de l'anti-matière, mais d'agir : la menace était là, la menace de perdre Élisabeth, tout de suite, sans appel. Il se sentait pris dans un piège implacable : il n'avait aucune raison avouable d'empêcher la jeune fille de continuer ses visites au garage, et même s'il y parvenait, où pourraient-ils continuer à faire l'amour ? Élisabeth n'était pas (pour lui) une fille qu'on pouvait entraîner dans une voiture ou dans un motel. Et elle n'était pas aveugle. Elle semblait ne s'être pas encore aperçue de l'existence du Bosniaque, mais l'instant où elle allait ouvrir les yeux était imminent. L'instant de la fin du monde.

« Avec les peintures laquées, il faut bien ça », dit Alija, qui s'adressait systématiquement à Châtelard et pas à Hubert, lequel était pourtant le destinataire de l'appartement...

« Faut ce qu'il faut », dit Châtelard, bonhomme.

Hubert, lui, n'avait pas renoncé, il ne se lassait pas de scruter la pièce à la recherche d'hypothétiques imperfections. Il poussa enfin un cri de joie : il y avait des taches de plâtre sur le sol du séjour. Il prit un ton outré pour déclarer qu'il faudrait nettoyer. Sans s'énerver, Alija affirma qu'il laissait toujours ses chantiers nickel puis prit congé..

« Bon. Je compte sur toi. À demain, mon garçon », dit Châtelard.

Alija fit un signe de la main et partit dans une pièce à part pour se changer.

Hubert, le regardant disparaître, fit la grimace. Si son père n'arrêtait pas de le complimenter, bientôt, on ne pourrait plus « tenir » le maçon... Mais Châtelard n'avait pas les mêmes préoccupations : il était content, le gus savait travailler, c'est tout ce qui l'intéressait. Hubert se mit à tanner son père : il voulait savoir un tas de choses, si Alija coûtait cher, si on le déclarait...

Comme son père ne lui répondait pas et s'était borné à hausser les épaules, Hubert acquit la certitude que le Bosniaque était en situation irrégulière. Ce n'était pas la première fois que Robert faisait travailler des étrangers au noir. Il avait deux employés permanents déclarés avec le plus grand soin : Gérard Pignerol et Ahmed Cherif, son alibi anti-raciste, mais réservait des piges qui ne dépassaient en général pas trois semaines à des clandestins qui acceptaient les conditions de travail les moins acceptables.

Ils sortirent de la pièce et traversèrent l'aire de service. Un homme de trente ans à peine, jean et blouson, belles lunettes noires, l'air propret et content de lui, les aborda.

« Tiens, salut Jérôme ! » dit Hubert. Et à son père : « Tu connais l'inspecteur Fourmillon ? »

Châtelard répondit, goguenard :

« C'est lui ton copain de tir ? » Il fit mine d'« arroser » la cour au fusil-mitrailleur en faisant « Tacatacatac ! ».

« Absolument », dit Fourmillon, cérémonieux. « Mais dans notre club on ne tire pas au P.M. »

Châtelard appréciait la connerie évidente de Fourmillon. Il lui demanda, de plus en plus goguenard, s'ils tiraient au mortier. Puis, comme le jeune homme ne répondait pas, il mit la pédale douce. Après tout, c'était un flic, on ne pouvait jamais savoir, avec ces types-là, toujours sur la brèche...

Il lui demanda sur un ton nettement plus aimable s'il était venu parler de tir avec son fils.

« Non, service-service », dit le flic.

« Tu es sur une enquête ? » demanda Hubert.

Fourmillon se rengorgea.

« Absolument. Je voudrais un petit renseignement technique ».

« Ben entrez, dit Châtelard. À votre disposition. »

Les trois hommes se dirigèrent vers la boutique. Au même moment, Alija, tout propre, sortait du bâtiment en réfection. Jean-Pierre, qui humait l'air des pompes dans la cour, le vit, regarda le trio, flaira la cata et fila au-devant de son copain. Heureusement, ni son père, ni son frère ni Fourmillon n'avaient aperçu le Bosniaque.

Châtelard, sur le point d'entrer dans la boutique, demandait à Fourmillon :

« C'est pour le crime de la rue Bidet ? »

« Absolument. C'est pour l'identification de la bagnole... je voudrais bien savoir comment on peut faire avec un châssis cramé. »

« Faut voir, dit Châtelard. Ça dépend. Le métal, ça ne crame pas de façon régulière. Si ça vous intéresse, je peux vous montrer une pièce, mais vous n'avez pas des labos spécialisés, à la police ? »

« Absolument, dit Fourmillon. Mais je tiens à être parfaitement documenté avant de discuter avec les techniciens. Ils ne vous ratent pas, ceux-là, ils la ramènent avec leurs termes techniques. »

« Bravo, dit Châtelard. Faut pas s'en laisser conter avec les techniciens. C'était quoi, le véhicule ? »

« Une Volvo, probablement de 1984. »

Jean-Pierre, rapide, avait bondi sur Alija, le saisissant aux épaules, et lui avait fait faire demi-tour.

« Passe pas par là, il y a les keufs à la boutique. »

Alija ne se le fit pas répéter deux fois et sauta au-dessus du muret derrière le poste de gonflage des pneus.

13

Une heure après, Hubert était parti avec Jérôme Fourmillon au stand de tir et Jean-Pierre assurait la permanence aux pompes.

Châtelard monta, seul, dans la pièce principale du futur appartement. Il avait enlevé sa combinaison, pris une douche, et s'était sapé plutôt bourgeois, polo Lacoste et pantalon de flanelle. Il tenait une bouteille de champagne à la main.

Il regarda par la fenêtre, impatient, nerveux.

Dans un coin de la pièce nue et fraîchement repeinte, il y avait un tas de bâches. Sur le tas de bâches, un plaid écossais tout propre plié en quatre. Châtelard le déplia soigneusement, puis retourna à la fenêtre.

Élisabeth apparut sans faire de bruit, comme à son habitude. Elle regarda Châtelard fixement, impassible. Il finit par se retourner, l'aperçut et sursauta. Il avait horreur de la voir apparaître comme ça tout d'un coup, comme si elle venait de surgir d'un univers parallèle, grâce à un trucage de science-fiction.

Il lui fit remarquer que le champagne était en train de réchauffer.

Elle palpa la bouteille.

« Ça ira encore. »

Il ronchonna, elle avait dit cinq heures. ils n'avaient pas beaucoup de temps devant eux, alors si elle n'était pas capable de tenir ses engagements...

« Si t'as pas le temps... » dit-elle d'une voix unie. Elle tourna les talons.

« Fais pas ta fière. »

Il ouvrit la bouteille, Élisabeth revint, la saisit, but au goulot. Un peu de champagne coula sur son menton et son cou. Châtelard rit aux éclats. Il s'approcha d'elle et aspira le champagne sur son visage, et plus bas, entre ses seins. Elle lui tendit la bouteille. Il but. Elle regardait autour d'elle.

— Ça te plaît ? demanda Châtelard.

— C'est bien comme on avait dit. C'est drôlement bien fait. Par terre, je voudrais de la moquette bleue.

— Je t'ai apporté des échantillons.

Il la fit asseoir sur la couverture en la mangeant des yeux. Elle examina avec attention les échantillons de moquette, posa des questions qu'il trouva oiseuses. Les mains de Châtelard vagabondaient sous sa jupe, mais elle semblait ne pas s'en apercevoir et se fixa sur un échantillon qu'elle brandit.

— Il n'y aurait pas le même en un peu plus foncé ?

— T'exagères, il est très bien, celui-là. Ah, on peut dire que tu aimes la qualité, toi, tu tombes toujours sur ce qu'il y a de plus cher.

Châtelard prit l'échantillon, le fourra dans sa poche. Il la refit boire, puis la prit dans ses bras, écrasa sa bouche, la caressa, la regarda. Il n'était plus fier, cette fille lui faisait perdre ses défenses, tous ces faux airs de Mussolini qu'il entretenait quotidiennement depuis l'enfance afin de masquer ses faiblesses.

Il voulait par-dessus tout être respecté. Le respect d'autrui repoussait les gros nuages d'angoisse qui traversaient trop souvent son paysage mental apparemment si bien structuré. Pourquoi était-il accro à cette fille qui ne le respectait pas ? Elle se moquait sûrement de lui, il le sentait. Elle avait découvert sa vulnérabilité et se laissait pénétrer pour un bel appartement. Mais quand elle aurait l'appartement, voudrait-elle encore coucher avec lui ? Il avait souvent décidé d'arrêter cette intimité féroce qui ne menait à rien et avait dragué d'autres femmes : des femmes de son âge, des jeunes, des gentilles, des garces. Mais c'était tout juste si elles lui inspiraient un minimum de désir, juste assez pour ne pas être ridicule. Il n'avait envie que de celle-là, que d'Élisabeth, sa future bru. Quelle déveine.

Elle pianotait sur sa poitrine, s'amusant beaucoup. Il la renversa sur la couverture. Elle avait croisé les jambes pour l'embêter. Il les ouvrit d'un coup de poing.

« Dis donc, tu as l'air en forme, aujourd'hui... » dit-elle en riant.

14

Alija était allé contacter un éventuel client signalé par Jean-Pierre, un responsable municipal qui projetait d'importants travaux au noir, belle occasion de concevoir de fausses factures.

Il venait du centre-ville et se dirigeait vers le canal en empruntant de préférence les rues les moins fréquentées. Il marchait vite, comme à son habitude, son sac de sport sur l'épaule.

Une grosse voiture américaine un peu déglinguée roulait derrière lui depuis un certain temps. Il se rendit compte très vite qu'elle roulait au pas, trop lentement pour être honnête. De plus, elle était remplie de moustachus aux physionomies vaguement familières, pour autant qu'il ait pu les distinguer. Des Yougoslaves ?

Il fit encore quelques pas sans changer d'allure, puis grimpa tout à coup comme un chat de gouttière après une palissade qui encerclait un terrain vague, et se laissa tomber en roulé-boulé à l'intérieur. Un des moustachus avait eu le temps de le photographier avec un vieux Voigtlander.

Les occupants de la grosse américaine ne s'arrêtèrent pas pour poursuivre le jeune homme à pied. Ils ne ralentirent même pas à l'endroit où il avait disparu, au contraire, ils continuèrent leur route en accélérant à grand bruit.

Une Peugeot banalisée suivit l'américaine depuis une petite heure, mais avec une telle maîtrise de la filature que les Yougoslaves ne l'avaient pas repérée.

Quand Alija avait sauté par-dessus la palissade, le conducteur avait continué son chemin en décélérant à peine, puis s'était arrêté non loin d'un vieil hôtel borgne.

L'homme qui en sortit était François Morvan. Il aurait certes pu déléguer à un de ses inférieurs hiérarchiques la filature de la bagnole déglinguée, ce qui n'était pas une occupation de commissaire, mais comme il était un peu claustrophobe et que ce début d'été était exceptionnellement chaud, il sautait sur toutes les occasions de déserter son bureau.

Il se dirigea vers la palissade. Il n'avait pas envie d'alerter Alija, qui le regardait peut-être entre deux planches disjointes. Il venait d'obtenir un renseignement auquel il accordait une certaine importance : le lien entre l'employé occasionnel des Châtelard — un peu trop discret, ce beau gars — et la colonie « yougoslave » de Sabligny, pas aussi soudée qu'on le disait, puisque les uns en photographiaient à la sauvette d'autres qui se barraient.

Il resta une bonne minute perplexe devant la palissade, oscillant d'un pied sur l'autre, le nez devant de vieilles affiches de cirque réduites en lambeaux qui frissonnaient. De l'autre côté, Alija, planqué entre deux amoncellements de vieux bidons, retenait sa respiration. Les deux hommes savaient bien qui était là, tout près, et se demandaient qui serait le premier à bouger.

Ce fut Morvan qui décrocha. Il décida d'aller s'offrir un Ricard au bar de l'hôtel borgne et s'éloigna en chantonnant un blues. Alija entendit décroître le bruit de ses pas, émergea précautionneusement du tas de bidons, se mit à faire quelques bonds sur place afin d'apercevoir le commissaire au-dessus de la palissade, de vérifier qu'il n'allait pas changer de direction.

Comme le commissaire rentra dans l'hôtel et que l'américaine ne réapparut pas, Alija traversa à toute allure le terrain vague, déboula dans une rue peu fréquentée et se mit à la recherche d'une cabine téléphonique.

15

La famille Châtelard n'utilisait le vaste séjour de la maison que les dimanches. Les autres jours, Robert et ses fils prenaient leur dîner préparé par une vieille bonne à tout faire dans la cuisine et il était rare qu'ils aient ensuite des occupations communes : Jean-Pierre rejoignait sa bande de copains, Robert regardait la télé, allait à quelque rendez-vous galant ou jouait aux cartes chez ses amis, Hubert lisait ou allait voir Élisabeth.

C'était cossu mais d'un goût particulier, avec des meubles massifs en faux rustique faussement normand et de gros vases remplis de fausses fleurs partout. Les murs étaient tendus de tissu imitant une toile de Jouy d'un rougeâtre fané. Les reproductions de tableaux, avec leurs cadres lourds qui avaient coûté cher, étaient à la fois classiques et redoutables.

Trônait au milieu de la pièce la pathétique photo d'une femme de quelque quarante printemps dans un cadre fait de miroirs d'un gris rosé distingué disposés en biseau. La femme n'était ni belle ni laide, mais ordinaire, vêtue d'un chemisier avec une lavallière et coiffée en frisons. Elle regardait en l'air avec une expression extatique à la Bernadette Soubirous. Il y avait un petit bouquet de fleurs artificielles devant la photo : c'était un portrait de feue madame Josyane Châtelard, décédée cinq ans auparavant d'obscures complications gynécologiques.

Alignés comme des salades sur un canapé de vrai cuir moutarde faux Chesterfield, les Châtelard se passionnaient pour la retransmission d'un circuit automobile, et comme ils disposaient d'une grande maison sans mitoyenneté dans un vaste jardin, ils pouvaient se permettre de mettre le son au maximum sans encourir les foudres de leurs voisins — qui de toute façon auraient hésité à faire des remontrances à Robert.

Celui-ci mimait avec ses mains le mouvement d'un volant en grondant et hurlant de temps à autre son admiration pour tel pilote ou tel constructeur. Jean-Pierre beuglait à chaque virage, Hubert était silencieux mais fasciné. À côté de lui, Élisabeth s'ennuyait ferme et profitait du vacarme pour soupirer sans être entendue.

Son esprit vagabondait. Elle se demandait si la violence de son ressentiment était suffisante pour susciter un bel accident.

Elle avait lu et vu des histoires de science-fiction dans lesquelles la pensée, si elle était suffisamment forte, agissait sur la matière. Mais la pensée agissant sur la matière pourrait-elle arriver à traverser un poste de télévision et remonter les ondes jusqu'au lieu même du circuit ? Probablement pas. Il faudrait qu'elle s'exerce dans un périmètre restreint, au « California Mac Quick », par exemple, essayer de faire étouffer son chef banal par des abats de poulets, à titre expérimental. Dommage pour la course ! Comme elle aurait aimé voir un de ces stupides véhicules quitter la piste, s'envoler, prendre feu... le pilote serait grillé, puis son accident ayant déséquilibré le pilote suivant, il brûlerait lui aussi, et ainsi de suite jusqu'à ce que la piste se taise, que le public aille satisfaire ailleurs sa soif de vacarme, qu'on entende peut-être enfin le bruit du vent... Le vent aspirerait les papiers sales, les boîtes de bière et les déchets divers qui monteraient dans la stratosphère en colonnes tournoyantes. Tout redeviendrait propre et silencieux...

Par-dessus le marché, appeler « sport » une course automobile lui semblait excessif et immérité. Pour elle, le sport concernait le corps humain, elle admirait les spectacles de danse et ne dédaignait pas les retransmissions d'athlétisme, mais dans le cas présent, elle doutait qu'il y eût le moindre être humain dans les petites boîtes à roulettes qui se poursuivaient rageusement.

Hubert lui dit quelque chose, mais elle n'entendit pas. Le poste vomissait les hurlements hystériques, hachés, habituels, des commentateurs sportifs qui interdisaient toute ébauche de conversation.

Fatiguée par une évocation personnelle particulièrement violente, elle se passa une main sur le front. Attentif, Jean-Pierre lui proposa une bière fraîche pendant un moment inespéré de décrue des décibels.

84

Mais il se fit remettre en place par Hubert pour avoir osé parler sur le raffut de la course.

Élisabeth se leva et alla regarder par la fenêtre. Le jardin des Châtelard, soigneusement entretenu par le mari de la bonne, offrait des parterres de roses jolis à voir. Elle savoura cette image et le répit apporté par une pub niaiseuse mais moins agressive. Hélas ! Hubert lui intima l'ordre de fermer les volets pour mieux regarder la course. Élisabeth, révoltée à l'idée de ne plus voir la lumière du mois de juin et les rosiers, protesta. Mais il insista :

— La lumière, ça gêne. Je te l'ai dit cent fois.

Élisabeth ne bougea pas et le regarda avec animosité.

« Je t'ai causé », insista-t-il.

Conciliant, Jean-Pierre dit à Élisabeth d'aller se balader, et à son frère que les bonnes femmes, les courses, c'était pas leur truc !

Hubert, furieux, répondit à son frère qu'il ne l'avait pas sonné. Le père regarda Élisabeth sournoisement. Il y avait dans ses yeux un mélange d'exaspération et de trouble qu'elle était seule à percevoir. Elle cambra les reins histoire de le troubler un peu plus et d'insulter Hubert sans que celui-ci ne le sache.

— Fermez-la... dit Châtelard. Le circuit recommence.... Oh ! il a failli se payer le virage ! C'était de justesse !

Élisabeth, regardant le poste avec haine, dit entre ses dents :

— Dommage...

Hubert et le père ne l'avaient pas entendue. Seul Jean-Pierre avait lu sur ses lèvres et la regarda avec étonnement.

Elle se dirigea vers la porte, sans répondre aux « Où tu vas ? » d'Hubert. Intrigué, Jean-Pierre se leva et la suivit dans le couloir.

Il lui demanda, sans aucune agressivité, juste par curiosité :

— Qu'est-ce que tu as dit tout à l'heure ?... J'ai pas bien compris ! Tu regrettes que le pilote ne se soit pas viandé ?

— Oui..., dit-elle. J'aurais bien aimé voir un accident.

Elle commença à descendre l'escalier, laissant Jean-Pierre médusé. Le jeune homme résista à grand-peine à l'envie de la suivre, mais c'était un rêve inavouable. Il regagna le living et se rassit en soupirant. Sur le canapé, le père grognait et Hubert, d'une voix tremblante, promit tout haut qu'il materait sa fiancée une fois qu'elle serait devenue son épouse.

Robert Châtelard regarda son fils aîné avec un sourire méprisant.

16

Élisabeth se promenait sans but dans la chaleur lourde de l'après-midi, arpentant une des rues désertes qui descendaient vers le canal. Plus de télé, plus de bagnoles de course. Elle regardait les arbres avec plaisir, caressant des troncs au passage. Il y avait beaucoup d'acacias. Les acacias ployant sous leurs grappes de petites fleurs blanches sentaient bon. Elle se demandait pourquoi cette partie de Sabligny, de loin la plus agréable, était tellement déserte un bel après-midi de fin de printemps. Les gens étaient-ils donc tous scotchés au circuit ?

Elle s'arrêta à la hauteur d'une jolie maison blanche, car on entendait le dernier mouvement du Concerto pour la main gauche de Ravel sortir d'une fenêtre grande ouverte. Elle ferma les yeux pour mieux écouter la musique rutilante. Un homme sortit de la maison, traversa le jardin. Il transportait un grand miroir ancien avec précaution. Il sourit à Élisabeth.

Puis une pierre venue d'on ne sait où fut jetée par

on ne devait jamais savoir qui au centre du miroir qu'elle brisa.

L'homme laissa tomber le miroir. Il regarda Élisabeth qui restait ahurie, les bras ballants devant les dégâts, avec une colère énorme. Elle s'enfuit à toutes jambes, ivre de peur. Quel ennemi innommé avait jeté cette pierre ? Pourquoi lui était-il impossible de se justifier auprès du propriétaire du miroir ?

Un peu plus bas, les rues avaient cédé la place à un no man's land étrangement exempt de détritus. Le chemin menant au canal cessait d'être goudronné et des herbes folles très hautes envahissaient les bas-côtés. Certaines avaient donné naissance à des fleurs jaunes, des fleurs maigriottes, pas très belles, mais des fleurs.

Élisabeth arriva au canal. L'odeur de l'eau était douceâtre mais sa surface bougeait, miroitante. Une vieille péniche était amarrée près du pont.

Un homme en jean, pieds et torse nus, lavait le pont de la péniche avec un balai à franges. C'était Alija.

Il aperçut Élisabeth, descendit à terre, se précipita vers la jeune fille en courant et s'exclama.

— Élisabeth ! Qu'est-ce que tu fais par ici ?

Un peu intimidée, elle répondit qu'elle ne faisait rien et s'étonna : c'était là-dedans qu'il habitait ?

Il dit oui, sourit, la regarda intensément comme il l'avait fait au garage et devant son immeuble. Elle se dérida, sourit à son tour. Elle trouvait qu'il avait de la chance d'habiter là et le lui dit. Il répondit que Manuel lui avait laissé la péniche.

— Manuel ?

— Mon ancien chef de chantier. Il faudra que je la redescende en Camargue quand j'aurai terminé chez Châtelard.

Elle regardait la péniche :

— C'est formidable...Ça doit être formidable d'habiter sur un bateau...

— Les Châtelard voulaient que je dorme au-dessus du garage, mais ça ne me disait rien.

— Tu as bien fait de dire non.

Ils étaient l'un en face de l'autre dans la lumière de l'après-midi. Il y eut un petit silence, puis Alija attrapa Élisabeth dans ses bras et l'embrassa fort, longuement. Elle répondit au baiser, s'accrocha à lui, colla son ventre contre le sien. Ils se sourirent, enlacés, immobiles.

« Élisabeth...Élisabeth... (Il aimait bien prononcer son nom.) Comment ça va ? Comment ça va ? Tu es bien ? »

Elle était bouleversée, mais inquiète en pensant aux Châtelard. Elle dit qu'il lui fallait rentrer à la maison.

« Ah... dit-il. Où est-ce que tu seras, demain à cinq heures ? »

— Demain ? Je sors du fast-food à six heures.

— Je viendrai te chercher à six heures. Je t'attendrai à la sortie devant ton restaurant.

— Moi aussi, je t'attendrai.

Elle s'enfuit en courant à toutes jambes sans regarder derrière elle.

17

Janine avait mis une cassette de tango argentin et avait revêtu une robe décolletée. Elle se déhanchait au rythme de la *Cumparsita*, trébuchant un peu sur ses talons hauts, quand Élisabeth rentra. Loin de se formaliser, la jeune fille sourit à sa mère comme elle aurait souri à un jeune enfant et lui demanda si elle était invitée à une soirée.

« Faut pas rêver, répondit sa mère. Taga, da da... Taga, da.da... Tu ne devais pas dîner avec les Châtelard ? »

Elle alla éteindre la musique en traînant les pieds, comme si elle était punie. Sans répondre à la question de sa mère, Élisabeth lui dit :

— Laisse donc ta musique, ça ne me gêne pas.

— Oui, mais tes frères vont rentrer. Alors... soupira la mère.

— On éteindra quand ils rentreront.

Contente, Janine remit son tango.

— Dis donc... il est tard ! Où est-ce qu'ils sont ?

— Avec Papa. Ils défilent.

— Ils défilent ? Pas possible !

— Oui. Pour protester.

« Protester ? » Élisabeth était suffoquée à l'idée d'imaginer son père protestant contre quoi que ce fût.

— Contre quoi ? Qu'est-ce qui s'est passé ?

— C'était le match contre Ivry-la-Garenne. Les supporters d'Ivry-la-Garenne ont cassé plein de magasins... Il paraît qu'ils ont fait des millions de dégâts.

Élisabeth était déçue. Casser des magasins. La routine. Mais sa mère ajouta :

— Ils ont même tué le tabac du coin.

Là, Élisabeth était intéressée.

— Ils ont tué... le patron du bureau de tabac ?

Janine avait recommencé à se trémousser et ne voyait pas l'expression gourmande de sa fille. Elle répondit par un « Mmmm » distrait.

— Quoi, Mmmmm. ?... Comment ? Raconte !

Elle se rapprocha de sa mère avec un drôle de sourire. Janine se retourna, la regarda et fronça les sourcils. Elle n'était pas précisément renseignée. Elle n'aimait pas les bagarres et essayait de les oublier sitôt qu'elle avait appris leur existence. Pourquoi Élisabeth s'intéressait-elle à un affrontement sordide ? Le buraliste avait été assommé. Ça faisait partie de la vie de la cité. Il valait mieux penser à autre chose. À Buenos-Aires, par exemple. Et à ses tangos. Bien sûr, Janine idéalisait Buenos-Aires, et n'avait aucune idée de la sauvagerie de ses bagarres de rue, ni de tous les crimes qu'avait perpétrés la dictature.

— Comment ? Avec quoi ?

Élisabeth était impatiente, avide. Elle tapa du pied. « Ils lui ont défoncé le crâne ? »

Janine ressentit un malaise diffus qu'elle ne s'expliqua pas très bien.

« Est-ce que je sais, moi ? (Elle mit un autre disque.) Et puis, qu'est-ce que ça peut te faire ? On le connaissait à peine ! T'as été en classe avec ses filles ? »

« Oh, rien, c'était juste comme ça », dit Élisabeth en haussant les épaules.

Elle s'installa sur le canapé et regarda en souriant affectueusement sa mère en train de danser, la félicita. Janine était souple, faisait de belles figures toute seule. Il y avait belle lurette que Gérard avait cessé de danser. Quant à Élisabeth, elle aimait danser, mais elle n'aimait pas tellement les danseurs : il fallait toujours que ses partenaires essaient de la serrer de trop près. Et puis Hubert n'aimait pas les boîtes : elles étaient pleines de loubards, de gens qui n'étaient pas de son niveau.

Mais la mère poursuivait son idée. Elle avait une peur obsessionnelle que quelque chose se mette en travers de son grand projet : que sa fille trône un jour au garage et sur la grande maison des Châtelard. Elle ne serait rassurée que le soir des noces. Après.... Elle avait tellement peu de sympathie pour les airs supérieurs et coincés d'Hubert qu'elle souhaitait qu'Élisabeth le trompe joyeusement avec des amants plus rigolos, mais en douce.

« Tu devrais... taga, dada... t'excuser auprès des

Châtelard. Ils ont téléphoné tout à l'heure... furax. Taga, dada... »

Élisabeth haussa les épaules. Janine s'approcha d'elle et lui mit les bras autour du cou.

— Allez, vas-y pour Papa, même si t'as pas envie. Sinon, ça va être sa fête au garage.

Retourner là-bas était vraiment la dernière chose dont Élisabeth avait envie, mais elle aimait beaucoup son père.

18

Les frères Châtelard étaient tous les deux devant les pompes à essence, en train d'examiner une moto. Lorsque Élisabeth arriva, Hubert prit un air sévère et moralisateur qui fit hurler Jean-Pierre de rire. Hubert foudroya son frère du regard puis cria :

— T'as vraiment une case de vide ! Te tirer comme ça !

— Justement, je venais m'excuser, dit Élisabeth.

— T'excuser ? Qu'est-ce que tu me fais comme plan ? Ça ne te ressemble pas.

— Et puis pour excuser Papa aussi. Il a pris un coup dans la bagarre contre Ivry-la-Garenne, il ne viendra pas demain.

Ivry-la-Garenne ? Une bagarre ? Pignerol qui ne sortait jamais, qui était trouillard et casanier ? Hubert n'en revenait pas. Élisabeth lui expliqua vaguement qu'il s'agissait d'un truc de supporters.

« Ton père est aussi taré que toi », trancha le fiancé offensé.

Élisabeth ne s'insurgea pas. Elle savait très bien utiliser le silence. Ne pas relever l'injure faite à son père la faisait retomber, cette injure, la rendait inefficace, molle comme une tranche de jambon.

En fait, Hubert se foutait totalement de Pignerol et de la façon dont il occupait ses loisirs. Il se foutait moyennement de son absence du lendemain à l'atelier. Ce qui le martyrisait, c'était de constater qu'Élisabeth lui échappait toujours, aussi bien présente qu'absente. Et il voulait l'attaquer en attaquant son père. Mais le pauvre garçon était tellement transparent qu'Élisabeth lisait toute cette manœuvre mesquine sur son visage malheureux. Il était bien lâche, l'ingénieur falot, de ne pas oser l'affronter de front et d'insulter un faible.

La jeune fille esquissa un sourire : toute cette médiocrité était tellement naine à côté du baiser d'Alija... demain, elle serait dissoute comme une tache de graisse qui s'en va sous l'effet du savon.

Mais son silence, suivi de son sourire, avait rendu Hubert fou : il se précipita sur Élisabeth et la gifla.

« Ça va pas, la tête ? » cria Jean-Pierre en s'interposant.

« Elle se fout de moi », glapit Hubert.

« Moi ? dit Élisabeth. J'ai rien dit ».

« T'avais pas à insulter son père. Lâche-la », dit Jean-Pierre en secouant son frère qui secouait Élisabeth. « Mais lâche-la, de quoi t'as l'air ? »

Il réussit à délivrer Élisabeth de la main vengeresse d'Hubert qui l'avait agrippée au cou. Les deux frères échangèrent quelques coups de poing.

Le sourire ironique d'Élisabeth se fit plus appuyé. Battez-vous donc, petits matous crétins...

Hubert renta de repousser Jean-Pierre en hurlant que Pignerol était un minable, la preuve, leur père à eux l'appelait « Traîne-lattes », mais son jeune frère était beaucoup plus costaud que lui et lui fit une clé qui finit par le paralyser. Leurs hurlements alertèrent leur père qui sortit du magasin.

« Qu'est-ce que c'est que ce cirque ? »

Élisabeth cessa de sourire quand elle le vit avancer. Elle eut un instant peur de recevoir un coup. Mais ce fut pire.

Il se planta devant elle et dit simplement :

« Quand elle sera à nous, elle apprendra les bonnes manières ».

Hubert resta interdit, puis courut vers le mur du garage et continua à proférer des injures en lançant des coups de pied et de poing contre la paroi.

Élisabeth ne maîtrisait plus du tout la situation. Ce « à nous » la glaçait. Châtelard avait raison, elle s'était rendue prisonnière de ces hommes. Elle avait accepté d'être leur propriété commune. Alija n'y pouvait rien : le ciel s'était ouvert au moment où leurs corps s'étaient serrés l'un contre l'autre, mais il s'était vite refermé.

Il lui sembla qu'elle ne pourrait plus jamais sortir du périmètre du garage, qu'elle y passerait le restant de sa vie. Elle fondit en larmes.

Jean-Pierre la prit dans ses bras et l'entraîna dans la rue.

19

C'était un café typique des années 70 qui n'avait jamais été redécoré puisqu'il marchait très bien comme ça, avec une tapisserie flamboyante aux motifs cachemire orange sur fond marron aux murs, des banquettes faux pub, des flippers, des jeux électroniques ornés de monstres assassins, un boucan d'enfer.

Élisabeth et Jean-Pierre buvaient des bières.

Jean-Pierre proposa sans succès à Élisabeth d'aller faire un tour sur les bords du canal (le dernier endroit où elle aurait voulu qu'il l'escorte) ou d'aller jusqu'à Bonneuil où il y avait une fête foraine ; mais elle prétendit avoir mal aux pieds. Il lui prit la main. Elle se laissa faire, indifférente.

« C'est pas parce que Hubert va hériter de ce foutu garage de merde, quand même... T'es tellement belle... Je sais bien, lui, il a fait des études et moi je suis un bon à rien. (Il ne savait pas quoi dire, elle l'impressionnait avec cette façon de vous fixer. Il eut un petit rire triste.) Mais pourquoi il te cherchait comme ça ? »

Elle enleva sa main en lui demandant de laisser

tomber. Il lui dit d'un air rêveur que si elle était sa fiancée à lui, il la ferait grimper aux rideaux...

Alors elle se leva et alla droit vers la sortie sans un mot. Jean-Pierre lui courut après.

Il la raccompagna dans sa vieille Citroën décorée de façon surprenante avec des guirlandes électriques clignotantes, lui demandant de choisir de la musique, mais c'était un faux choix : il n'avait que de la techno. Elle le remercia sur un ton cérémonieux et mit n'importe quoi. Pendant le trajet, elle eut un peu peur qu'il ne quitte la route parce qu'il la regardait au lieu de regarder devant lui. Elle vit apparaître son bloc avec satisfaction. Mais lorsqu'ils furent arrivés juste devant l'entrée de l'immeuble, il accéléra et prit la direction d'un quartier en démolition.

Elle soupira mais ne dit rien. Il ne dit rien non plus. La musique leur martelait les tempes comme une grosse crise de tachycardie.

Elle ne protesta pas quand il osa enfin la renverser sur la banquette. Il faisait chaud, et faire l'amour était le seul rempart contre la tristesse, la médiocrité, c'était la seule chose vraie qui pouvait lui arriver. Jean-Pierre n'existait pas, c'était l'acte qui importait, l'éphémère détente qu'il apportait toujours.

Ça se passa très vite, dans une rue sans issue, c'était malcommode à cause du levier de vitesse qui lui coinçait la cuisse droite, mais c'était nettement mieux qu'avec Hubert.

De retour à la cité Bernard-Tapie, il sortit rapidement et fit le tour de la voiture pour lui ouvrir la portière comme dans les films. Il l'attira à lui. Il essaya de l'embrasser. Elle se dégagea sans violence en disant simplement « Non ».

« Le prends pas mal ! », dit-il, penaud, la gorge serrée.

Elle accéléra le pas. Il s'arrêta, découragé, les larmes aux yeux. Elle marchait sans se retourner vers l'entrée de son bloc. Soudain, trois jeunes gens l'abordèrent, la saisirent, la ceinturèrent. Elle se mit à ruer, à distribuer des coups, hurlant comme une bête. Jean-Pierre bondit, ramassa une clé anglaise sous le siège de sa voiture et vola une seconde fois à son secours.

« Lâchez-la, bande d'enfoirés ! »

Il les menaça avec la clé. Puis il les reconnut, c'étaient des copains. Les agresseurs le reconnurent aussi et éclatèrent de rire, lâchant Élisabeth.

« Tiens, voilà le fils au légionnaire ! », dit un garçon à qui Élisabeth avait flanqué un coquard déjà bleuissant.

Il leur révéla qu'il s'agissait de la fiancée de son frère. Ils reconnurent qu'ils ne pouvaient pas savoir, y avait pas d'étiquette. Ils saluèrent même Élisabeth en disant « Bonsoir Mademoiselle... ».

« Venez donc boire une mousse au Las Vegas ! », conclut Jean-Pierre.

Les garçons embarquèrent dans sa voiture disco, se désintéressant totalement d'Élisabeth, et mirent la radio en s'engueulant pour le choix de la cassette. Jean-Pierre escorta Élisabeth jusqu'à l'escalier. Appuyé à la rampe, il la regarda gravir les premières marches de l'escalier en soupirant.

« Tu sais, si tu voulais, disait-il en regardant ses jambes de plus en plus dévoilées, je chercherais vraiment du boulot. Je suis capable d'en trouver rien qu'à cause de toi. »

Elle rit. Alors, quand il cherchait un travail plus indépendant que de servir aux pompes chez son père, il faisait semblant ? Il reconnut que c'était de la frime. Elle demanda si la frime c'était un bon métier.

Il ne la voyait déjà plus lorsqu'il lui posa la question de confiance :

« Dis... Est-ce que t'es sûre que tu veux vraiment épouser Hubert ? »

Là, le bruit de pas de la jeune fille s'arrêta. Il l'entendit demander sur un ton froid :

« Qu'est-ce que tu me proposes à la place ? »

Puis le bruit de pas reprit. Le jeune homme resta un instant figé. Il n'y avait rien à faire. Elle avait apprécié le contact de leurs corps, c'était évident, mais ça ne suffirait jamais à lui faire envisager une vie commune. Il le savait. Et puis ça n'avait pas été très régulier de profiter de son désarroi. Il posa son front sur la rampe, très malheureux.

Puis comme il n'avait rien à faire d'autres, il rejoignit ses copains, direction le Las Vegas.

....
... ...

20

Drapée dans une serviette de bain, assise sur le re-
bord de la baignoire, Élisabeth réfléchissait en écoutant le concert des bruits qui polluaient la nuit : télé,
engueulades, hurlements, cris d'amour des voisins,
dégringolades d'objets divers dans le vide-ordures,
ronflements de son père.

Elle alla chercher dans un tiroir des boules Quiès
qu'elle malaxa puis les mit dans ses oreilles. Son visage se décontracta. Mais elle n'était pas apaisée
pour autant.

Elle se planta devant la glace, et demanda à son
reflet d'un ton âpre :

« Oh, Alija, Alija, pourquoi est-ce que j'ai fait tout
ça ? »

Elle s'était parfois posé la question sans trouver la
réponse.

Elle se mit à s'administrer des gifles, se frappant le
visage si fort qu'elle en avait la tête qui pivotait.

« Pourquoi est-ce que je ne t'ai pas attendu ? »

Elle sortit de la salle de bains, décidée, et alla à la
cuisine chercher une éponge à récurer les casseroles

genre « scotch-brite ». Elle la trempa dans l'eau de Javel, fit tomber le drap de bain, et commença à se gratter le haut des cuisses, puis plus haut encore. La cérémonie expiatoire était pénible, ça brûlait, ça griffait, mais elle la ressentait comme une nécéssité absolue avant son départ pour la péniche.. Elle psalmodiait :

« Je dois me purifier... Je dois me purifier... »

Puis lorsque l'autopunition lui parut suffisante, elle gagna son cagibi, prit sous son sommier une boîte à chaussures et s'assit en tailleur sur son lit. Dans la petite pièce étroite destinée à être un grand placard et qui lui servait de chambre il n'y avait pas de fenêtre, juste un lit et une mini-armoire branlante calée avec de vieux annuaires. Elle n'avait pas décoré son antre, il n'y avait ni posters ni bibelots, juste des livres sur des étagères de fortune et une vieille radio.

Elle fouilla dans sa boîte à chaussures remplie de papiers et en sortit une curieuse collection de coupures de presse.

Elle les étala sur son lit et se mit à les classer. Il y avait de très anciennes coupures, d'autres récentes. Mais toutes relataient des faits divers violents qu'elle relisait souvent, se repaissant de meurtres, d'agressions, de massacres.

Elle s'arrêta sur un document, passionnément intéressée.

« Pour escroquer la compagnie d'assurances, était-il écrit dans un vieux *France-Soir*, la commerçante avait trouvé un moyen ingénieux de mettre le feu à sa propre maison.... Elle avait injecté à l'aide d'une seringue un mélange d'éther et d'alcool dans une douzaine de balles de ping-pong. Elle avait ensuite projeté les balles dans la cheminée où brûlait un feu de bois. L'explosion avait été fulgurante... »

Élisabeth répéta tout haut ce mot avec plaisir : « Fulgurante... Fulgurante... »

Des flammes, leur couleur splendide, leur grondement expiatoire comme rue Bidet, les flammes de l'Ange à la fin des temps...

Elle rangea la coupure de presse et continua à rêver tout haut.

« Dans un garage... avec tous les produits inflammables qu'ils stockent... ça serait fulgurant ! »

Le garage Châtelard partirait en fumée, et à la place s'élèverait enfin la Jérusalem céleste...

Elle se leva et retourna dans la salle de bains inventorier le contenu de l'armoire à pharmacie familiale. Elle trouva un flacon d'alcool à 90° qu'elle mit de côté. Dans une boîte métallique sur le sommet de l'armoire à pharmacie elle trouva du sérum antivenimeux vieux de 4 ans et une seringue. Elle tripota la seringue et le flacon, puis les remit en place et reprit le chemin de sa chambre.

Elle se coucha, éteignit la lumière, et resta yeux grands ouverts à fixer le plafond.

Mon Dieu, même si elle arrivait à faire sauter le garage et à transformer tous les Châtelard en fumée, son innocence originelle ne lui serait pas rendue pour autant, ses trois ex-petits amis, les agréables chômeurs, existeraient toujours. Est-ce qu'il faudrait les exécuter, eux aussi ? Elle n'aurait jamais le temps d'effacer toute trace de sa vie passée. Et puis cet autodafé n'arrangerait rien. Ce n'étaient pas ces amants regrettables qui posaient un problème, mais la raison qui l'avait poussée à se livrer à tant de semblants de gestes d'amour avec n'importe qui. Elle avait fait tout cela sans jamais réfléchir, poussée par une force intérieure, une déferlante, courant au-devant de ces hommes comme si on l'avait poussée aux épaules.

Et Robert ? Même mort il resterait sa pire faute. Il ne fallait même pas y penser. Il fallait l'enfouir définitivement tout au fond d'une trappe dans sa tête et verrouiller la trappe, sinon le remords envahirait chaque minute de sa vie.

Mais si Alija s'en rendait compte ? Alija saurait qu'elle avait couché avec n'importe qui, il le sentirait, il ne chercherait jamais à comprendre pourquoi parce qu'il n'y avait rien à comprendre. Il la mettrait peut-être à la porte de chez lui en criant : « Pourquoi ne m'as-tu pas attendu ? »

Elle pleura, puis se rappela enfin le proverbe oriental : « Il est trois traces qu'on ne saurait retrouver : celle du poisson dans la mer, celle de l'oiseau dans le ciel, et celle de l'homme dans la femme ».

Elle s'accrocha à cette branche salutaire de sagesse, s'apaisa et s'endormit.

21

Julien Garnier sortit du Conservatoire municipal et aperçut Élisabeth qui l'attendait sur le trottoir. Il lui adressa un sourire d'adoration que remarquèrent un groupe de jeunes qui l'observaient en se marrant.

Elle ne savait pas par où commencer. Ravi de cette visite impromptue, il la regardait avec un grand sourire interrogateur. Elle n'arrivait pas à trouver ses mots et balbutia simplement qu'il fallait qu'elle lui demande quelque chose.

Il l'aida, la conforta, l'apprivoisa avec quelques mots et surtout en lui faisant comprendre qu'il était prêt à l'aider.

« Qu'est-ce que je peux faire pour toi ? »

Élisabeth s'empêtra dans des mensonges puérils, prétexta qu'elle avait besoin de cent francs pour aller acheter quelque chose au magasin de sport pour ses petits frères. C'était si peu clair qu'il s'inquiéta, lui demandant quels rapports elle entretenait avec ces fameux petits frères. Elle se borna à baisser les yeux en disant simplement :

« Bof... »

« Vous ne vous entendez pas bien, on dirait »,
constata Julien.

« C'est des garçons, dit Élisabeth, découragée.
Bon, excusez-moi pour les cent francs, je me dé-
brouillerai. »

Elle fit mine de s'en aller. Julien la retint par la
manche et sortit un billet de sa poche. Il y tenait. Il
voulait lui rendre service. Elle avait l'air tellement
anxieuse. Il espérait d'autres confidences, mais elle
prit le billet prestement, le visage renfrogné.

Il osa :

— Tu en fais, une tête !

— J'ai la tête que je peux.

Elle fit demi-tour, laissant Julien désemparé.

Elle fila au magasin de sport, acheta une boîte de
balles de ping-pong, puis regagna son bloc, la boîte
sous le bras. Dans le hall, des gosses bronzés, joyeux,
faisaient des acrobaties. Ils avaient installé avec une
remarquable ingéniosité sur la rampe d'escalier un
dispositif fait d'un vieux cadre de vélo et de deux
planches. C'était périlleux mais ils étaient d'une agilité phénoménale. Ils volaient d'une planche à l'autre
dans leur jungle improvisée en poussant des cris de
joie.

Tout à coup, la gaîté des gosses qui lui faisaient
des sourires amicaux la détendit comme si une force
bénéfique inconnue lui avait envoyé un signe.

Elle applaudit. Ils échangèrent des bonjours, elle
les regarda encore, puis sembla prendre une décision
importante, et leur tendit la boîte.

« Tenez, cadeau. »

Les enfants étonnés ouvrirent la boîte, découvrirent les balles de ping-pong et s'amusèrent longtemps comme des fous à faire rouler partout les petites bulles blanches et légères.

Montant chez elle, Élisabeth se pencha plusieurs fois pour voir la cage d'escalier métamorphosée en cirque. Il avait suffi de peu de chose pour que survienne un signe d'absolution.

Alors, pour parfaire la grande purification, elle fila dans sa chambre, pêcha sous son lit sa collection de coupures de presse, les emporta dans la cuisine, chercha une bassine métallique et de l'alcool à brûler. Heureusement, sa mère jacassait au téléphone dans le séjour, réclamant un impossible silence aux petits frères qui regardaient une sitcom « de cafeteria » en mangeant des chips.

Mais le paquet de chips eut une fin rapide. Lionel se leva, brandissant le sac vide, et s'en fut demander à Élisabeth, sur le pas de la porte de la cuisine :

— Dis donc, c'est tout ce qu'il y a pour déjeuner ?

— Je suis en grève.

Lionel, surpris, fit un pas en avant pour lui dire quelque chose de désagréable, mais hurla de surprise : sa sœur était en train de verser de l'alcool dans une bassine métallique remplie de bouts de papier. Il tendit le cou et vit que c'étaient de vieux journaux. Effaré, il parvint à lui demander ce qu'elle faisait en bégayant.

Élisabeth ne répondit pas, approcha une allumette : de grandes flammes jaillirent... Elle se mit à remuer les morceaux de papier pour attiser le feu avec une cuiller en bois... Les meurtres, les viols, les agressions partaient en fumée.

Son sourire de sorcière fit reculer Lionel.

Christophe et Sylvester surgirent et restèrent pétrifiés à l'entrée de la cuisine, retenant leur souffle, fascinés par leur sœur trônant au milieu des flammes.

« On dirait Carrie », murmura Christophe.

DEUXIÈME PARTIE

LE PARADIS

22

Alija et Élisabeth marchaient dans le soleil sur le chemin du canal en se tenant par la main.

Alija la précéda sur la passerelle de planches. La lumière de la fin d'après-midi était magnifique. Il la fit descendre à l'intérieur.

Élisabeth examina la grande pièce aménagée par le Bosniaque dans les entrailles de la péniche. C'était un espace allongé avec un grand lit surmonté d'une moustiquaire de style colonial, et des objets hétéroclites glanés çà et là : un hamac, un vieux rocking-chair, des reproductions d'icônes aux personnages dolichocéphales, la tête penchée et d'énormes yeux de poisson en biais, des reproductions de calligraphies musulmanes découpées dans des magazines, un vieux piano droit aux touches jaunes striées de noir, tout un capharnaüm poétique. Il y avait des étagères bricolées avec des briques, des bouquins, des bols et des assiettes anciennes provenant de diverses brocantes.

Sur la table rafistolée et cirée, un gros bouquet de

fleurs de saison cueillies sur les bord du canal s'épanouissait dans un bocal à cornichons.

L'ensemble était poétique et ingénieux. La radio diffusait quelque chose de doux, du jazz qui faisait des volutes.

Alija fit asseoir Élisabeth, lui servit un morceau de gâteau. Le gâteau était encore dans un vieux moule : Alija l'avait fait. Il apporta aussi du café dans une cafetière émaillée.

Élisabeth n'en revenait pas. Un homme qui savait faire tout ça... et qui le reconnaissait avec naturel, sans avoir peur d'être pris pour une gonzesse ! Elle le lui dit. Elle regardait autour d'elle avec une attitude cérémonieuse comme si elle était en visite chez un notable. La maison flottante... Les choses... Le gâteau...

Alija était étonné de l'étonnement d'Élisabeth. Il lui demanda si les mouvements légers de la péniche ne lui faisaient pas mal au cœur : non, elle trouvait qu'ils la berçaient.

Il enleva sa chemise et ses espadrilles qu'il jeta dans un coin. Il avait l'air d'un matelot de légende. Elle le regarda. Il était très beau, très bien bâti, avec un corps respirant la force sans être lourd comme celui de Châtelard. Ses hanches étaient minces, ses muscles longs, ses poignets déliés. Il ressemblait à un danseur de flamenco.

Il alla s'asseoir près d'elle et prit aussi un morceau de gâteau. Ils mangèrent en silence.

Puis Élisabeth dit :

— C'est vraiment formidable, que tu habites là-dedans.

Il se rapprocha d'elle, lui caressa les cheveux.

— En Bosnie, je m'étais fait une maison avec du bois de récupération. Mais un jour, elle a brûlé.

— C'était un court-circuit ?

Il hésita un instant et détourna les yeux.

— Non, quelqu'un avait mis le feu.

— Pourquoi ?

— Ça arrivait dans le mahalla...

— Le quoi ?

— Notre quartier.

Elle sentait que l'évocation de son pays l'attristait, alors elle changea de sujet en lui caressant le bras.

« Ce qui est drôle, pour les cités, dit-elle, c'est que personne ne veut y habiter, tout le monde dit que c'est l'enfer, mais tout le monde finit par s'y retrouver. Les gens ne font jamais ce qu'ils disent. Toi, tu as refusé pour de bon ! »

— Les gens n'ont pas la foi.

Élisabeth s'étonna. Dieu, la foi, c'était si loin d'elle. S'il y avait un Dieu tout-puissant et bon, le monde serait tellement différent. Il était peut-être tout-puissant, mais pas bon, insensible à la douleur des créatures vivantes. Ou alors peut-être bon, mais contrecarré par des puissances démoniaques autrement plus efficaces. Elle se rappela en un éclair sa première communion à Meung-sur-Loire. À cette époque, elle ne se posait pas de questions. On lui avait dit de croire : elle croyait... qu'elle croyait. La seule chose qu'elle redoutait, c'était d'entamer involontairement l'hostie sacrée avec ses dents : ç'aurait été un péché mortel. N'avoir eu peur que de ça... c'était bon. Comment Alija pouvait-il avoir la foi ? Être resté tellement enfantin ?

Il haussa les sourcils.

« La foi en Dieu ? Moi, je ne l'ai pas, enfin, dans le fond, je n'en sais rien. Peut-être que je l'ai... sans le savoir, mais depuis quelques années, regarde, on dirait qu'elle revient partout dans le monde. Les gens cherchent autre chose que l'envie. »

— Pourtant tu disais que les gens ne l'avaient plus, la foi !

— Je voulais dire, la foi en eux ! Les désirs, ça peut se réaliser.

Il s'approcha encore plus près, la saisit dans ses bras.

« Oui, ça se réalise, dit-elle, mais en rêve. »

— Il faut rêver sa vie, dit-il.

Il la fit lever, la déshabilla lentement, avec dévotion. Il s'étonna de voir de petites taches rouges sur le haut de ses cuisses, mais elle invoqua une allergie due à la chaleur. Quand elle fut nue, il la déposa sous la moustiquaire. Puis il alluma des petits bâtons lumineux comme pour Noël qu'il disposa aux quatre coins de la pièce. Elle le suivait des yeux avec ravissement, appuyée sur un coude. Il marcha vers la moustiquaire en défaisant son ceinturon.

Dans un mini-feu d'artifice, la péniche devint le jardin d'Éden, d'amour, de chair, de lumière et de paix. Les amants rejoignirent la Création tout entière, mélangés aux forces de la nature, aux galaxies,

114

initiés à la splendide innocence de l'âge d'or par leurs corps imbriqués.

Ce soir-là, la ville de Sabligny tout entière resta calme, tendre, chaude. Personne ne s'entretua. Personne ne dit de vacheries à personne.

Tous les dieux de tous les panthéons du monde s'accordèrent pour gratifier les hommes d'un sommeil paisible.

Il y eut même des animaux qui s'aventurèrent librement sur le chemin de halage. C'était peut-être la lune ?

Le lendemain matin, Alija, prêt à partir au travail, son sac sur l'épaule, et Élisabeth, vêtue d'une chemise d'Alija, regardaient la rive.

« Il faut que j'y aille, dit-il. Après moi, tu remontes la passerelle... regarde... (Il lui montra la manœuvre.) Comme ça. »

— C'est comme dans un château-fort.

— C'est toi la fée du château.

Ils s'embrassèrent interminablement. Ils s'écartèrent l'un de l'autre avec difficulté. Puis il descendit, s'éloigna sur le chemin de halage en se retournant à chaque pas. Elle le suivit longuement des yeux.

Quand il ne fut plus visible, elle releva la passerelle et entreprit une longue promenade sur la péniche, regardant tout, caressant le bois du plat de la main.

Tout ce qui concernait la navigation lui parut mystérieux, datant d'un autre âge, de celui de Christophe Colomb et des marins qui partaient sans savoir où, guidés par les constellations. Il faudrait qu'elle demande à Alija de l'initier, pour arriver un jour à piloter, elle aussi, à glisser lentement sur les rivières. Peut-être apprendrait-elle à apprivoiser la course nocturne des étoiles ?

Elle descendit à l'intérieur, regarda le vieux piano, le caressa, puis prit une chaise et s'assit devant le clavier, essayant de jouer. Il était complètement désaccordé. Elle eut un fou rire en entendant la cacophonie aigrelette qu'elle créait en essayant de faire de la musique.

23

Vers midi et demi, Janine se mit à farfouiller dans le frigo, accablée : la cantine scolaire était toujours fermée. Elle ne trouva que des restes fripés, moisis, une vieille carcasse de poulet...

Lionel la harcelait ; il ne comprenait pas pourquoi Élisabeth n'était pas là, pourquoi elle n'avait rien préparé.

Pour avoir la paix, Janine prétendit que sa fille avait changé d'horaire au fast-food. Ses trois garçons investirent la cuisine et fouillèrent dans les placards — c'est-à-dire qu'ils les dévastèrent comme des Huns. Ils trouvèrent du thon à l'huile mélangée de diverses provenances et des Mégachococrucs qu'ils touillèrent dans des assiettes en carton ornées de vélociraptors.

Pendant qu'ils s'empiffraient, Janine, renfrognée, téléphona chez les Châtelard. Elle espérait sans trop y croire qu'Élisabeth était chez eux, qu'elle avait dormi avec Hubert. Elle tomba sur Ahmed, le mécano occasionnel, qui n'était au courant de rien, mais qui l'avisa gentiment à mi-voix de ce que les Châtelard faisaient la gueule.

Elle se rendit dans la petite chambre d'Élisabeth et commença une perquisition aussi méthodique que lui permettait sa nature qui l'inclinait plutôt vers un désordre abyssal. Le lit était fait au carré, comme d'habitude. Elle souleva le rideau de plastique à fleurettes défraîchies qui masquait la penderie. Il n'y avait pratiquement plus rien, juste un anorak, un gros pantalon d'hiver et des snow-boots. Et toutes les affaires de toilette manquaient à l'appel. Janine ferma les yeux de bonheur et poussa un ouf de soulagement qu'on dut entendre dans toute la cité. Éliminés l'accident, l'enlèvement... Élisabeth était partie volontairement de la maison.

Puis un petit objet brillant posé sur la table de nuit attira son regard : c'était la bague de fiançailles...

Elle la passa à son doigt, comme ça, pour voir, et la trouva jolie, quoique petite. Bien brillante. C'était du vrai... mais du vrai pour fauchés. Il aurait pu mieux faire, l'ingénieur fort en thème. Eh oui, il la payait maintenant, sa radinerie...

Elle rit un peu mais sa bonne humeur retomba rapidement. Alors elle en avait suivi un autre ! C'était bien ce qu'elle redoutait depuis longtemps. Quel tour de cochon !...

Elle se demanda où planquer la bague en attendant et fit un gros effort pour se rappeler les règles les plus élémentaires de la civilité en pareil cas. Cette bague devait-elle rester chez eux ? Où trouver des précédents ? Jamais chez les Pignerol, ou chez les Savagnac, **sa** propre famille, une jeune fille n'avait fugué si près d'un mariage, avantageux ou pas. Même après un mariage atterrant. La tante Eugénie Coustecalde, pourtant bien mal mariée à un crétin paranoïaque qui la tabassait, avait subi dix ans de funeste vie conjugale avant de jouer les filles de l'air... Alors la bague ? Qui allait donc avoir la garde de la bague ? Une fiancée envolée avait-elle le droit de conserver le gage d'un projet d'union passé à la trappe ? Ce petit caillou était-il ou n'était-il pas définitivement à elle ? Garder un bijou venant d'un brave gars à qui on venait de jouer un tour de cochon, cela choquait son éthique. Sans parler de l'éthique du père Châtelard... d'ici qu'il redemande la bague par lettre recommandée ! Oui, mais, d'un autre côté, au clou, la bague pourrait bien payer trois ou quatre factures...

La tentation était forte... Janine décida de temporiser et la mit dans sa poche de tablier en pensant à son ex-futur gendre. Évoquer l'air revêche d'Hubert la dérida pour la seconde fois, et elle se mit à ricaner toute seule. Tour de cochon... tour de cochon, oui, mais cependant excusable : Hubert avait si peu d'attraits. Rassurant, héritier, diplômé, très épris, mais vraiment trop grisâtre. Il n'avait même pas le charme fragile qu'avait Gérard Pignerol quand il l'avait séduite, elle, dix-neuf ans auparavant. Gérard avait à l'époque des yeux élégiaques, un air doux et compatissant... Mais en attendant il n'était pas question de Gérard. Ah là là, si près du mariage ! La petite allait louper une si belle maison ! Tant de pièces, si belles, si neuves, d'une telle qualité... pas celle des HLM de la ville de Sabligny. Si seulement elle avait attendu d'être mariée sous le régime de la communauté pour se faire la malle...

L'évocation de la maison glissa fatalement vers l'évocation de celui qui était en train de la parfaire. Alija, dit « le Yougo », le Romano, l'émigré, l'homme d'ailleurs. Tiens, et si le Yougo avait été le bras du Destin, l'incarnation de la Fatalité ? Il ne le disait pas, qu'il était romano, mais elle le pressentait, ce voyageur insolite aux yeux noirs était un... un quoi ? Un Gitan ? Un Manouche ? Il habitait peut-être dans une caravane parquée sur un terrain vague avec un tas d'autres gens mystérieux qui faisaient de la musique... Il avait peut-être envoûté Élisabeth ?

Ele rit de sa propre sottise. Comme si un homme aussi attirant avait besoin de trucs magiques pour ensorceler une fille... Il n'avait qu'à se pointer, et voilà ! Il était tellement plus intéressant que tous les chiens coiffés qui avaient tourné autour de la petite depuis qu'elle avait treize ans... Elle ne pouvait même pas lui en vouloir : sa présence seule valait un tremblement de terre. En un sens, c'était un vrai cadeau qu'il puisse exister sur terre des hommes comme celui-là.

Mais voilà, il était fauché, et s'il n'avait pas de roulotte, il devait dormir dans des cabanes de chantier ou dans des squats. Élisabeth n'aurait pas pu renoncer au superbe logement presque terminé — elle lui avait rapporté des échantillons de papier peint et de moquette, dignes d'un vrai palace ! — pour aller habiter un squat, elle était trop propre.

Non, elle avait dû trouver un vrai boulot quelque part... plus vrai que de déballer des bouts de poulet ! et ne tarderait pas à donner de ses nouvelles.

Mais Gérard ! Son pauvre Gérard qui allait se faire virer par ce Cro-Magnon de Robert ! À son âge, retrouver du boulot relevait de la science-fiction. Quel pépin ! Ils s'en sortaient déjà difficilement, qu'est-ce que ça allait donner avec les Assedic ! Et ce F4 clair et spacieux (tout est relatif), elle s'y était attachée, il n'était pas si mal, plein sud, avec un petit balcon... Il faudrait l'abandonner pour un logement plus petit, ne plus pouvoir s'isoler de ses trois garçons en se réfugiant dans sa chambre...

Quant à la « fin de droits » elle n'osait même pas y penser.

Mais elle se rendit compte que son va-et-vient intérieur entre l'hilarité et l'angoisse était stérile et redondant. Elle essaya de « positiver ». Tiens, il faudra que je réessaye de bosser à la cantine du groupe scolaire, se dit-elle. Ce n'était pas l'énergie qui lui manquait, mais un embryon de goût pour les travaux ménagers, ces travaux stupides qui se répétaient exactement tous les jours comme une punition. Repasser, encore, c'était plutôt joli, voir les tissus fripouillés devenir tout lisses, ça donnait des satisfactions. Mais la plonge... La seule idée de s'immerger les mains, même avec des gants de caoutchouc, dans de l'eau de vaisselle lui donnait des haut-le-cœur.

Hélas, elle était assez lucide pour savoir que les

seuls travaux disponibles étaient les travaux dégoûtants.

Elle en était là de ses ruminations moroses quand son attention fut attirée par deux des coupures de presse tombées par terre, rescapées du feu purificateur. Elle les ramassa et les parcourut, l'air dégoûté.

« Quelle horreur ! » s'exclama-t-elle.

Elle relut les gros titres : « Parricide dans l'Essone... » « Viol et assassinat de deux auto-stoppeuses mineures... » Elle se mit à plat ventre et repta sous le lit : Élisabeth avait fait sa razzia de faits divers trop vite : trois autres articles gisaient par terre. Tous aussi répugnants les uns que les autres. Quand elle avait dix-huit ans, Janine, elle, collectionnait des photos de rockers. Qu'est-ce que sa fille pouvait bien faire de trucs pareils ?

Elle s'assit sur le lit et réfléchit, tortillant entre ses doigts les coupures de presse pour faire des boules, insensible aux « Maman, maman » que glapissaient ses fils dans la cuisine. Elle se rappelait l'avidité avec laquelle sa fille avait demandé des détails sur la mort du buraliste. Quels drôles de goûts elle avait ! Est-ce que c'était la faute à la télé ? Est-ce qu'elle, la mère, n'aurait pas dû essayer de temps en temps de contrôler ce que ses mômes regardaient à la télé ? C'était peut-être vrai, que l'amoncellement des cadavres qui se déversaient tous les jours de l'écran sur la moquette du séjour incitait à la violence. Y avait-il une chance pour que les gosses de maintenant fassent la différence entre un drame réel et un drame virtuel ? Il aurait fallu en parler avec eux pour le savoir.

Mais réussir à avoir une conversation avec eux ça n'était pas déjà une perspective de tout repos, et risquer de s'opposer à leurs choix télévisuels c'était peut-être facile sur le papier glacé des magazines féminins. Dans la vie, quelles bagarres en perspective !

« Est-ce que oui, est-ce que non... On ne sait jamais rien... » dit-elle toute seule entre ses dents.

Mais pour l'heure, le gros danger, c'était le père Châtelard. Alors, elle prit une grande décision et se rendit au garage.

24

Il n'y avait personne aux pompes. Elle hésita un moment en se dandinant avant d'entrer dans la boutique, car elle voyait à travers la baie vitrée Châtelard en train de téléphoner. Il n'avait pas l'air de bonne humeur et aboyait.

Plus elle le regardait et plus elle avait envie de filer ventre à terre. Mais elle imaginait trop bien quel déluge de représailles s'abattrait sur son pauvre mari si elle ne semblait pas réagir à la fugue de sa fille comme une mère outragée.

Châtelard l'avait aperçue lui aussi. Il raccrocha et lui fit signe d'entrer. Elle entra, marchant en crabe, avec l'enthousiasme du mouton qui va à l'abattoir, et le salua d'un « Bonjour, monsieur Robert » mal assuré, anormalement humble.

Essoufflé par la fureur, Châtelard lui demanda ce qu'elle venait foutre. Elle demanda si son mari était là.

« Il fait semblant de bosser, qu'est-ce que tu veux qu'il fasse d'autre ?... éructa Châtelard. Elle est revenue, votre putain de fille ? »

Elle oublia ses bonnes résolutions d'humilité et se cabra.

« Monsieur Châtelard, vous ne pouvez pas dire ça ! »

— Elle s'envoie en l'air avec le premier venu, alors qu'elle devait épouser MON fils... Et c'est pas une pute ?

Elle décida de brailler plus fort que lui.

— Qu'est-ce que vous en savez, d'abord ? Vous ne pouvez pas me parler comme ça, à moi qui suis sa mère. On a dû l'enlever ! Vous ne pouvez pas savoir quelle nuit blanche j'ai passée ! J'ai appelé tous les hôpitaux ! J'ai guetté une demande de rançon toute la matinée !

Là, elle se tordit carrément les bras. Mais Châtelard la toisa.

— Faut pas me prendre pour une banane, hein ! Si on l'avait enlevée, vous feriez une autre gueule. Et puis une rançon... Pffffff... qui est-ce qui irait demander une rançon à des minables comme vous ? Et puis... (il imita sa voix) moi qui suis sa mère ! Ah, ah ! vous pouvez être fière de votre éducation ! telle mère telle fille ! Qui est-ce qui l'a si bien élevée, hein ?

Là, Janine baissa les yeux. Elle ne savait pas quoi répliquer, l'argument de Châtelard tenait la route. Elle aurait dû arriver avec les yeux pochés, les cheveux sales et dénoués, sangloter, lever les bras au ciel, invoquer Dieu. Et puis la rançon ça faisait nettement Série-Club. Heureusement, à l'extérieur, passèrent Jean-Pierre et Alija qui transportaient des sacs de ciment. Ça fit diversion. Châtelard ouvrit la porte, sortit sur le seuil et les héla brutalement.

« Eh, vous, les surdoués ! »

Les deux garçons stoppèrent et attendirent prudemment la suite sur place. Jean-Pierre avait l'air triste, mais Alija demeurait impassible.

Janine avait suivi Châtelard dans l'encadrement de la porte et n'en perdait pas une miette, sournoise et prudente comme une belette.

« Pas de nouvelles de ma belle-fille ? »

Les deux interpellés firent des grimaces dubitatives.

« Blanche-Neige s'est perdue dans la forêt ? »

Silence.

Puis Jean-Pierre, inquiet, suggéra qu'on devrait peut-être « aller aux flics ». Janine sauta sur l'occasion et déclara, prise d'une inspiration subite, que c'était justement pour ça qu'elle était venue chercher son mari, pour faire une « déclaration de personne disparue ». Châtelard lui dit en la menaçant du poing :

« Vous avez intérêt à me la retrouver, bordel. Sinon... »

Janine le regarda avec un air mi-figue, mi-raisin. Il rentra à grands pas dans la boutique, flanqua un coup de pied dans un amoncellement de boîtes de soda qui s'écroula. Les boîtes roulèrent partout. Janine dut se retenir pour ne pas éclater de rire, mais Hubert apparut dans le coin de la boutique, les larmes aux yeux, jouant avec un petit objet bleu que Janine reconnut tout de suite : c'était une barrette d'Élisabeth. Il en caressait la surface avec une adoration religieuse.

Châtelard le regarda avec une pitié méprisante. Janine, elle, éprouva tout à coup une intense compasssion à l'égard de son ex-futur gendre. Pauvre gars, pensa-t-elle, qu'est-ce qu'il déguste, et c'est pas fini...

« Pauvre con... », dit Châtelard entre ses dents. Il attrapa une bouteille de whisky et la déboucha, mais la reposa, il ne voulait pas boire au goulot en public.

Dehors, Alija allumait une cigarette. Ses yeux croisèrent ceux de Janine. Ils échangèrent un long regard, puis leurs yeux se tournèrent simultanément dans la direction de la boutique où Châtelard apostrophait Hubert.

Janine regarda Châtelard, Hubert, puis Alija.

Elle se mit à comparer la scène qu'elle était en train de vivre avec une séquence de cinéma : on aurait dit que les trois hommes qui évoluaient dans son champ visuel avaient été choisis par un « casting director » de série B : à ma droite, la bête torturée par un désir incestueux, à ma gauche, le gamin écrabouillé entre son père et une fiancée mille fois plus forte que lui, et au milieu, dans le rôle de l'amant superbe et énigmatique, le Yougo. Le beau feuilleton que ça ferait. Trop évident, et pourtant... Elle espéra seulement qu'elle était la seule à avoir vu le film.

Elle dit d'un ton neutre :

« À plus tard, les gars. »

Elle fila sans demander son reste. Il valait mieux qu'elle n'aille pas dans l'atelier parler à son mari :

Châtelard était capable de piquer une rogne volcanique en prétendant qu'elle l'empêchait de travailler.

Elle n'avait aucune envie de rentrer chez elle, il faisait trop beau. Même l'avenue de la République avait un air guilleret. Il y aurait eu moins de gaz d'échappement, elle l'aurait trouvée agréable.

Elle se serait bien promenée, mais avec quelqu'un. Il n'y avait pas de quelqu'un à l'horizon. Alors elle s'octroya un petit plaisir : elle se promit d'aller s'en jeter un au « Las Vegas » pour s'éclaircir les idées en fin de journée.

Cette résolution prise, elle s'en fut vaquer sans méthode ni enthousiasme à quelques occupations ménagères.

25

Au « Las Vegas », le brun moustachu qui avait photographié Alija dans la rue avant qu'il ne saute au-dessus de la palissade était attablé avec d'autres moustachus. Il donna la photo à un très basané qui brandissait un journal yougoslave : en première page, au milieu d'un petit groupe de partisans bosniaques en loques, armés jusqu'aux dents, on reconnaissait Alija, qui semblait être le meneur.

Les moustachus comparèrent les deux photos en discutant à voix basse dans une langue crypto-slave, puis payèrent leurs cafés et s'en furent.

Sur ce, Janine entra, se passant une main dans les cheveux, escalada un tabouret et s'accouda au bar. Il n'y avait pas grand monde depuis que les moustachus étaient partis. Elle salua d'une petite grimace le jeune barman fluet qui essuyait des verres d'un air accablé. Il lui rendit son salut en l'appelant par son nom et lui demanda ce qu'elle voulait pour la forme : il savait depuis longtemps qu'elle carburait au Ricard. Gagné. Elle voulait un Ricard.

« Sinon rien ! », conclut-il, finaud.

— Elle est nouvelle, celle-là... dit Janine, blasée.

— Oh, eh, on n'est pas des Russes, dit le barman, qui ne savait pas très bien ce que ça voulait dire mais trouvait que c'était une formule de protestation qui sonnait bien.

— Tiens ! J'avais pas remarqué, dit Janine en rigolant.

Elle s'abîma dans la contemplation des diverses bouteilles qui pendaient tête en bas. Le barman lui servit son Ricard accompagné d'un broc plein de glaçons et d'un cendrier abominable décoré d'Alsaciennes de carnaval qui gardaient des porcs en vidant des chopines qu'il poussa devant elle. Elle le remercia : elle n'avait pas envie de fumer.

« C'est un cadeau de la maison ! », dit le barman.

Janine tourna entre ses mains le cendrier. Elle aperçut un consommateur qui se tenait près d'elle et venait d'avoir droit au même traitement : Ricard, glaçons, et cendrier qu'il tripotait du même geste machinal. C'était un quinquagénaire costaud (Janine avait toujours, depuis son mariage avec Gérard, eu la nostalgie des épaules larges et des torses puissants), mal peigné et au visage original : il avait l'air à la fois revenu de tout mais ouvert à de nouveaux émerveillements.

— Quelle œuvre d'art !, dit-il en contemplant le cendrier.

— Vous avez du goût, Commissaire !, dit le barman d'un air pénétré.

Entendant le mot « commissaire », Janine sursauta un brin. Tous les muscles de son corps se rétractè-

130

rent... son escapade anisée était gâchée : devant un commissaire, il faut peser ses mots, ses gestes.

Mais ce commissaire-là ne ressemblait pas du tout aux flics qu'elle avait eu l'occasion de côtoyer : elle soupçonna le barman de lui avoir fait une blague.

« C'est un objet votif très caractéristique de la fin de ce millénaire. Plus tard, il fera la joie des archéologues », dit le susdit commissaire qui leva le cendrier à bout de bras et lui adressa un salut poli. « Il faut le considérer avec considération. »

« Votif ? » demanda Janine en regardant le commissaire. « C'est la fête à quelqu'un ? »

— C'est l'anniversaire de la maison. Vous ne saviez pas ?

— C'est le dixième anniversaire de l'établissement !, renchérit le barman. C'est pour ça qu'on fait des cadeaux.

Janine mit un glaçon dans son Ricard dont elle siffla une bonne moitié. Puis elle leva son verre. Le commissaire la fixait avec intérêt. Elle souhaita bon anniversaire à l'établissement. Le commissaire lui souhaita bon anniversaire à elle aussi en levant son propre verre. Comme elle protestait avec un rien d'amertume que ce n'était ni son anniversaire ni sa fête, il ajouta :

— C'est pas défendu de se dénicher un petit mobile, pour s'offrir un petit moment de fête !

« Pour l'heure, les moments de fête, ça ne se bouscule pas... », dit Janine, désabusée. Alors le commissaire alla mettre une pièce dans le juke-box. Il avait choisi *Poupée de cire poupée de son*. Agréablement surprise, Janine commença à se balancer au rythme de la musique. Mais quand elle dit qu'elle aimait bien ce truc-là, le barman haussa les épaules, condescendant.

— C'est de la musique de dinosaures.

« Je vais te montrer comment les dinosaures dansaient au jurassique, espèce de petit crétacé », dit le commissaire.

Il sauta de son tabouret avec une agilité peu conforme à son âge et à ses kilos, attrapa d'autorité Janine par la taille, la fit descendre de son propre tabouret. Comme elle avait trébuché, il la tint un bref instant contre lui et son pouls s'accéléra : la buveuse de Ricard avait des seins en pommes, lourds mais étonnamment fermes.

Il lui fit faire quelques figures de paso doble à contre-temps. Janine se mit à rire. Elle remarqua que le commissaire avait des yeux très bleus, des yeux de faïence comme disait une chanson très belle qui passait à la radio de temps à autre et qu'elle n'avait jamais comprise. Les rares consommateurs et le barman contemplèrent bouche bée ce couple qui s'agitait de façon insolite. Janine se sentait jeune et libre. Ce fut un moment de plaisir rare. Puis elle regarda sa montre au-dessus de l'épaule de son cavalier dont elle palpait inconsciemment la solidité confortable.

« Ah merde, huit heures », constata-t-elle.

« Ah, ah, sou-soupe ? », devina le commissaire.

Elle hocha la tête et le commissaire la salua très bas.

« Madame, je vous restitue à vos obligations... » dit-il.

Janine ouvrait son sac à la recherche difficultueuse de son porte-monnaie (son sac était un foutoir insensé), mais le commissaire fit non de la main et sortit lui-même un billet. Elle était son invitée. De plus en plus intriguée, elle demanda à ce galant cavalier s'il était vraiment commissaire.

« Indubitablement, répondit-il. Si vous ne me croyez pas vous pouvez me rendre visite au commissariat, cela égaiera le cours de mon enquête ».

« Ah, la rue Bidet ! » dit Janine, spontanément.

« Vous êtes au courant ? » dit le commissaire, souriant.

Janine était ennuyée. Elle n'aurait peut-être pas dû lui parler. Danser mais rester énigmatique. Inidentifiable. Si Élisabeth et son amant faisaient la moindre connerie... les immigrés étaient toujours dans le collimateur ! il ne fallait pas se faire remarquer. Ou alors au contraire ? Serait-ce un jour utile à son écervelée de fille d'avoir une mère courtisée par un commissaire ? Quel problème !

— On ne parle que de ça dans le quartier !

— N'y pensez pas et profitez de la vie !

Elle termina son verre à la hâte.

« À charge de revanche ! », dit-elle avec un sourire maladroit. Puis elle mit le cendrier dans son sac et sortit du café en chantonnant *Poupée de cire poupée de son*. Non, finalement, cette rencontre tombait à pic. Elle traversa la rue et éclata de rire. Un commissaire !

26

L'intérieur de la péniche était éclairé par des bougies de toutes les couleurs. Dans le lit, Alija jouait à entourer le poignet d'Élisabeth avec son pouce et son index.

« Tu en as, des petits poignets !, s'exclama-t-il. Un jour, je t'ai vue dans la boutique du garage soulever un aspirateur, j'avais peur que tes poignets se cassent. C'était un spectacle... incompréhensible. »

— Qu'est-ce que ça avait d'incompréhensible ?

— Tu ne m'avais pas vu, mais moi je t'ai vue... Je me suis arrêté... J'ai passé une main devant mes yeux. J'avais pas mal bu, la veille. J'ai cru que j'avais une apparition.

Elle rit, ravie, étonnée, plutôt incrédule.

— Tu crois aux apparitions ?

— Quand j'avais treize ans, en Bosnie, une de mes tantes a vu la Sainte Vierge dans le jardin.

— Tu es catholique ?

— Il y a de tout dans ma famille. On fête la Saint-Georges ensemble début mai. Des musulmans, des catholiques, et même des cousins qui se sont faits pasteurs pentecôtistes. Ils vendent des bassines sur les marchés, et puis le dimanche ils prêchent. Ils font des baptêmes dans la rivière quand l'été revient. Moi ça ne me gêne pas. Il y a peut-être un Dieu, on n'en sait rien... et on peut lui donner tous les noms qu'on veut. Moi j'ai un nom de khalife.

— C'est beau, Alija... Mais l'apparition ?

— Tout le village était persuadé que ma tante était une sainte, les voisins venaient tous les jours prier à l'endroit de l'apparition, et puis il est venu des gens en autocar qui apportaient des cierges et des bouquets de fleurs. La télévision de Sarajevo est même venue la filmer.

— La Sainte Vierge passait l'aspirateur ?

— Il ne faut pas se moquer des apparitions. (Il passa lentement l'index sur le profil du visage d'Élisabeth.) Il y a des gens qui peuvent voir des morts de leur famille venus leur dire bonjour. Ou alors la mer en ville. Les comètes qui secouent leur robe. Les planètes qui dansent Et des femmes qui descendent du ciel pour devenir réelles.

Il l'étreignit, l'embrassa, et se mit à psalmodier, éperdu :

« Tu es réelle... Comme tu es réelle... C'est baroque, c'est féérique : tu es réelle. »

27

Au commissariat, les parents Pignerol attendaient sur un banc.

Pour la circonstance, Janine s'était fait un brushing et avait repassé sa robe dans une double intention : avoir l'air d'une mère respectable et essayer de vamper le commissaire, mine de rien. Mais aimait-il les femmes respectables ou moins respectables ? une mère de famille nombreuse qui boit du Ricard l'après-midi et danse le paso doble avec un inconnu était-elle une mère crédible ? Une fois de plus, les questions restaient sans réponse.

Quant à Gérard Pignerol, bien qu'il ne fût accusé de rien du tout et qu'il vînt en plaignant, il se tenait recroquevillé comme s'il avait attendu des coups.

À côté d'eux, un travelo philosophe aux joues bleuissantes lisait un journal d'astrologie. Derrière le comptoir, deux flics attendaient que ça se passe. Fourmillon, le grand ami d'Hubert, répondait au téléphone.

« Il aboie ? Mais le jour, on a le droit d'aboyer. Rappelez la nuit. Vous dormez ? alors rappelez pas.

Le tapage nocturne faut que ça soit nocturne. Ça vous nuit ? Faut écrire au services des nuisances, à Paris. 12 quai de Gesvres. G.E.S.V.R.E.S. Écrire quoi ? Ben, ce que vous venez de dire. Bonjour Madame. »

Il raccrocha en levant les yeux au ciel. Pignerol chuchota dans l'oreille de sa femme :

« Ça va lui porter tort, à la petite, qu'on aille aux flics. »

Janine le toisa. Il y avait des moments où elle le trouvait vraiment débile.

— Châtelard, c'est tout sauf une banane. T'as bien vu ce qu'il t'a passé ? Et à moi il a dit : si votre fille avait été enlevée vous feriez une autre gueule. Il s'en doute, qu'elle s'est barrée avec un mec. Alors il faut que nous (elle se frappa la poitrine), on ait l'air affolés. Tu saisis ? Si on ne va pas aux flics, ça va faire une preuve de plus pour Châtelard.

— Une preuve ?

Janine soupira, exaspérée. Elle imagina une fois de plus ce que lui aurait apporté le fait d'épouser quelqu'un d'intelligent. Des bienfaits matériels, sûrement, et surtout le plaisir d'être comprise naturellement sans être obligée de répéter, d'expliquer. Et en prime l'immense, l'incommensurable plaisir de ne pas être obligée de prendre tout le temps des initiatives.

« Une preuve qu'Élisabeth est partie de son plein gré. Ça va ? ou faut que je te fasse un dessin. Qu'est-ce qu'on va devenir si Châtelard te vire, hein ? »

Elle avait chuchoté, mais le travelo, qui était

hyperacousique, avait entendu. Intéressé, il se pencha vers Janine en souriant :

« Qui c'est qui est parti ? »

« Ma fille », répondit aimablement Janine.

Les flics tendirent vaguement l'oreille.

« Notre fille », rectifia Gérard.

« Eh ben !, dit le travelo, compatissant. De quel signe elle est ? »

« Heu... Je ne sais pas..., dit Janine. Elle est née en février. »

« Faut la date et l'heure. »

Fourmillon s'aperçut enfin qu'il y avait des gens qui attendaient patiemment depuis plus d'une heure.

« Eh, vous, là-bas, c'est à quel sujet ? »

« Ma fille... »

« Notre fille a fait une fugue. »

« Faut remplir des formulaires », dit Fourmillon.

Le commissaire entra. Il avait toujours son expression de paysan madré pris de temps à autre de fringales poétiques. Il fredonnait « La beauté cachée des laids... » Apercevant les Pignerol il eut un minuscule sursaut de surprise. Son regard et celui de Janine se croisèrent, mais ils feignirent tous les deux de ne pas se connaître.

Fourmillon les désigna de l'index.

« Ceux-là, ils... »

Le commissaire l'interrompit :

« Ah mais c'est Pignerol, mon vieux Pignerol, qui bichonne si bien ma voiture ! Un artiste ! Bonjour, chère Madame ! Madame Pignerol, sans doute ? » (Le couple se leva, synchrone. Pignerol esquissa un

petit sourire, Janine fit un genre de génuflexion.)
« Enchanté. » Il leur serra les mains, celles, moites
de peur, de Pignerol, et celles, suaves et un petit peu
insistantes, de Janine.

— Alors, mon cher Pignerol, vous voyez que je
suis à vous, qu'est-ce qui ne va pas ?

— Ma fille a fait une fugue.

Fourmillon s'interposa, pour avoir l'air au courant,
car le « mon cher Pignerol » lui avait mis la puce à
l'oreille. Il était embêté : et si ces deux crétins, qu'il
avait laissés moisir une heure sur le banc, étaient des
copains du commissaire ?

« Absolument ! » dit-il d'un ton compétent.

« Notre fille », répéta Pignerol.

« On est dans la plus profonde angoisse » dit
Janine, qui n'avait pas l'air angoissée pour deux
ronds.

« Entrez donc dans mon bureau m'expliquer ça »,
dit le commissaire, précédant le couple dans son bureau sans jeter un regard à son adjoint.

De mauvaise humeur, Fourmillon décida de passer
ses nerfs sur le travelo.

« J'ai l'air d'un con, moi », dit-il entre ses dents.
Puis, d'une voix claironnante : « Eh, toi, Esmeralda,
debout ! »

Le travelo se leva, l'air inspiré, et gloussa :

« Vous, vous seriez Bélier ascendant Lion, que ça
ne m'étonnerait pas ! »

28

Il faisait très beau. Élisabeth, les cheveux relevés, vêtue d'une chemise d'Alija aux manches retroussées, balayait le pont de la péniche en chantonnant. C'était bon de nettoyer du bois, une matière vivante, tiède. Puis elle descendit à l'intérieur, remonta en maillot de bain, portant une bassine de pommes de terre et un couteau à cran d'arrêt, qu'elle trouvait commode pour éplucher les légumes parce qu'il était bien affûté, s'assit en tailleur à l'avant et commença à faire des pluches.

Elle avait oublié de retirer la passerelle après le départ matinal d'Alija.

Un bruit la fit sursauter : quelqu'un approchait sur le chemin de halage, un clochard plutôt jeune, le crâne rasé, le maintien agressif, qui la regardait avec avidité.

Apeurée, Élisabeth renversa sa bassine, se précipita sur les cordages et eut juste le temps de relever la passerelle : l'homme était déjà en train de s'y engager.

Déséquilibré, il tomba, fit un roulé-boulé dans les

gravillons de la berge et resta affalé face contre terre. Le cœur battant très fort, elle se pencha au-dessus de la rambarde et lui demanda s'il s'était fait mal. Elle était déjà prête à rabattre la passerelle pour aller lui porter secours. Mais il se releva lente-ment, étourdi, le front en sang, et la fixa avec haine.

« Je te retrouverai, salope ! », hurla-t-il.

Il s'en alla en boitant, grommelant des impréca-tions, se retournant de temps à autre pour faire des gestes obscènes de la main.

Élisabeth alla s'asseoir dans le poste de comman-dement, sans quitter le couteau qu'elle triturait ner-veusement.

Elle resta ainsi longtemps, oubliant de manger.

Quand Alija revint du travail, le visage éclatant de bonheur, il croisa rue Louise-Michel deux flics à vélo qui le regardèrent distraitement. Son expression se crispa légèrement mais il prit sur lui de continuer à marcher calmement, l'air décontracté.

Les flics passèrent en s'en racontant une bien bonne sur les exploits de l'arrière du club de Sabli-gny, division d'honneur. Alija se retourna seulement une fois pour les regarder et continua sa marche, préoccupé.

Sur le sentier empierré menant au chemin de ha-lage il croisa le clochard au visage ensanglanté qui tenait pour lui-même des discours incompréhensibles mais ne fit pas non plus attention à lui.

Il pressa le pas. En vue de la péniche, il ne vit pas Élisabeth et l'appela.

Pendant quelques secondes, il fut réellement inquiet : elle n'était pas là. Puis elle sortit du roof, lui faisant un sourire. Mais elle était tendue, brandissant l'Opinel, et elle remit la passerelle en place à toute vitesse sans dire un mot. Il se précipita dans le bateau et la prit dans ses bras. Elle tremblait et haletait légèrement.

« Qu'est-ce qu'il y a ? Dis-moi ce qu'il y a ? Pourquoi tu trembles ? J'ai croisé un drôle de type sur le chemin. Personne n'est venu ici ? »

« Il y a.... un horrible bonhomme.... qui a voulu.... monter à bord. J'avais oublié de remonter la passerelle. C'est peut-être lui que tu as vu. »

« Mais il n'est pas monté ? »

Elle n'arrivait pas à retrouver son souffle et lui jetait des coups d'œil sur le chemin de halage. Il dénoua les bras de la jeune fille pour s'en libérer et remonta la passerelle, les sourcils froncés.

« Non, il n'est pas monté, j'ai tiré la passerelle avant. Il est tombé. Il était très en colère.... J'avais peur qu'il réussisse quand même à monter ».

« Quel genre de type c'était ? »

« Affreux. Blond, très sale. Genre clodo. »

Alija, avec un soupir de soulagement, s'assit sur le bord du roof et la prit sur ses genoux. Elle se lova contre sa poitrine.

« Tu sais, c'est très sérieux, il faut vraiment que tu enlèves la passerelle quand je ne suis pas là. Il ne faut jamais oublier. Tu te rends compte que c'est le désert, par ici ?... Il t'a parlé ? »

« Je ne sais plus ce qu'il a dit. »

« Il avait un accent ? »

« Non, je ne crois pas. »

Alija insista.

« Il ne t'a pas touchée ? »

« Mais non, il ne pouvait pas. Il était en bas, et moi sur le bateau. De toute façon, j'avais ton couteau. »

Il ne remarqua pas la détermination avec laquelle elle parlait du couteau. Il la berça doucement jusqu'à ce qu'elle arrêtât de trembler. Elle voulait savoir si c'était vraiment impossible d'entrer sur le bateau quand la passerelle était relevée. Il lui dit qu'à part un type descendant d'un hélicoptère, ou peut-être Batman, il ne voyait pas comment ç'aurait pu être possible. Alors elle se dérida.

Il alla chercher quelque chose dans une caisse en bois située sous le poste de pilotage : des jumelles. Il les lui tendit et lui enseigna à les régler afin de bien voir les gens qui passeraient éventuellement sur le chemin. Mais il n'y avait sur la berge que de gros rats d'eau paisible avec de grosses moustaches de phoque qui s'étaient aventurés dans les fleurs maigriottes.

Il lui montra ausi deux oiseaux : des petits hérons gris perle.

Puis il lui parla des anciens instruments de mesure et de navigation, des merveilles inventées par des navigateurs arabes qui connaissaient aussi bien les océans du ciel que ceux de la terre. Il la tenait serrée contre son corps et ils voyageaient tous les deux dans le temps et dans l'espace, sur des mers d'argent, maniant de fabuleux astrolabes.

29

Julien Garnier et sa femme Catherine avaient réussi à faire de leur séjour, un parallélépipède impersonnel et bas de plafond comme tous les séjours de HLM, un espace agréable, très astucieusement arrangé et décoré compte tenu de l'exiguïté des revenus d'un couple de jeunes enseignants.

À l'instant où Janine Pignerol sonna à la porte d'entrée, Catherine, une prof d'anglais maigre et nerveuse, tentait de faire manger de la purée à sa fille Valentine, âgée de deux ans. Elle lui tendait une cuiller pleine, l'approchait d'un geste lent et mal assuré, puis l'insérait dans la bouche de la gamine. Celle-ci feignait de se laisser faire, mais se gardait bien d'avaler la purée, préférant en stocker un maximum dans ses joues comme un hamster pour tout recracher à la figure de sa mère.

La mère essuyait les dégâts et recommençait pour la dixième ou onzième fois, les nerfs sérieusement éprouvés.

« Bon, Valentine, tu arrêtes, hein ? »

L'enfant éclata de rire. Dehors, on avait resonné.

Catherine se leva avec un gros soupir, alla regarder dans l'œilleton : l'appartement se trouvait au rez-de-chaussée, cible facile pour les braqueurs, démarcheurs, loubards, plaisantins et prophètes de tout poil. Elle reconnut Janine Pignerol qui avait jadis fait quelques ménages à l'école maternelle du quartier, mais n'avait jamais pu être embauchée sérieusement, son peu de goût pour le maniement de la serpillière étant par trop évident. Elle pensa avec déplaisir que cette femme venait essayer de l'apitoyer pour faire semblant de retravailler au groupe scolaire, et ouvrit sans sourire.

Janine salua bien bas et se confondit en excuses préliminaires. Valentine en profita pour balancer par terre son gobelet d'eau, puis sa cuiller, et poussa un hurlement de goret qu'on égorge. Janine jaugea en un éclair la situation et l'avantage qu'elle pourrait en tirer.

« Vous voulez que je la fasse manger ? J'ai élevé quatre enfants, je sais m'y prendre, vous savez. »

Elle s'installa sur la chaise désertée par Catherine, ramassa la cuiller, la remplit de purée au mépris des règles les plus élémentaires de l'hygiène, et la fourra avec autorité dans la bouche de la petite fille. Le miracle se produisit : Valentine mangea, arrêtant de cracher et de hurler. Catherine, partagée entre le soulagement et l'agacement devant le savoir-faire quasi magique de cette étrangère, se laissa glisser sur le canapé Ikéa.

Janine lui exposa l'objet de sa visite sans quitter l'enfant des yeux.

« Voilà, Madame, ma fille c'est Élisabeth Pignerol, qui vient d'avoir le bac technique et qui fait de la musique avec monsieur Garnier. Elle a disparu depuis trois jours. Comme elle disait toujours du bien de monsieur Garnier qui est un si bon professeur j'aurais voulu savoir s'il n'avait pas une idée... »

Catherine lui coupa la parole, scandalisée.

« Qu'est-ce que vous me racontez ? En quoi est-ce que ça nous regarde ? Votre fille n'est pas partie avec mon mari ! »

« Meuh non, mais c'est une petite qui... enfin, elle ne s'entend pas avec grand monde, et comme elle s'entend bien avec lui, il doit avoir sûrement de la pédagogie, alors peut-être qu'elle lui en a fait, des confidences. »

Le raisonnement de Janine, loin de calmer Catherine, ne corroborait que trop les soupçons qui la ravageaient déjà depuis quelques mois. Son mari lui avait souvent parlé de cette mystérieuse Élisabeth. Trop souvent. Avec des accents trop enthousiastes. Elle n'avait qu'une envie : jeter cette femme encombrante dehors, mais elle voulait aussi attendre que Valentine eût fini sa purée. La porte d'entrée s'ouvrit, mettant fin à son dilemme. Julien parut, s'étonna.

« Bonjour Madame ? »

« Madame Pignerol, la mère d'Élisabeth Pignerol, qu'a disparu », dit Janine tout d'une traite en se levant.

Julien blêmit. Janine lui posa une main amicale sur le bras. Il ne fallait pas qu'il se panique, ce jeune

146

homme délicat. C'était une fugue : les vêtements envolés étaient une preuve... (elle passa la bague sous silence) mais elle le supplia de n'en parler à personne. Elle voulait juste savoir s'il l'avait déjà vue avec un homme.

Julien lui assura qu'elle venait toujours toute seule. Il avait l'air beaucoup plus inquiet que Janine et bafouillait un peu. Et son fiancé ? Qu'est-ce qu'il disait de tout ça ?

L'inquiétude de Julien outragea Catherine qui reprit la cuiller des mains de Janine et se réinstalla devant sa fille en tremblant. Julien, lui, invita d'un geste Janine à s'asseoir sur le canapé. Valentine en profita pour se remettre à hurler. Janine dut hausser le ton pour expliquer au professeur ce qu'elle attendait de lui. Peut-être avait-il aperçu des types louches rôder autour du Conservatoire ? Ou un amoureux à moto venir chercher Élisabeth ? Le jeune homme ne lui fournit que des réponses vagues. Des garçons qui attendaient les filles à la sortie du Conservatoire il y en avait des kilos. En revanche, Catherine, agressive, affirma d'un ton sec qu'Élisabeth était partie avec un amant.

« Vous le connaissez ? » demanda Janine, prise d'un espoir subit. Elle était coincée : elle aurait parié sa propre tête qu'Élisabeth était partie avec le beau maçon, mais elle ne voulait surtout pas faire part de ses certitudes à qui que ce fût. Donc elle ne pouvait pas aider le prof dans ses réflexions, tout juste essayer de solliciter sa mémoire.

« Je suis simplement logique », dit Catherine, pre

nant Valentine dans ses bras et se dirigeant vers la cuisine.

« Où vas-tu, Minette ? » demanda Julien.

« Puisque je suis de trop... » dit Catherine.

« Excusez-la, dit Julien à Janine, elle est fatiguée. Vous êtes vraiment sûre qu'Élisabeth n'a pas eu un accident ? Qu'on ne l'a pas enlevée ? »

« Meuh non, puisque je vous dis qu'elle a pris toutes ses affaires. Mais c'est embêtant quand même à cause du garage, le garage Châtelard, elle devait épouser le fils. Enfin, moi je voyais bien que ça ne baignait pas. »

« Vous êtes allée au fast-food ? Elle a peut-être fait des confidences à une camarade de travail ! » demanda Julien, un peu rasséréné.

Janine admit qu'elle aurait dû y aller, mais que la perspective de se coltiner le chef du personnel — pardon — le directeur des relations humaines, une vraie peau de vache, ne l'enchantait pas. Julien lui proposa de l'accompagner, mais elle déclina l'invitation. Il valait mieux que le jeune homme reste avec sa femme, Janine était pour la paix des ménages...

« Ça gueule, au garage », dit-elle en se dirigeant vers la porte. « Le patron il n'arrête pas de dire qu'il va licencier mon mari. C'est la merde. Moi je pense qu'elle est partie avec quelqu'un de pas banal. C'est une fille pas banale, vous savez ! »

« Oui, je sais... », dit le jeune homme. Il souffrait, c'était évident. Encore un de plus qui est amoureux d'elle, se dit Janine. « Mais soyez certaine, Madame, que si j'apprends quelque chose, je vous téléphone. »

Il lui ouvrit la porte palière, catastrophé. Qu'il était gentil ! Janine l'aurait bien embrassé sur les deux joues... Quel gendre idéal il aurait fait ! Et puis fonctionnaire ! Ça gagnait moins qu'un garagiste, mais il était mignon. Et il avait dû lire des tonnes de livres.

Déboussolée, elle traîna sur le chemin du fast-food, se demandant si le cirque de la mère éplorée qui n'avait pas marché avec Châtelard marcherait avec le kapo des désosseuses de poulet. Le petit homme banal — qu'elle avait entraperçu un jour de liesse où Gérard les avait tous emmenés dîner au California Mac Quick — allait sûrement être très en colère.

Oh là là, il l'était ! Comment, quand un jeune avait l'immense privilège de pouvoir travailler, et surtout dans un établissement aussi prestigieux que le California Mac Quick, il ou elle osait foutre le camp sans prévenir ? Janine avait l'impression qu'il allait appeler la police pour porter plainte en désertion. Son premier mouvement fut un mouvement de crainte, puis elle se rappela les regards de connivence que lui avait lancés le commissaire, leurs exploits chorégraphiques au Las Vegas, et se paya le luxe d'injurier l'homme banal avant de sortir de son bureau.

Elle tournicota devant le bâtiment, dans le dessein de surveiller les employés qui sortiraient et auraient peut-être des tuyaux sur l'amoureux supposé de sa fille, mais comme lesdits employés sortaient à des heures irrégulières, par la grande porte et en civil, il était impossible de les distinguer des clients.

Elle revint chez elle bredouille.

Pour gagner du temps, elle prit un raccourci et coupa par le terrain vague, non loin de la rue Bidet. Elle aperçut de loin Hubert Châtelard et l'inspecteur Fourmillon en train de s'éclater à faire des cartons sur différents objets déglingués dans un terrain vague.

Elle préféra obliquer afin qu'ils ne la reconnussent pas. Elle ne se sentait pas d'attaque pour une nouvelle conversation stressante.

Les deux cow-boys tiraient sur des vieilles boîtes de conserve.

« Vous l'avez eu, l'assassin de la rue Bidet ? », demandait Hubert à son copain.

Fourmillon était de mauvais poil.

« Non... J'en sais rien. On a fini par identifier la bonne femme qui a cramé : c'était une prostituée. Dans ce milieu là, pffft... les règlements de comptes... mais... ce que je ne m'explique pas, c'est qu'il y ait des gus de la DST qui enquêtent dans le secteur. »

Hubert s'étonna. Qu'est-ce que la DST pouvait bien avoir à faire à Sabligny ? Fourmillon avait sa petite idée là-dessus. Il avait surpris un dialogue laconique entre son patron, le commissaire Morvan, et un responsable de la DST à propos de Yougoslaves basés à Sabligny. Ça pullulait, les Yougos, dans le secteur ! Alors que ça intéresse la DST ça n'était pas étonnant. Et puis la prostituée, Patricia Loucheur, avait un proxo yougo. Tous les proxos venaient de l'Est, maintenant. Et la plupart des filles aussi. C'était rare de voir au tapin une vieille comme Patricia, trente-sept ans et née à La Roche-sur-Yon. Maintenant, le cheptel c'étaient des Albanaises ou des Ukrainiennes de quatorze ans... des beaux petits lots, mais avec des protecteurs sauvages. Ah, l'immigration, c'était la plaie ! et chaque conflit amenait son lot de traficoteurs qui ne parlaient même pas français, à l'affût de mauvais coups et de fraudes qui transformaient le trou de la Sécu en fosse de Mindanao.

Hubert hocha la tête, admirant la perspicacité de son copain.

Tous les deux tiraient rageusement, tentant de vomir leurs problèmes par le canon de leurs armes, Fourmillon craignant qu'on lui retire l'enquête, et Hubert désespéré par le départ d'Élisabeth. Tout en tirant, ils se rapprochèrent d'une zone interlope, faite de cabanes, de caravanes éventrées, de cimetières de voitures, de dépôts de vieux métaux, où bricolaient tout un tas de gens

Un ferrailleur manouche coiffé d'un feutre noir, bien connu dans le coin pour savoir refaire une beauté aux bagnoles accidentées avec le talent de Michel-Ange, surgit d'on ne sait où au volant d'une vieille jeep et s'arrêta devant eux. Il avait l'air furieux.

« Faut plus se gêner ! », gueula-t-il.

« Oh, eh, dit Fourmillon. Tu ne vas pas nous faire un souk pour ces merdouilles ? »

« Merdouilles ou pas c'est à moi. Vous avez pas à faire des cartons dessus. »

« Attends que je mette mon nez dans ta comptabilité ! Et tous tes neveux, là, ta smala de Caraques, je te demande leur carte de séjour ? »

Le ferrailleur remit le contact en râlant. Il grogna dans sa langue : « Xa te mule ! » — ce qui signifie « Mange tes morts ! » et est une insulte particulièrement outrageante — dans sa moustache. La jeep s'éloigna en toussant. Hubert regarda Fourmillon qui tâtait son arme. Il venait d'avoir une idée.

« Dis donc, à propos de carte de séjour... »

30

Élisabeth, sur le pont de la péniche, esquissait quelques pas de danse.

Elle n'aurait jamais imaginé vivre de tels moments de paix. Ses raptus d'angoisse, ses ressentiments, ses pulsions homicides, ses songes éveillés sanglants s'amenuisaient comme des taches qu'on aurait frottées avec un bon savon. Même ses rêves nocturnes devenaient doux, de vrais contes pour enfants.

Elle se sentait devenir nerveuse seulement en fin de journée, quand l'heure du retour d'Alija approchait et qu'elle pensait qu'il pourrait un jour ne pas rentrer. Mais lorsqu'il apparaissait, le bonheur était tellement fort qu'elle était prête sur le champ à pardonner au monde entier toutes les peurs et les cicatrices qu'elle avait accumulées en dix-huit ans.

Non loin de là, Amélie, une fillette de dix ans, essayait ses nouveaux rollers dans la rue Palladio, une rue du quartier résidentiel de Sabligny située sur une petite éminence. C'était une petite personne futée, d'une curiosité insatiable, et qui portait à l'insu de sa mère une paire de jumelles de théâtre suspendue au cou, dans le but d'espionner les voisins. Elle faisait des huit dans la rue Palladio, se rapprochant insensiblement du croisement avec le boulevard Niemeyer, et zyeutait à travers ses jumelles chaque fois qu'il lui semblait apercevoir un élément digne d'intérêt : formes humaines, animaux, déplacements inhabituels de véhicules.

Elle distingua la silhouette d'Élisabeth sur la péniche, au loin sur le canal, s'arrêta et ajusta ses jumelles. Une danseuse ! Ravie, elle retourna vers le jardin de sa villa. Sa mère raccompagnait justement Julien Garnier jusqu'au portail du jardin. Julien était satisfait de son élève : elle avait joué son prélude de Bach sans faute.

Amélie entendit les félicitations, elle sourit d'aise, ouvrit le portail puis tira sa mère par la manche en lui tendant les jumelles :

« Maman, maman, regarde, il y a une danseuse sur le canal ! »

La mère crut d'abord à une blague puis fit trois pas, prit les jumelles, et s'exclama en les réglant :

« Mais... mais c'est vrai ! C'est ravissant, cette jeune fille qui danse ! Regardez, monsieur Garnier ! »

Julien regarda... sursauta, puis rendit les jumelles à la mère et s'éloigna sans dire au revoir, hagard. La mère le regarda s'éloigner d'un air outré. Autour de lui, Amélie recommençait à faire des huit en rollers, fredonnant son prélude de Bach.

Il arriva devant la péniche en s'efforçant de ne pas faire de bruit. Elle était là, magnifique. Elle était là, si proche. Mais elle n'était pas là pour lui. Il se sentit tout à coup lourd et vieux. Il amorça un demi-tour. Des cailloux roulèrent sous ses pieds. Élisabeth entendit et se retourna, radieuse.

« Alija ! », cria-t-elle.

Elle se figea en voyant Julien. Il vit son expression de béatitude s'effacer et faire place à une mine soucieuse C'était très douloureux de la voir tellement déçue... Ils se considérèrent un instant, silencieux. Lui était très pâle. Elle, en revanche, avait changé : elle était bronzée, épanouie, de plus en plus belle.

Julien se força à sourire et choisit de la rassurer tout de suite. Il ne dirait rien à personne, et il espérait qu'elle était heureuse là.

Elle resta appuyée au bastingage, méfiante, sans amener la passerelle.

« C'est vrai ? », dit-elle seulement.

« Tu peux avoir confiance. Mais... ta mère se fait de la bile. Ça serait gentil de la prévenir que tu vas bien. »

« Ah oui... (elle soupira). Je l'appellerai. Mais je ne veux pas revenir. Je ne reviendrai jamais. »

« Il n'y a pas de raison. Allez, ne te fais pas de souci. »

« Vous êtes gentil, monsieur Garnier. Merci pour le piano... Heu... Peut-être que j'en referai un jour, je ne voudrais pas oublier. Merci pour tout. Je... Je vous aime bien. »

Julien ferma les yeux, et partit les épaules basses. Élisabeth se mordit les lèvres, c'était dommage de

155

faire de la peine à quelqu'un qui lui avait toujours manifesté une telle affection.

Puis il disparut de son champ visuel et elle l'oublia.

Elle se mit à étendre du linge. Un nouveau bruit lui fait tourner la tête : cette fois-ci c'était bien Alija.

Elle alla défaire la passerelle avec des cris de joie. Alija monta, l'enlaça. Il était chargé de paquets : de la nourriture, du vin, et un sac de plastique d'où il sortit une robe rouge. Il la déshabilla et lui passa la robe lui-même. La robe lui allait très bien. Elle était magnifique, ravie. Elle se mit à caresser le tissu soyeux.

« C'est beau !... C'est super ! Et en plus c'est exactement ma taille. »

« Je connais ton corps par cœur. »

« Pourquoi tu m'as acheté ça ? »

« Je ne sais pas pourquoi... Je l'ai vue dans une vitrine, j'ai pensé qu'elle t'irait bien. »

Elle était folle de joie. Mais quand même intriguée : un homme, un vrai, qui voulait bien faire les courses ! Elle avait peur que ça l'embête, que ça le rabaisse. Mais lui s'en fichait pas mal. Et puis, lui confia-t-il, il valait mieux qu'elle n'aille pas en ville. On la cherchait.

Logiquement, elle aurait dû avoir peur, penser que les Châtelard concoctaient une battue, mais la robe la ravissait, penser qu'Alija était allé l'acheter la ravissait. Elle virevolta, tout enveloppée de rouge vif chatoyant. Alija rit.

« Tu es la plus belle... Tu es la femme la plus femme ! »

Élisabeth fronça les sourcils.

« Dis donc, tu en as connu beaucoup, des femmes ? »

« Oui... J'ai même été marié. »

L'expression d'Élisabeth se figea. Son visage devint un masque immobile. Elle se rattrapa à la rambarde pour ne pas tomber. Il lui sourit pour amortir le choc.

« C'est fini depuis longtemps. Tu vois, je m'en souviens à peine. »

Il était calme, limpide, donnait l'image de la sincérité. Mais elle s'était mise à reculer, le regard fixe. Alija la prit dans ses bras pour la calmer.

« C'est fini depuis longtemps, je te dis. »

Elle avait l'air d'un animal qui comprend qu'il est pris au piège.

« Ah... Où est-elle ? »

« Là-bas. En Bosnie. »

Il fit une grimace, pensant à la guerre. Elle ne pensa même pas à cette guerre, non par indifférence, mais parce qu'elle était incapable de penser à autre chose qu'à son amour.

« Est-ce qu'elle va venir ici ? »

« Mais non. Tu n'y es pas. Nous sommes séparés pour de bon. Elle vit à Mitrovica, dans sa famille avec le petit. (Élisabeth sursauta.) J'ai un fils de sept ans. Là où ils étaient, c'est un miracle qu'ils soient encore en vie. »

Elle poussa un gémissement, posa une main sur

son ventre comme si elle venait de recevoir une pierre. Il s'impatienta.

— Mais enfin, je ne suis pas un enfant, Élisabeth ! C'est naturel d'avoir vécu. Toi même tu es fiancée !

« Ça n'est pas pareil », dit-elle violemment.

« Bien sûr », dit Alija qui n'avait pas compris ce qu'elle exprimait. « On est tous différents. Heureusement, dis donc, si on se ressemblait tous comme des petits pois, tu vois un peu ? (Elle se dérida légèrement.) N'aie pas peur d'Elena. C'est toi que j'aime. »

Butée, elle retourna l'argument :

— Tu l'as aimée, et puis tu as arrêté de l'aimer. Un jour ça sera comme ça pour moi.

Il nia et lui dit pourquoi il savait qu'il n'en serait pas ainsi :

— Je le sais parce que je le sens. (Il s'était mis à parler sur un ton enthousiaste.) Je le sais depuis la première fois que je t'ai vue au garage ; rien n'était plus pareil. Tu comprends ? J'ai été transformé... comme avant la venue du Messie et après...

Son visage était plein de passion. Mais Élisabeth s'enfermait obstinément dans sa jalousie.

— Je ne veux plus que tu la voies.

— C'est impossible. (Il était patient comme un instituteur de la Troisième République faisant une leçon d'instruction civique.) Des gens qui ont un enfant ensemble sont liés pour la vie. Je la verrai régulièrement pour le petit, il n'y a aucune raison qu'on se fâche... Mais c'est une affaire de famille, pas une affaire d'amour.

Élisabeth finit quand même par se détendre.

158

— Tu es certain ?

— Elena c'est comme ma sœur, ma mère, mes tantes. Toi tu es ma femme. (Il la caressa, la respira.) Tu es toutes les femmes. Toutes les femmes du monde réunies en une seule.

Il lui prit la main et l'entraîna vers la proue du bateau, gravement, puis lui montra l'horizon de la France profonde comme s'ils glissaient sur une mer équatoriale invisible.

— On ira naviguer tous les deux dans un tas de pays. Je te montrerai toutes les mers que je connais et puis toutes les autres. Tu aimeras les mêmes choses que moi.

— J'irai partout où tu iras.

Elle enleva tout à coup sa robe tout en marchant vers l'escalier, se retourna, le regarda au-dessus de son épaule d'un air interrogateur. Il sourit.

— Maintenant ?

— Oui. Encore. Encore et encore.

Elle le disait avec intensité, comme si elle n'avait plus eu que quelques heures à vivre. Il la rejoignit d'un bond.

Chaque fois c'était fort comme la première fois. Mais ce n'était jamais la répétition banale d'un même geste. C'était une autre planète à découvrir. L'éternité. Le monde de la passion était devenu tellement différent du monde d'avant la passion : il n'avait pas les mêmes dimensions, le même langage, le même rythme du déroulement du temps.

31

Puis vint un matin froid pour un mois de juin. Ils dormaient. Le réveil sonna. Alija tendit un bras, l'arrêta. Son corps était emmêlé avec celui d'Élisabeth comme les racines d'une plante aquatique s'emmêlent à d'autres racines. Il grogna :

« Aïe aïe aïe, déjà six heures ! »

Il regarda Élisabeth qui ouvrit les yeux et lui sourit.

« Si seulement tu étais le patron, dit-elle, tu arriverais à l'heure que tu voudrais. »

Il s'exclama : « Patron ? Moi ? Ah ! Tu rigoles ! J'ai horreur d'obéir, mais je n'aime pas commander non plus. (Il prit un air sérieux, tout à coup.) Personne ne devrait jamais avoir ni Dieu ni maître. »

« Pars pas..., implora-t-elle. J'aime pas quand tu pars. »

« Mais puisque je reviens toujours ! » dit-il sur un ton léger. Il croyait qu'elle jouait.

Il glissa hors du lit. Elle le poursuivit. Ils riaient tous les deux. Puis elle redevint grave et dit, le souffle un peu court :

— Tu sais, j'ai toujours peur que tu ne reviennes pas.

Tu te rends malheureuse pour rien ! dit-il en préparant le café. C'est des cauchemars. Va te rendormir.

Elle tremblait. « C'est pas des cauchemars. J'ai des peurs qui me prennent là... (elle montra son ventre des deux mains) Des fois... tu sais... »

Il fronça les sourcils.

« J'ai peur d'avoir tout rêvé... de t'avoir rêvé, toi... et le cauchemar, c'est de recommencer comme avant, avec les Châtelard. »

Elle le réenlaça. Alija était loin d'être agacé, il était trop amoureux, mais il ne comprenait rien aux peurs d'Élisabeth. Il dit en souriant :

— Écoute, il faut que j'y aille, si tu ne me lâches pas, je finirai jamais ce chantier et on ne pourra pas partir au bord de la mer.

Elle finit par le lâcher et se recoucha en rond. Il passa son jean et commença à se raser en lui jetant des coups d'œil tendres... Elle le regardait, possédée par un désir frénétique, suivant chacun de ses gestes. Quand il quitta la péniche, elle était presque rassurée : le déroulement de ce début de matinée avait ressemblé comme un frère au déroulement des autres débuts de matinée, donc la fin de l'après-midi serait comme les autres fins d'après-midi : elle rôderait sur le pont, scrutant le sentier qui menait au chemin de halage, et il apparaîtrait.

32

Gérard Pignerol travaillait couché sous une voiture. Châtelard, le visage fermé, plein d'une colère rentrée et d'une angoisse qu'il maîtrisait mal, surgit et l'apostropha. Il lui donna un coup de pied dans les côtes. Pignerol se releva sur un coude, ridicule, plein de cambouis. Châtelard se pencha sur lui, profitant de cette attitude physique qui renforçait son autorité motale.

« Elle est rentrée, ta putain de fille ? »

Pignerol se releva. Se faire insulter, c'était pour lui une seconde nature. Mais il ne fallait pas toucher à Lili.

« T'as pas le droit de parler d'elle comme ça », dit-il d'une voix sourde et déterminée qui lui était inhabituelle.

— Je vais me gêner !

— Ma fille c'est pas une putain. Une putain ça baise pour le fric. Le fric, ça ne l'intéresse pas, Lili.

— Le fric ne l'intéresse pas ! (Châtelard éclata d'un rire amer.) Elle est bonne, celle-là ! C'est un scoop... (Changeant de ton :) Mais bon Dieu, où elle est ? (Gueulant :) Où elle est ? Où elle est ?

Il secouait le pauvre Pignerol comme un prunier, avec une violence dévastatrice en désaccord avec son rôle de beau-père modèle. Il avait perdu sa superbe de chef, le poids que lui donnait sa réelle compétence en matière automobile. Il n'était plus qu'une masse de frustration douloureuse.

— Lâche-moi, Robert. Elle a dix-huit ans. Et puis c'est la fiancée d'Hubert. Il n'a qu'à la chercher. Qu'est-ce qu'il fallait que je fasse, d'après toi ? Que je lui mette un voile ?

Il fit un geste assez ridicule, celui de cacher son visage d'une main avec un sourire pseudo-oriental.

« Que je l'attache avec une laisse, comme un doberman ? »

— T'es vraiment un nul. Pas capable d'élever tes enfants. Moi si j'avais une fille, ah, ah, je saurais la tenir. Tu vas me la retrouver, et en vitesse. Quand je pense qu'elle a failli faire partie de ma famille.

— Elle a failli ?

— Tu ne veux tout de même pas que mon fils épouse une traînée ?

Pignerol esquissa un mouvement de révolte rarissime :

« Si c'est une traînée, pourquoi tu veux tellement qu'elle revienne ? »

Châtelard avait oublié la prudence, oublié le serment qu'il s'était fait de ne jamais révéler à quiconque ses sentiments pour sa future belle-fille. « Elle reviendra me faire des excuses, et à genoux. »

163

Pignerol le regardait avec un calme qui l'exaspérait, un calme insensiblement ironique Il devait savoir où elle était. Oui, il savait, ce pauvre type, son inférieur, son pantin, il savait sûrement où se cachait l'objet de son désir, l'objet de sa rage. Et il osait parler, en plus ? Et qu'est-ce que c'était que cette lueur guillerette au fond de ses yeux de chien ? Est-ce qu'il aurait compris qu'il n'était pas invincible ? Qu'il était dévoré par la passion ?

Non, cela ne pouvait pas être une lueur guillerette. Il était en train de dérailler, lui, Robert, de la race des seigneurs. Gérard ne comprenait jamais rien, ne savait jamais rien. Il avait l'air de sourire, comme ça, mais c'était le même bon sourire débile depuis trente ans.

« T'as pas changé depuis le Tchad, dit Gérard. T'es le même. Celui qu'a bousillé tous les mômes du village, en haut de la falaise... »

— Et où tu étais, toi ? Où tu étais ? » hurla Châtelard.

Alors Pignerol perdit le léger avantage qu'il venait de conquérir. Il s'effondra en sanglots appuyé contre une voiture. Châtelard se saisit d'une clé et le menaça, mais il ne le frappa pas, c'était une victime trop facile. Et puis il était tellement miné par le départ d'Élisabeth.

Il regagna la boutique à pas lents.

Pignerol se laissa tomber par terre et se mit à crier en se tenant la tête à deux mains, de longues incantations, hurlant comme un chien.

« J'ai pas dormi, depuis ce jour-là... J'ai pas dormi... J'ai rien fait..... J'ai fait qu'obéir... J'ai obéi aux ordres... J'ai pas dormi... »

TROISIÈME PARTIE

L'ENFER

33

Alija arpentait de son pas rapide une rue déserte, son sac de sport sur l'épaule.

Soudain, une voiture s'arrêta à son niveau et Four-millon surgit devant lui, flanqué d'un autre flic en civil. Ils encadrèrent Alija. Le maçon devina tout de suite à qui il avait affaire.

Fourmillon aboya :

« Alija Sejdovic ? (il prononça Ali-ja Sèjedo-vique).

— C'est lui... dit lentement Alija qui s'efforça de parler d'une voix neutre. Il y a un problème ?

— Vous connaissiez la femme Patricia Loucheur ?

— Patricia... Quoi ? Non, pas du tout.

— Et son souteneur, Damian Goric ?

— Pas du tout.

— Papiers !

Alija ouvrit lentement son sac qui ne contenait qu'une baguette de pain et quelques aliments qu'il aligna soigneusement par terre. Profitant de ce que les deux flics expertisaient précautionneusement une poche de papier kraft pleine de cerises, il fit un bond de côté et s'enfuit en courant à toute allure.

Fourmillon dégaina, tira en l'air. Alija stoppa net et lèva lentement les bras, posa ses mains sur sa tête. Fourmillon, goguenard, le prévint que la prochaine fois, il ne tirerait pas en l'air.

Alija ferma les yeux, immobile, désespéré. Fourmillon prit son temps pour le rejoindre, et se mit à lui tourner autour avec avidité et suffisance. L'autre flic regardait Fourmillon d'un air réprobateur : c'était un jeune homme d'une grande candeur, qui avait choisi la police à la sortie du service militaire pour protéger ses semblables et pas pour les harceler. Il trouvait que le beau Jérôme en faisait des tonnes et se demandait tous les matins comment il pourrait demander à Morvan la faveur de ne plus faire équipe avec ce glauque sans devenir lui-même une balance. Il se mit à ramasser les cerises qui avaient roulé partout et à les réintroduire dans la poche de papier.

Fourmillon demanda à Alija s'il était caraque. Alija ouvrit les yeux : il ne comprenait pas ce mot.

« Romanichel ? », précisa Fourmillon.

« Non », dit Alija après une légère hésitation. De mémoire de Tsigane, il vaut toujours mieux, quand l'adversaire est dans le doute, nier en bloc une identité dangereuse, feindre de ne pas appartenir à un grand peuple qui est la plus attaquée, la plus incomprise de toutes les minorités. Raison de plus si l'adversaire est un flic.

« Dommage », rit Fourmillon. Alija leva les yeux

vers lui, interrogateur. « Parce que je vais te faire voyager, moi ! », dit Fourmillon, ravi de sa bonne blague.

« Si c'était un Tsigane, il ne serait pas tout seul, ils seraient plusieurs », hasarda l'autre flic non sans une certaine logique.

Fourmillon haussa les épaules, supérieur.

« Prends le volant », dit-il à son coéquipier qui, ne sachant que faire du sac de cerises, le posa délicatement sur le bord de la route.

Fourmillon fit entrer Alija dans la voiture en lui enfonçant le canon du revolver dans le dos.

34

Élisabeth n'avait pas de montre, mais lorsque le soleil commença à décliner, elle descendit dans le roof consulter le gros réveil de cuisine qui lui arrachait Alija tous les matins. Sept heures. Il n'était jamais rentré si tard. Elle pensa qu'il faisait de courses, mais se sentit vaguement inquiète.

Elle alla inspecter l'armoire à provisions : il ne manquait rien, peut-être des fruits. C'était ça, il avait dû aller chercher des fruits.

Pour s'occuper et l'accueillir, elle se doucha, se lava les cheveux, s'inventa une nouvelle coiffure avec des rubans et passa sa robe rouge.

Mais à huit heures il n'était toujours pas là. Folle d'inquiétude, elle se mit à scruter le chemin de halage. Elle hésitait à sortir de la péniche, et marchait de long en large, tenant à la main le gros réveil qu'elle consultait presque toutes les dix secondes.

La lumière tomba pour de bon.

Elle fit quelques mouvements de gymnastique pour tenter de se calmer, se concentrant sur la perfection d'une flexion, d'un port de bras, fit deux cents abdominaux, puis s'arrêta en nage et frissonna.

On ne voyait plus rien dehors : l'unique lampadaire de l'éclairage urbain était situé loin de la péniche. Elle se coucha, écouta les nouvelles locales sur le transistor : s'il y avait eu un accident grave à Sabligny, « Radio-Interfluviale » l'aurait relaté..

Elle resta roulée en chien de fusil, tout habillée, sur le lit, écoutant les bruits légers des petits animaux aquatiques qui profitaient de l'ombre pour nager, frôler des herbes, ronger, gratter, trottiner ; elle avait les yeux fixes, les mains crispées sur le gros réveil. À vingt il sera là. Non, c'est trop tôt, à trente. Les aiguilles avançaient et le bruit de son pas ne sortait pas de la nuit.

Elle alla chercher un T-shirt d'Alija et le serra contre elle, le respirant. Elle reprit ses exercices familiers de pensée créative : peut-être qu'en pensant à lui de toutes ses forces, elle allait le faire arriver... mais ses exercices ne ramenèrent pas plus Alija qu'ils n'avaient pu provoquer un accident lors de la retransmission du circuit automobile.

À onze heures passées, elle entendit des pas. Elle se précipita au-dehors : mais c'étaient deux amoureux qui marchaient enlacés le long du canal en riant tout doucement. Élisabeth redescendit et se recoucha, les yeux toujours ouverts. Elle éclata en sanglots.

À six heures du matin elle savait qu'une catastrophe s'était produite : Alija était mort, tombé de son échafaudage ? retourné en Bosnie ? Elena était arrivée et l'avait reséduit, repris, il était en train de faire l'amour avec son ex-femme et l'avait déjà oubliée, elle ?

À sept heures, elle s'enveloppa dans la couette et se mit à l'avant de la péniche pour guetter. Mais guetter quoi ? Elle savait déjà qu'Alija ne rentrerait pas.

À huit heures elle sortit de la péniche comme un automate. La lumière était crue, blanchâtre, d'une froideur coupante malgré la saison. Elle s'en alla bras ballants, les mains vides.

Dans une rue de la zone pavillonnaire de Sabligny un quidam roulait en mobylette. Élisabeth traversa sans regarder. Le quidam, gêné par deux gros cabas pleins de commissions, hurla « Attention » mais ne put éviter la jeune fille qu'il renversa. Lui aussi tomba, mais se releva tout de suite, alors qu'Élisabeth resta coincée sous la mobylette.

Le quidam s'exclama gracieusement :

« Ah merde, alors, quelle conne ! C'est pas vrai ! Fait chier ! »

Il poussa la jeune fille du pied pour récupérer sa monture, remit de l'ordre dans ses courses, grognant qu'il fallait que ça arrive juste le jour où il était allé à Rungis voir un pote boucher qui vendait de la vache certifiée raisonnable à moitié prix et démarra, laissant Élisabeth à terre. Mais après quelques mètres, il se retourna : une vieille dame était sortie d'un pavillon et le regardait s'en aller. Craignant le Code Pénal et une inculpation de délit de fuite, il fit demi-tour et revint vers sa victime.

Élisabeth était assise, le front et un genou en sang, se frottant un coude d'un air hagard. À cause de la vieille dame, le cyclomotoriste la joua catastrophé, plein de sollicitude. Il était reparti après avoir renversé la jeune fille ? C'est qu'il avait cru heurter un animal, et dans le secteur il y avait des pittbulls !

La vieille dame le regarda avec mépris, s'assit par terre et serra Élisabeth dans ses bras.

« Mon pauvre petit », dit-elle.

Puis elle appela quelqu'un à l'intérieur du pavillon.

« Marie-Claude, viens voir, il y a eu un accident... »

Sa fille, qui partageait le pavillon avec elle, une forte rouquine au menton en galoche, était infirmière à l'hôpital départemental.

« Regarde donc, cette petite il l'a renversée, et lui il foutait le camp, le fumier... »

Le fumier, très ennuyé, exhiba ses papiers d'identité en signe de bonne volonté. La rouquine les prit du bout des doigts comme elle aurait pêché un sale insecte dans une flaque, recopia les coordonnées du coupable sur son agenda et lui rendit les papiers en grommelant :

« Vous serez convoqué, vous pouvez compter sur moi. On en voit trop, à l'hôpital, des deux-roues qui foutent la vie des gens en l'air et qui se tirent... »

Il faillit protester qu'il ne s'était — finalement — pas tiré, mais battit en retraite sans rien dire, plein d'une colère que sa couardise ne lui permettait pas d'extérioriser.

Les femmes nettoyèrent les plaies d'Élisabeth qui semblaient superficielles. La mère s'étonnait de ce que la jeune fille ne dise pas un mot, mais l'infirmière déclara que les traumatisés c'était souvent comme ça, et elle embarqua Élisabeth à l'hôpital dans sa propre voiture, emmitouflée dans une couverture écossaise pleine de trous de mite et de poils de chien.

Au même moment, les moustachus qui avaient pisté et photographié Alija arrivaient en vue de la péniche par le petit chemin, silencieux, revolver au poing. Ils empruntèrent la passerelle, cherchèrent en vain leur compatriote et se livrèrent à une fouille minutieuse de l'embarcation déserte.

Ils en profitèrent pour boire au goulot d'une bouteille et pour emporter des papiers trouvés dans une cantine. Le reste ne les intéressait pas.

Ils repartirent sans avoir échangé une phrase.

35

Le service des urgences de l'hôpital de Sabligny ne disposait certes pas du quart du dixième de la moitié des moyens en matériel et en personnel de celui de la série télévisée, mais son équipe n'en était pas moins dévouée et compétente.

Élisabeth fut examinée, redésinfectée, radiographiée, interrogée. Comme elle ne souffrait apparemment que de contusions sans gravité, l'interne lui dit qu'elle pouvait retourner chez elle.

Mais au moment même où il lui disait qu'elle pouvait repartir, il se dit qu'il n'avait pas été au bout de ses investigations. Cette fille avait un comportement qui lui semblait altéré. Le fait d'avoir été renversée par une mobylette ne justifiait pas qu'elle eût ce regard vide et qu'elle répondît aux questions seulement si on les lui avait répétées quatre ou cinq fois.

Il tenta d'avoir avec elle une conversation amicale.

« Vos radios sont rassurantes. Il ne faut pas avoir peur. Il faut seulement vous reposer, dormir. Vous travaillez ? Je vais vous faire un arrêt de huit jours. »

Elle ne semblait pas comprendre.

« Mademoiselle ?... Vous habitez chez vos parents ? »

« Pas tellement... »

« Il vaudrait mieux que quelqu'un vienne vous chercher ! Vous pouvez téléphoner, vous savez ! »

« Où est Alija ? » demanda-t-elle en s'animant tout à coup.

« Alija ? C'est votre sœur ? »

Élisabeth le regarda avec colère. Mettre une image féminine sur le nom d'Alija était un sacrilège.

« Est-ce qu'il est là ? »

Elle avait un regard implorant. Ses propos décousus, sa voix blanche, son air épuisé firent penser au jeune homme qu'elle vivait un drame, que ses contusions banales ne pouvaient pas être la cause de son attitude hagarde. Il était sur le point de la faire transférer en psychiatrie pour un examen plus pointu, lorsque le Samu déboula devant le bâtiment à grand renfort de sirènes : on amenait en catastrophe trois victimes d'un accident du travail particulièrement abominable : des ouvriers brûlés au troisième degré par l'explosion d'une cuve de gaz qu'ils avaient réparée en contradiction avec les règles de sécurité les plus élémentaires.

L'interne décida alors que l'air « sonné » de la jeune fille pouvait finalement être justifié par le choc de l'accident. Il lui demanda de s'asseoir dans la salle d'attente, promit qu'il reviendrait et fila se consacrer aux brûlés.

Mais Élisabeth n'avait pas envie de rester assise. Il lui semblait qu'elle souffrait moins si elle se déplaçait. Quand elle marchait, elle était obligée de faire attention à ses pieds, à ses pas, à la direction à prendre : l'absence d'Alija ne lui coupait plus le souffle. Et puis elle aurait plus de chances de le retrouver ailleurs.

Où, ailleurs ? Ailleurs.

Elle se dirigea vers la porte de sortie, mais fut hélée par la secrétaire responsable de la caisse des urgences, une adepte du piercing, qui n'avait pas moins de dix boucles à chaque oreille, cinq petits anneaux fichés côte à côte sur la narine gauche et un minuscule au milieu de la lèvre inférieure.

Cette créature intensément contemporaine se montra très contrariée parce que Élisabeth n'avait pas ses papiers sur elle. Elle lui demanda son nom, son âge, son adresse, sa profession, son numéro de Sécu, sa durée d'ouverture de droits et le code de son organisme d'affiliation.

Élisabeth se traîna jusqu'au comptoir. Elle énonça difficilement son nom, mais ne se rappelait ni son âge, ni où elle habitait.

La secrétaire, qui la soupçonnait de lui jouer la comédie histoire de l'emmerder, tapotait la surface du comptoir avec son stylo à bille et lui demanda le numéro de téléphone de ses parents.

Élisabeth la regarda sans rien dire, faisant un effort sincère pour se souvenir du numéro. La secrétaire s'énerva, haussa le ton. Élisabeth murmura qu'elle avait oublié le numéro de ses parents. La secrétaire explosa : on en voyait de plus en plus souvent, des gens qui se croyaient tout permis. Pour qui elle se prenait ? Elle se droguait ? Ici c'était un hôpital qui fonctionnait avec des règlements. Se payer la tête du personnel n'arrangerait pas le cas des resquilleurs. Et puis si l'interne la laissait partir c'était qu'elle n'avait rien et elle devait donc savoir où elle habitait, sinon le car de ramassage des SDF allait passer la prendre.

Élisabeth ne comprenait pas la moitié de ce que disait la piercée, mais elle était très sensible à son ton vengeur et à sa voix trop haute de plus en plus vinaigrée. Elle contourna lentement le comptoir, poussa le portillon latéral et se planta devant son interlocutrice en la fixant. La jeune femme, qui commençait à comprendre qu'elle était en face de quelqu'un de mentalement perturbé, lui intima l'ordre de sortir avec un grand geste du bras.

Mais Élisabeth se pencha vers elle avec une expression de rage froide qu'elle n'aurait jamais imaginée, et se mit à murmurer à son adresse une bouillie de syllabes sans queue ni tête. Elle essayait de lui parler, mais les mots refusaient de sortir de sa bouche. Il ne s'en échappait que des ersatz de mots, des onomatopées, des borborygmes.

La préposée, dont le rythme cardiaque s'était dangereusement accéléré, recula son siège à roulettes d'un mètre et lui demanda de promettre sur un ton beaucoup plus urbain de revenir prochainement avec sa carte d'identité et sa carte de Sécu.

Élisabeth ne répondit rien et tourna les talons. Alors que la secrétaire poussait frénétiquement sur le bouton d'appel du service de sécurité, elle sortit des urgences avec des pansements sur le nez, sur le genou, sur un coude et en boitant légèrement.

36

Elle erra un bon moment dans la rue, ne sachant pas où elle allait. Elle avait du mal à reconnaître les rues familières qu'elle arpentait si souvent. Ses pas la portaient n'importe où, mécaniquement. Puis elle acquit une certitude : si elle marchait sans s'arrêter, jour et nuit, au hasard, elle finirait par tomber sur Alija.

Elle était sortie du jardin de l'hôpital et descendait l'avenue de la Division-Patton lorsqu'un dragueur qui ressemblait à Aldo Maccione en plus chafouin la héla depuis sa belle petite décapotable rouge.

« Où c'est qu'elle va, la petite chérie ? », lui dit-il avec un sourire jusqu'aux oreilles.

Elle ne répondit rien. Elle ne l'avait même pas vu. Il s'arrêta et baissa le son de l'autoradio. Élisabeth entra carrément dans la voiture et s'assit sans regarder le conducteur. Elle dit, d'une voix monocorde :

— Chez moi.

— C'est où, chez toi, petit lapin ?

— C'est dans une cité... euh... Cité... Bernard-Tapie, je crois.

Il démarra.

« Tu ne sais pas où tu habites ? Tu dois être un sacré numéro, toi. Pas de domicile fixe à ton âge ? Tu squattes ? Tu sors de cabane, si ça se trouve ! Tu ne te piques pas, au moins ? Non, t'as de beaux bras... T'as de beaux bras, tu sais ! (Il rit tout seul de cette blague qui lui paraissait éminemment culturelle.) T'en fais pas, on trouvera bien ta cité assez tôt... En attendant, on va faire un petit tour. Ce beau temps là, ça pousse aux galipettes (Il se mit à chanter très faux.) J'ai du soleil plein la tête... Pas toi ? »

Il lui posa une main sur le genou. Elle repoussa la main sèchement. Toujours souriant, pas découragé, l'homme poursuivit :

« Qu'est-ce que tu as dans la tête, mon canard ? »

Elle fronça les sourcils pour réfléchir. Qu'est-ce qu'elle avait dans la tête ?

« Pas de soleil.... C'est noir... »

« Eh ben ! On va arranger ça, bibiche ! »

Il reposa sa main sur le genou de la jeune fille et progressa vers la cuisse. Élisabeth semblait cette fois-ci ne pas s'en apercevoir. Le dragueur transpirait abondamment, surexcité par cette fille inhabituelle.

Élisabeth, fixant toujours le vide, parlait de façon saccadée.

« Noir... Avec des rochers glissants.. »

« Quel numéro ! Pas très fun, mais du caractère. On ne va pas s'embêter tous les deux, hein, ma poule ! »

Élisabeth sentit que la main de l'homme s'était

aventurée dans son slip. Elle la retira violemment. Il crut à un jeu, éclata de rire, puis prit la main de la jeune fille qu'il posa sur sa propre cuisse. Elle sursauta et se dégagea, se blottissant au fond de la voiture.

Il se fâcha pour de bon.

« La petite allumeuse ! Elle croit qu'elle va profiter de la belle voiture sans rien donner en échange ? »

Il se calma un peu en voyant l'air traqué d'Élisabeth et continua sur le ton de la confidence :

« On vit dans l'économie de marché, pupuce. Un service en vaut un autre. On échange des bons procédés, c'est ça le tertiaire ! Dans le temps, j'avais un bel autocollant sur ma caisse, "Pas cucu, pas toto" mais des petits cons me l'ont décollé. Vu, mon petit loup ? Et j'ai pas changé d'avis. On y va ! »

Il accéléra en faisant vroum-vroum. Comme il regardait la route, il ne vit pas qu'elle fixait sa ceinture de sécurité. Lui ne l'avait pas mise, s'estimant au-dessus des règlements.

Elle adopta habilement une position antichoc.

Au moment où la route faisait un coude et où la voiture allait faire face à un abribus, Élisabeth posa son propre pied gauche sur le pied du type qui reposait sur l'accélérateur.

La voiture fonça et se flanqua dans l'obstacle.

L'homme traversa le pare-brise et fut projeté contre un des montants de l'abribus, le visage déchiqueté, la nuque brisée.

Élisabeth défit posément sa ceinture, sortit tranquillement de la voiture et s'en fut.

Des gens commencèrent à s'attrouper, mais toute leur attention se portait sur le corps du conducteur. Personne ne s'intéressa à la jeune fille qui s'éloignait. Personne ne se posa sur le moment la question cruciale : était-elle dans la voiture accidentée ?

Ellle continua à marcher sans but, les bras ballants, l'œil dans le vague.

Elle avait pris une voiture mais ça n'avait servi à rien : elle ne s'était pas rapprochée d'Alija.

Une nouvelle idée s'imposa alors dans son esprit opacifié par l'angoisse et la douleur : retrouver le seul être bénéfique et désintéressé dont elle avait gardé le souvenir : sa mère. En faisant un effort énorme elle réussit à se rappeler le numéro de téléphone familial.

Elle arriva devant une cabine près de la voie du chemin de fer. C'était une antique cabine à pièces. Un chicaneur qui ressemblait à un rat était en train de téléphoner en hurlant.

« Ça ne se passera pas comme ça ! Faut pas me prendre pour un con ! Je connais mes droits ! »

Élisabeth regarda par la cloison vitrée les pièces que le chicaneur avait laissées sur la tablette à côté du téléphone et entra dans la cabine derrière lui. Il sentit la présence de la jeune fille et aboya :

« Faut plus se gêner ! Vous ne voyez pas que c'est occupé ? »

Elle approcha une main des pièces de monnaie et en rafla trois. Hors de lui, le chicaneur tendit un bras pour la repousser, mais elle se mit à le bourrer de coups de pied. L'homme, gêné par le combiné qu'il ne voulait pas lâcher et par les pièces qu'il voulait récupérer, trébucha et roula à terre. Alors elle se baissa, et lui porta un coup d'une grande violence du tranchant de la main sur la pomme d'Adam, exactement comme elle l'avait vu faire au cours des innombrables émissions sportives qu'elle avait dû endurer dans le séjour des Châtelard.

L'homme ne s'était pas défendu contre cet agresseur féminin inattendu comme il l'aurait fait contre un agresseur masculin. Il était bête et chicaneur, mais frapper une jeune fille, surtout belle et couverte de pansements, n'était pas un acte qui entrait dans son fonctionnement habituel.

Le coup sur la gorge lui avait brisé l'os hyaloïde. Il arrêta de gesticuler instantanément.

Personne n'aurait pu deviner qu'une bagarre sauvage venait de se dérouler dans la cabine : le bruit des trains couvrait tous les autres.

Le combiné se balançait tout seul au bout du fil. On entendait l'interlocuteur du chicaneur crier « Allô ? Allô ? ».

Mais Élisabeth avait changé d'avis. Ce corps la gênait. Elle n'avait plus envie de téléphoner à sa mère. Elle s'éloigna.

Dans la cabine, le chicaneur à tête de rat gisait dans les petits détritus habituels qui tapissent le sol des cabines.

Cité Bernard-Tapie, les Pignerol arrivaient avec

un caddie plein de conserves en promotion, de Coca et de chips, et des sacs de surgelés.

Élisabeth surgit devant eux, marchant en regardant les nuages. Elle ne semblait pas les reconnaître. Les parents, eux, furent stupéfaits.

Janine cria « Ah ! » en lâchant ses sacs et resta figée, les yeux papillotants, tremblant comme une feuille malgré la canicule.

Des yaourts aux épinards roulèrent par terre. Un Chinois les ramassa et en fit une pyramide régulière aux pieds de la femme immobile.

Élisabeth ne disait rien, plantée devant eux, les bras pendant de chaque côté du corps comme ceux d'une poupée de chiffon.

Gérard lâcha ses courses, se précipita sur elle, la prit dans ses bras, lui prodiguant des mots tendres, caressant ses cheveux en désordre.

Pour la première fois depuis la fin de la guerre sans nom dont le souvenir l'écrasait il était heureux, enfin heureux, parce que le désastre total n'était pas arrivé.

Il n'en demandait pas plus à la vie.

37

Quelques jours, combien ? étaient passés.

L'après-midi s'achevait.

Élisabeth et les parents étaient depuis de longues heures prostrés dans leur séjour. La jeune fille était assise par terre, ramassée, la tête entre les bras. Pignerol était affalé sur une chaise, Janine sur le canapé.

Des objets dérisoires traînaient autour d'eux, boîtes de bière, journaux froissés, épluchures. Le ménage n'avait pas été fait depuis des semaines. Une légère crasse entourait les personnages, la poussière montait à l'assaut des meubles.

Il ne se passait rien. Les bruits extérieurs eux-mêmes, si présents dans les HLM, semblaient s'être usés : les trois petits garçons étaient à la piscine.

Le trio de Schubert, qui semblait ne pas venir d'un transistor mais d'une voix intérieure déchirée, monta doucement.

La lumière déclinante, douce, dorée, tombait graduellement sur les trois humains accablés.

38

Le commissaire Morvan avait convoqué Élisabeth et ses parents à la demande de Janine. Cette demande était insolite et infondée : remettre de l'ordre dans une famille à problèmes ne relevait pas de sa compétence et aucun délit n'avait été commis. De plus, quelle famille n'était pas à problèmes ? Mais comme il ne voyait pas quelle autre autorité aurait pu tenter de clarifier la situation chez les Pignerol et qu'il ne voulait pas perdre une occasion officielle de se trouver en présence de Janine (il était parfaitement conscient de sa propre faiblesse et s'en amusait) il avait décidé d'offrir une heure de son temps à ces sinistrés de l'existence. Cerise sur le gâteau, il éprouvait beaucoup de sympathie pour Gérard, l'homme à tout faire souffre-douleur du néronien garagiste. Ce trotte-menu qui s'occupait de sa voiture avec un empressement touchant lui semblait plus digne d'attention que son allure servile et morose ne le laissait supposer de prime abord.

Il avait même demandé à un des psychiatres du secteur d'assister à l'entretien : quelque chose avait l'air de **tourner** de travers dans la tête de la fugueuse.

Le psy était une jolie jeune femme, mince, avec une voix très douce et des pommettes d'Asiatique, le docteur Poirier. Un planton en uniforme se tenait debout au fond de la pièce, pensant intensément au Paris-Saint-Germain.

Le commissaire, débonnaire, était néanmoins embarrassé. La vue de la jeune fille lui occasionnait un malaise viscéral. Il avait au long de sa carrière vécu des situations périlleuses de toutes sortes sans trembler, plus fataliste que courageux, plus humaniste que casse-cou, mais le spectacle de la perturbation mentale le laissait démuni. En fait il avait une peur bleue des gens qui souffraient d'un problème de santé psychique. Il avait appris huit langues, les premières au collège, les suivantes tout seul, par goût, et entrevoyait vaguement que son attrait pour les langues étrangères cadrait avec sa peur des malades mentaux et son désir flou d'en savoir plus long sur leur paysage intérieur. En effet, ceux-ci parlaient la plus étrange des langues étrangères : un idiome qui ne figurait dans aucun manuel, pour lequel n'existaient pas de cassettes Assimil : seuls des pionniers du troisième type comme la jeune femme élégiaque assise bien droite à ses côtés tentaient d'en déchiffrer les rudiments.

Il prit une voix solennelle qui ne lui était pas habituelle et déclara :

« J'ai accepté de vous recevoir car je suis pour l'harmonie et la transparence en famille. Mais votre fille est majeure, on ne peut donc pas parler de fugue. »

Élisabeth, mal fagotée, avait les cheveux sales et le regard vide. Elle qui se tenait d'habitude si droite, était affaissée sur sa chaise comme un pantin désarticulé. Son père lui lançait des sourires tristes. Janine (bien pulpeuse dans une robe de viscose froissée... ah la viscose froissée, quel tissu de rêve pour qui aimait à contempler des seins et des hanches... tissu mollasson et collant sous l'effet de la chaleur, adhérant aux courbes, flottant délicieusement autour des parties les moins en relief....) était nerveuse, anxieuse, agitée.

« C'est pourtant pas normal, de faire ce qu'elle a fait », disait-elle dans un cri de révolte.

« On ne poursuit pas les gens qui font des choses anormales, mais les gens qui font des choses illégales. Nuance », dit le commissaire, tiré de sa rêverie topographique.

La jeune psy distribua de toutes parts des sourires apaisants.

Mais Janine poursuivait obstinément sa rhétorique obsessionnelle qui n'avait qu'un but : éviter la colère de Châtelard.

« Monsieur le commissaire, il faut faire quelque chose pour les Châtelard... C'est le père de son fiancé... le patron de mon mari ! »

« Je le connais depuis longtemps, chère Madame, notre Châtelard... C'est un faux dur. Et alors ? »

À « faux dur », Pignerol soupira. Il aurait bien

aimé donner son avis sur la question, mais il ne savait pas quels mots employer.

« Il faudrait que... » Janine regarda sa fille et se tortilla, horriblement mal à l'aise. « C'est vis-à-vis d'eux ! »

« Vous craignez des représailles ? », demanda le docteur Poirier.

Janine regarda avec reconnaissance la psy qui avait osé dire ce qu'elle-même n'arrivait pas à formuler. Elle sembla se détendre un peu et lui expédia l'ombre d'un sourire.

« C'est tout à fait ça ! Châtelard est tellement en rogne ! Il a même dit qu'il voulait virer Gérard ! Et s'il vire Gérard on n'a plus qu'à se jeter tous dans le canal. »

Au mot « canal », Élisabeth avait frissonné et s'était recroquevillée comme si la température de la pièce avait chuté soudainement de dix degrés.

« Il faut que monsieur Pignerol ait une conversation franche avec son employeur. Qu'il lui explique clairement que la rupture des fiançailles de leurs deux enfants n'a rien à voir avec leurs rapports professionnels », dit la psy.

Pignerol osa, timidement :

« Ça c'est la théorie... Mais... C'est que Châtelard il sait ce qu'il veut... »

Élisabeth sembla se réveiller. Elle dit d'une voix blanche :

« Je ne retournerai pas chez les Châtelard. »

Le commissaire la regarda avec gentillesse.

« Personne ne vous y oblige, mon petit ! »

Janine était exaspérée. Personne ne mesurait le danger couru par sa tribu. Elle revint à la charge.

« Il faudrait quand même qu'on leur fasse des excuses ! Non, mais personne n'a les pieds sur terre, ici ! Mon mari, licencié, à son âge, surtout qu'il ne sait pas faire grand-chose, c'est comme si on l'abattait au fusil à pompe, non ? »

Pignerol ne releva pas cette affreuse mais lucide intervention. Il désigna sa fille du menton, dit en chevrotant :

« Robert voulait qu'on la fasse enfermer à cause de ce qu'elle est partie. Il ne peut pas, hein ? »

« Robert, c'est le fiancé ? », demanda le docteur Poirier qui prenait discrètement des notes. « Bien sûr, qu'il ne peut pas. On ne fait pas "enfermer" quelqu'un, comme vous le dites, aussi facilement que ça ; c'est un protocole professionnel d'une grande précision. Et aucune rupture sentimentale ne constitue un acte de démence. »

« C'est pas le fiancé, c'est le père du fiancé », dit Janine.

« Il prend les affaires de son fils très à cœur... » dit le commissaire.

Élisabeth lança un regard noir au commissaire. Le commissaire capta ce regard et fixa la jeune fille, puis la psychiatre dit :

« La famille Châtelard est-elle encore attachée au schéma ancien de l'honneur de la famille ? »

« L'honneur de la famille semble être une notion obsolète dans certaines couches socio-culturelles, mais je peux vous affirmer que dans le quartier on ne badine pas avec l'honneur », lui répondit le commissaire, sous-entendant très clairement que les intellectuels distingués comme la jeune praticienne devraient de temps à autre s'immerger dans la réalité suburbaine. « La moitié des blessures occasionnées par des armes blanches par ici sont des réactions à une atteinte, réelle ou supposée, à l'honneur familial. Il faudrait peut-être hospitaliser quelque temps mademoiselle Pignerol qui semble très déprimée... cela créerait un moment de trêve absolue pendant lequel la blessure d'honneur des Châtelard aurait le temps de s'apaiser. »

« À mon sens l'état de cette jeune fille ne justifie aucune hospitalisation, répondit vivement la psy. Cependant, il serait souhaitable qu'elle soit suivie régulièrement. Une psychothérapie en ville ou dans un centre d'hygiène mentale... »

Janine était déçue. Cette solution n'apportait aucune réponse aux questions qui la torturaient depuis le premier jour de la fugue d'Élisabeth. Qu'allaient faire les Châtelard ? Son mari allait perdre son emploi ? Et en plus voilà, il faudrait payer un psychiatre !

« Alors c'est classé ? On est venus pour rien ? Vous ne faites pas d'enquête ? », dit-elle.

« Mais une enquête à quel propos, chère Madame ? » demanda le commissaire.

(Elle est sacrément belle, mais sacrément saoulante, se disait-il. Pas capable de régler ses petites affaires. D'accord, ils sont en plein dans un sac de nœuds, mais j'ai autre chose à faire.)

194

« Ben pour savoir avec qui elle est partie ! C'est incroyable, quand même ! Elle allait se marier, elle aurait hérité du garage ! »

Après un bref instant pendant lequel elle prit une longue inspiration, elle tapa sur le bureau, s'étonnant elle-même de tant de manque de respect à l'autorité publique.

« Je suis sûre qu'elle a été forcée... Le Yougoslave du chantier, c'est lui qui l'a enlevée. »

« Non ! », hurla Élisabeth. Elle se leva d'un bond, fonça sur sa mère et jeta violemment son bras droit en direction de son visage pour la frapper. La psy, qui avait compris le geste même avant qu'il ne fût ébauché, arriva à le stopper. Élisabeth ne regarda même pas la jeune femme, occupée à cracher sa colère. Sa mère avait reculé, le commissaire s'était levé, mais la jeune fille ne semblait pas devoir frapper à nouveau. Elle se contentait de crier :

« Tu n'as pas le droit de dire ça ! Personne ne m'a forcée. Je suis partie avec lui... parce que... parce que je... »

Elle fondit en larmes, sanglotant, hurlant. La psy lui passa un bras autour des épaules et la moucha avec un kleenex. Pignerol, crucifié, ne savait comment exprimer son désarroi.

« Allons, Madame, dit le commissaire. Le kidnapping est un crime, il ne faut pas proférer ce genre d'accusation à la légère. »

Janine explosa. Tous ses rêves partaient en une inexorable fumée et sa fille avait voulu la frapper.

« Mais elle a disparu pendant trois semaines sans

rien dire, Bon Dieu ! Et puis... et puis... c'est pas légal de casser une promesse de mariage ! »

« Je vous rappelle, chère Madame, que nous vivons à l'aube du troisième millénaire, dit le commissaire en soupirant, et que votre fille est majeure. Elle affirme être partie de son plein gré avec un homme qu'elle semble aimer, quant à une action en rupture de promesse de mariage, jamais les Châtelard ne risqueront le ridicule d'en entreprendre une. »

Il commençait à en avoir assez de ce cirque, de ces gens hystériques, des minutes gâchées, des averses, de la communauté européenne, des diesels mal réglés, de ses maux d'estomac et de l'approche de la retraite. Il se dit qu'il devrait peut-être aller adopter un chien à la SPA. Un bon gros bâtard informe qui foutrait des poils partout.

« La seule chose à faire, maintenant, c'est veiller sur elle, l'aider à faire son deuil. Il est évident qu'elle vient de vivre une rupture douloureuse », dit le docteur Poirier qui continuait à bercer Élisabeth. Janine la fusilla du regard, mais Pignerol posa une main tendre sur le bras de sa fille.

« On va s'en occuper, Docteur. Tout va bien comme ça, hein, ma Lili ? »

Il n'avait plus sa voix de vieux Goofy. Il se sentait capable de protéger son enfant, même si Châtelard le licenciait. La détresse de Lili l'avait réveillé. Tant pis pour le garage. Il viderait des poubelles, il distribuerait des prospectus, il volerait dans les grandes surfaces. Il avait envie d'agir, de donner.

« Très bien, dit le commissaire en se levant. Tout

cela n'est plus de ma compétence, je l'avais bien dit, d'ailleurs. »

Il frappa dans ses mains comme un instituteur à la fin de la récré. « Allons ! Je dois résoudre des problèmes beaucoup plus importants : il y a eu deux agressions mortelles dans la rue cette semaine. Sans compter le crime de la rue Bidet ! C'est peut-être (il prononça le terme anglais avec un accent terriblement franchouillard) un "serial killeure"... »

Janine sursauta et se mit à bombarder de questions le commissaire en parlant comme une mitraillette :

« Il y a un maniaque en liberté ? C'est encore un tueur de femmes ?... Il faudrait prévenir la population, non ? Il les tue par ici ? »

Le commissaire lui décocha un regard fatigué et soupira.

« Non, il aurait tué deux hommes, et une femme seulement. Et encore la femme, je n'y crois pas. »

La psy sortit de sa poche une carte qu'elle donna à Élisabeth.

« Voilà mon numéro. Tu peux m'appeler quand tu veux, même la nuit, même le dimanche. » Puis, à l'adresse de Janine : « Je consulte demain matin à partir de neuf heures au centre Desmond-Tutu. J'aimerais bien parler un peu avec elle. Vous pourriez l'amener ? »

Élisabeth, aussi expressive que si elle avait porté un masque, empocha la carte d'un geste mou. Mais Janine dit avec empressement :

« Comptez sur nous, Docteur ! »

Tout le monde se leva. Le commissaire se mit à tapoter le dos de Gérard et lui demanda sur un ton presque mondain :

« Qu'est-ce que vous pensez de la nouvelle Peugeot ? »

39

Janine, assise dans sa cuisine toujours aussi crapo-
teuse, chantonnait *Sambre et Meuse* avec entrain en
enfilant à l'aide d'une grosse aiguille des oiseaux de
carton noir sur une cordelette, ce qui constituait une
guirlande un peu macabre et inattendue à côté des
guirlandes plus classiques et des lampions de papier
multicolores qui traînaient sur la table.

Elle fumait comme un sapeur.

Élisabeth arriva lentement, s'assit devant elle, la
fixant. Janine lui sourit, regarda un tableau qu'elle
avait scotché au mur et qui énumérait les médicaments que sa fille devait prendre. Il y en avait un
paquet.

Elle farfouilla dans le sac de pharmacie, examina
minutieusement toutes les boîtes en lisant les éti-
quettes tout haut et comparant avec le tableau, puis
dévissa un tube de comprimés, en pêcha un et le lui
tendit en lui demandant si elle comptait reprendre
un jour son travail au fast-food. Élisabeth goba le
comprimé et but un demi-verre d'eau, puis elle lui
répondit en parlant lentement, avec une élocution al-

térée, comme si elle avait des pommes de terre dans la bouche, cette élocution propre aux gens qui prennent beaucoup de neuroleptiques :

« Quand on voudra. »

Janine la considéra. À la vérité, ça lui était égal qu'Élisabeth travaille ou non. De toute façon la jeune fille n'était pas en état, et l'amabilité avec laquelle l'homme banal l'avait reçue au fast-food laissait augurer un renvoi définitif. Ses angoisses se portaient de préférence sur son état mental et sur la fatwa qu'allait bientôt prononcer Châtelard.

« Il n'y a rien qui presse, ma poulette, dit-elle d'un ton conciliant. Tu fais comme tu peux, hein. »

Il y eut un silence. Janine ne savait pas quoi ajouter. Elle supportait mal la nouvelle manière d'être de sa fille, ses silences, ses mouvements si lents, le fait qu'elle ne mange plus, ne se lave plus sans son aide. Elle se demanda ce qui pourrait lui faire plaisir, la sortir de sa léthargie, à part cet homme qui s'était enfui et ne reviendrait jamais, et elle se souvint qu'elle adorait la musique classique. Elle lui demanda si elle voulait reprendre le piano.

« C'est la fin de l'année », dit Élisabeth.

« De toute façon, je te force pas, hein », dit Janine.

Pignerol entra et vit la guirlande de corbeaux. Il s'exclama, dégoûté :

« Mais qu'est-ce que c'est que ça ? »

Janine lui répondit, toute contente :

« J'ai fait des guirlandes pour le 14 Juillet. On les accrochera au balcon. »

« Mais ça, Janine... », dit Pignerol en pointant un index vengeur en direction des corbeaux.

« Ben oui, c'était les corbeaux à l'oncle Fernand, ses appeaux pour la chasse, il les avait eus en gros ! »

« Mais... mais... une guirlande... ça ne se fait pas avec des corbeaux ! »

Janine haussa les épaules avec innocence :

« Je ne vois pas pourquoi ? »

Elle sourit à ses corbeaux. Son sourire diminua quand elle s'adressa à sa fille.

« Dis donc, Élisabeth, tu irais me chercher des patates ? Prends pas des roses, elles sont trop chères. »

« Oui », dit Élisabeth sans bouger.

« Alors t'y vas ! » dit Janine en se forçant à avoir l'air guilleret.

Élisabeth se leva, bras ballants, et alla vers la porte d'un pas mécanique. Janine l'arrêta.

« Eh ! Prends de l'argent ! Prends un sac ! Pars pas comme ça les mains vides ! »

« Oui », dit Élisabeth.

Elle prit lentement un sac et le porte-monnaie de sa mère, puis sortit comme un zombie.

Pignerol la suivit des yeux, dubitatif.

« On ne devrait peut-être pas la laisser sortir toute seule ? Elle n'a pas l'air bien ! Est-ce qu'elle saura traverser au rouge ? »

« Sa docteur elle a dit qu'on la laisse libre, qu'on soit pas tout le temps après elle », dit catégoriquement sa femme.

« Oui, mais... »

« Ça lui fait prendre l'air », dit Janine avec une autorité sans réplique puisqu'elle s'appuyait sur une référence scientifique.

« Ouais... Si tu veux... Tu sais quoi, Mimine ? Je crois pas qu'Hubert la reprendra.... »

« Ce qui m'étonnerait, c'est qu'elle veuille revenir ! Après avoir couché avec le maçon..., se remettre avec Hubert, ah, ah » dit-elle d'un air entendu.

« T'es sûre que c'est lui son nouveau... ? »

« Ça crève les yeux... Tu ne l'as pas entendue, dans le bureau du commissaire ? C'est ce que j'aurais fait à sa place, en tout cas. »

Elle éclata de rire. Ce rire blessa Gérard, qui s'identifia tout à coup à Hubert et se demanda ce qu'il serait advenu de son mariage si un beau maçon un peu plus vieux qu'Alija mais aussi attirant que lui avait rencontré la mère au lieu de rencontrer la fille. Il savait bien que sa femme vivait avec lui essentiellement à cause de leurs enfants mais il essayait toujours de chasser cette idée dévalorisante quand elle se manifestait. Néammoins il poursuivit le cours de sa pensée :

« S'ils ne se remettent pas ensemble, je crois qu'il vaudrait mieux qu'on rende la bague de fiançailles aux Châtelard.... »

« La bague elle est à Élisabeth, je te ferai remarquer. »

« Elle n'en veut plus, la preuve, elle l'avait laissée sur sa table de nuit. »

« Elle l'avait laissée sur le coup, pour partir avec l'autre, mais n'empêche que c'est sa bague. Quand on donne on ne reprend plus. Si elle ne veut pas la garder on se renseignera pour la vendre. Elle a beau être petite, c'est une vraie... On va pas se gêner pour les Châtelard ; si Hubert se trouve une autre fiancée, il a de quoi en lui acheter une dix fois comme celle-là. »

« Janine, c'est la loi. »

« Ah, merde, alors ! T'es sûr ? »

« Sûr. Et c'est pas le moment qu'on ait quelque chose à se reprocher. »

Janine grogna. Elle avait la ferme intention de se renseigner auprès de l'assistante sociale de la Mairie, mais pour une fois son mari fut plus ferme qu'elle.

40

Élisabeth n'avait émis aucune objection quand ses parents lui avaient expliqué en chœur qu'il était plus convenable de rendre une bague donnée par un fiancé quand on était partie avec un autre. Cela les rassura un petit peu quant aux représailles éventuelles mijotées par les Châtelard.

Sa torpeur les mettait mal à l'aise, mais ne les inquiétait pas outre mesure : ils avaient le plus grand respect pour la médecine et le docteur Poirier leur avait expliqué à plusieurs reprises qu'après un choc affectif important, il était normal qu'on donne à un patient des doses assez fortes de médicaments pour calmer sa douleur. Lorsque Élisabeth souffrirait moins, elle baisserait les doses, et leur fille récupèrerait sa vivacité.

La jeune fille, dûment coiffée par sa mère, qui lui avait fait mettre pour la circonstance des vêtements — à son sens — pas trop sexy, se rendit au garage, et entra directement dans la boutique, sans prendre aucune précaution : elle aurait pu tomber sur Châtelard. Mais ce jour-là il était parti à la banque et Jean-Pierre en avait profité pour filer au bistrot.

Elle monta directement dans la chambre-atelier d'Hubert. Celui-ci, plus pâle que jamais, essoufflé par un mélange détonant de stupeur, de dépit amoureux, de désir et d'humiliation, était adossé à son établi et regardait la femme qu'il avait voulu épouser, qu'il avait aimée plus que tout au monde.

Elle lui tendit la petite bague en disant simplement :

« Tiens, je suis venue te la rendre. »

Il la prit ; c'était horrible, c'était le symbole définitif de leur rupture. Il n'avait plus envie de vivre, sauf pour retrouver Alija et l'écraser contre un mur. Il se mit à faire tourner machinalement la bague entre le pouce et l'index.

« Tu es gonflée, quand même, de revenir ici !, dit-il, la voix tremblante. Alors ? Qu'est-ce que tu as à dire pour ta défense ?

Élisabeth, plantée devant lui les bras ballants, haussa les épaules, indifférente. Elle était un peu moins belle qu'avant, détruite. Mais cette flétrissure ne lui inspirait pas la moindre compassion : elle avait été infligée par l'autre.

« Je te croyais capable de tout, mais pas de ça, dit-il. Te présenter devant moi ! »

D'un ton uni, mécanique, comme si elle récitait un texte, Élisabeth répondit :

« Fallait que je te rende la bague. »

« C'est pour ça que tu es venue ? Hein ? C'est

pour ça ? C'était pas la peine de te déranger. Ton père aurait pu le faire. »

Hubert jeta la bague sur son établi. Elle roula et disparut dans un tas de déchets métalliques.

« Mon père ? C'est lui qui m'a dit de passer. »

Il faisait gris, ce jour-là. Élisabeth avait mis avec une vieille jupe un vieux pull à manches courtes de sa mère qui avait été trop souvent lavé et lui collait à la peau. Hubert regarda ses seins moulés par la laine pelucheuse et devint violent.

« Tu oses te montrer ici ? Tu devrais être sous terre... Tu devrais être morte de honte... »

Complètement ailleurs, elle sortit de la poche de sa jupe une petite boîte, l'écrin de la bague.

« Tiens, ça va avec. »

« Je m'en fous, de la boîte. Ce que tu peux être mesquine. »

Elle la remit dans sa poche et lui tendit une main, d'un geste machinal qu'il trouva aussi incongru que le fait d'avoir voulu lui rendre la boîte. Ce faisant elle le frôla. Il fit un bond en arrière comme s'il avait approché un serpent. Elle ne comprit pas.

« Je voulais juste te dire au revoir. »

Au revoir. C'était vraiment la fin, même si un jour il lui pardonnait, même si elle revenait en jurant d'être fidèle et polie, même si elle suivait des cours pour devenir un modèle d'épouse. Il la détailla de bas en haut pour se faire un stock d'images. Oui elle avait des chevilles minuscules, des jambes ravissantes, pleines de méplats, pas des cannes de serin comme les minettes anorexiques ni des genoux gras comme les bouboulinettes. Ses hanches et ses seins décrivaient des sinusoïdes toujours en mouvement, comme des vagues. Il supportait de plus en plus mal de visualiser au centre de son corps la porte de la grande splendeur qu'elle avait ouverte à d'autres. Puis, comme la douleur et le désir mêlés étaient devenus insupportables, il se mit à étouffer et cria très fort :

« Putain ! »

Elle sembla se réveiller, lui sourit, d'un sourire inattendu, plein d'ironie. Elle pensait sûrement à d'autres. À l'autre, au maçon, à sa beauté, à son rire, à ses cheveux noirs. Il la gifla à toute volée. Elle tituba et alla s'effondrer contre une pile de caisses. Elle ne se rebella pas, se releva et dit seulement de sa nouvelle voix blanche et unie :

« Maintenant, on est quittes... »

Hubert fit un geste de trop : il s'essuya les mains avec un chiffon comme pour effacer une souillure en lui crachant :

« On ne sera jamais quittes ! Tu as fait le malheur de toute une famille pour un immigré de merde ! Je le savais ! Faut pas me prendre pour un débile ! »

« Tu le savais ? Comment tu le savais ? »

« Je vous avais suivis !.... Je savais bien que tu étais partie avec ce voyou ! Un Gitan ! Un voleur ! Je t'ai vue sur son bateau pourri, tu te pavanais à poil ! On aurait dit une star du porno ! »

« T'as pas le droit de dire ça ! »

Hubert se retourna et se mit à farfouiller dans ses affaires de bricolage. Il lui dit, sans se retourner :

« Va-t'en, maintenant. Je ne veux plus jamais te voir ! Tu sais quoi ? Tout le monde va se foutre de toi, maintenant qu'on sait que tu as été larguée ! »

« Ça m'est égal, qu'on se foute de moi. Tout ce que je veux, c'est lui, c'est qu'il revienne. »

« Mais tu es aveugle, ou quoi ? il s'est bien foutu de toi, ton maçon. Les Romanos, c'est tous des dragueurs... Tu crois qu'il se cachait ? Tous les soirs on le voyait avec une fille différente. Il avait sauté tout le quartier, il ne manquait plus que toi !.... En plus, il s'est tiré avant la fin des travaux... »

Il s'était remis à bricoler pour qu'elle voie bien qu'elle ne comptait plus. Elle le regardait avec une haine farouche, non pas parce qu'il avait osé lui jeter au visage des images torturantes, mais parce qu'il avait renforcé les soupçons qui bouillonnaient en elle depuis cette nuit où Alija n'était pas rentré. Ce garçon grisâtre avait sûrement raison. Alija était parti avec une autre. Alija riait d'elle, ou pire, l'avait déjà oubliée.

Il fallait qu'Hubert se taise avant de lui apporter d'autres preuves.

Il avait laissé une perceuse branchée sur le coin de l'établi jonché de toutes sortes d'outils. Elle bondit, se saisit de la perceuse à toute allure, pressa le bouton et l'enfonça dans le dos d'Hubert. Le bruit vrillant du moteur couvrit le cri du jeune homme qui s'effondra en vomissant du sang rouge et noir.

Élisabeth le regarda un moment, sans rien dire, puis lâcha la perceuse.

Il bougea un peu, quelques gestes saccadés, puis s'arrêta de bouger.

Elle sortit de la pièce sans songer à refermer la porte.

Elle traversa l'atelier désert. Glissant entre les voitures, elle sortit du garage par une porte qui donnait sur une petite venelle pratiquement abandonnée.

Elle n'avait croisé personne.

41

« J'en ai souvent rêvé » dit le légiste.

« C'est la première fois que tu vois ça ? » dit le commissaire Morvan.

Le légiste, un vieux camarade, venait de renvoyer les assistants qui avaient procédé aux prélèvements habituels. Il avait l'habitude horripilante de manger en des lieux qui auraient réclamé plus de discrétion. Là, il s'était acheté une livre d'abricots et les gloupait tellement vite que Morvan avait peur qu'il n'avale les noyaux. Cependant, comme l'exercice de sa profession lui avait inculqué quelques notions d'hygiène, il déposait délicatement ceux-ci dans un des petits sachets de plastique destinés à recevoir habituellement des cheveux, des mégots, et des débris bien plus intimes encore virtuellement chargés de sens.

« J'ai vu des corps perforés par des couteaux, des tournevis, des tringles, des baïonnettes de la guerre de 14, des tisonniers, des brochettes, des barres de fer, j'en passe et des meilleurs... mais jamais par une perceuse électrique. »

Le légiste choisit un nouvel abricot. Morvan détourna les yeux et s'assit sur une chaise pivotante.

« C'est pourtant une bonne idée, dit Morvan. Même avec une mèche de dix comme ça on ne risque pas de déraper »

« Si, le long des côtes. Là, le meurtrier a eu de la chance : la mèche n'a pas été stoppée par un élément osseux. La victime aussi, a eu de la chance, parce qu'elle aurait pu rester paralysée... La mort a été rapide. On n'a rien volé ? Chlourp, chlourp », fit le légiste.

« Comment veux-tu qu'on le sache ? dit Morvan. Les gens planquent du fric dans les cachettes les plus impossibles. J'ai déjà retrouvé des billets de 500 roulés dans des tubes de dentifrice ».

« Ça ne doit pas être facile à réaliser, chlourp. Ça doit dépendre du diamètre de l'embouchure du tube. Mais le dentifrice, ça doit attaquer le papier-monnaie ! Quelle idée. Les tubes étaient pleins ? »

« À moitié pleins... ou à moitié vides, selon ton degré d'optimisme. «

« Sabligny était une chouette petite ville bien nulle. Hélas, nous voilà en train de glisser sur le toboggan qui nous conduit à la jungle urbaine. » (Le légiste avait adopté un ton déclamatoire qui surprit les autre flics.) « La jungle urbaine gagne. Chlourp. C'est le contraire de la déforestation. »

« Ça pue la haine, cette histoire. »

« C'est bien ce que je disais. Les mômes vont trop au cinéma. Moi quand j'ai vu les gros titres de journaux : « Le triomphe de la Haine », j'ai eu envie de me jeter dans la Marne. »

« Je ne pensais pas à cette haine-là. Ça n'est pas politico-social. Ça ne sent pas l'expédition punitive. Ça sent le règlement de comptes en tête à tête. »

« On devient une banlieue à braquages. »

« Les braquages de stations-service ça ne se passe pas dans des piaules à l'écart, en haut d'un petit escalier. Il a fallu que le mec traverse le garage, l'atelier, grimpe ici... les braqueurs préfèrent braquer là où on peut se tirer vite fait. Ça, c'est un assassinat personnel. »

« Assassinat ? Tu crois que c'était prémédité ? »

« Peut-être... le meurtrier connaissait les lieux, et il savait que le fils Châtelard bricolait toujours dans sa piaule l'après-midi... La perceuse c'était épatant : pas besoin d'investir dans un flingue qu'on peut toujours identifier. Ou alors c'est une explosion spontanée, le type monte voir le fils Châtelard pour discuter, Châtelard lui tourne le dos, ça le vexe, il voit la perceuse... et vrrrrrr... Bon, ils arrivent ? »

Ils arrivèrent avec la grande housse et le brancard. Ils refusèrent poliment les abricots offerts par le légiste. Ils repartirent avec difficulté car ils patinaient dans les rigoles de sang et trébuchèrent plusieurs fois dans l'escalier métallique trop étroit.

« Tu crois que c'est lui qui s'est mis dans cette position en agonisant ou que le meurtrier l'a fait changer de position avant de se tirer ? » demanda Morvan au légiste qui emboîtait déjà le pas aux brancardiers..

212

« Changer de position ? »

« Il était en fœtus... ça n'est probablement pas comme ça qu'il est tombé. »

« Eh bien non, il est tombé face contre terre. Il a été projeté vers l'avant par l'impact de la perceuse. C'est évident, chlourp. »

« Tu crois qu'il a eu la force de se mettre en position fœtale alors qu'il était si sérieusement blessé ? »

« Bien sûr. C'est une position normale pour chercher à diminuer la souffrance. »

« Donc tu ne penses pas que c'est le meurtrier qui l'a disposé comme ça ? »

« Pourquoi est-ce qu'il l'aurait fait ? »

« Je n'en sais rien... Un rituel, peut-être ? »

« Non, c'est lui, à quatre-vingt-dix-neuf pour cent... Pourquoi tu me demandes ça ? »

« J'essaie de jauger la force physique de l'agresseur. »

Morvan, qui n'avait pas emmené Fourmillon pour éviter d'éventuels débordements affectifs étant donné les liens d'amitié qui unissaient le défunt et son regrettable adjoint, demanda à Robin, un tout jeune sérieux comme un pape, de veiller à ce que les Châtelard père et fils restent à sa disposition. Puis il demeura seul, contemplant la mare de sang. Il y en avait tellement. Le légiste l'avait prévenu : la perceuse étant tombée dedans, il était exclu qu'on retrouve des empreintes valables sur le manche.

Tout en priant sainte Rita que Châtelard ne se pointe pas trop vite pour lui laisser le temps d'improviser un discours de condoléances approprié, il feuilleta quelques revues techniques, puis inventoria les outils. Certains d'entre eux étaient récents et de très bonne qualité, du genre qui se revend très bien dans un marché aux puces ou chez n'importe quel fourgue. Or il y avait à Sabligny et dans ses alentours assez de brocanteurs et de ferrailleurs pour écouler tranquillement des caisses et des caisses de matériel de bricolage et de réparation automobile. Le meurtrier n'avait pas eu le temps d'examiner les outils, ou alors les outils ne l'intéressaient pas.

Quelque chose brillait sur l'établi, près du mur, dans un tas de déchets. Craignant de se blesser avec des copeaux métalliques, il prit un tournevis et fouilla. Apparut une bague. Dans les détritus.

42

La pièce était claire, sympathique, reposante, avec des couleurs chaudes et des reproductions de tableaux abstraits sur les murs.

Le docteur Poirier, toujours aussi douce, écoutait Élisabeth, assise en face d'elle dans un grand fauteuil de cuir, avec cette attitude désarticulée qui lui était habituelle depuis la disparition d'Alija.

Elle assura à la jeune fille qu'on ne pouvait pas la « rendre » aux Châtelard, son obsession, parce qu'elle n'était pas un paquet, mais une personne.

« Mes parents... » dit Élisabeth.

Bref silence. Elle cherchait ses mots. La psy lui sourit pour l'inciter à continuer. Mais Élisabeth avait penché la tête de côté, et ajouta, avec un petit rire incongru :

« Je n'épouserai pas Hubert. »

La psy, très loin d'imaginer ce qui avait pu se passer, voulut la conforter :

« Personne ne peut te forcer. »

Élisabeth regarda en direction de la fenêtre.

« Mes parents... »

« Les parents sont quelquefois maladroits, surtout quand ils aiment beaucoup leurs enfants. Tes parents veulent ta sécurité, ton confort. Ils pensaient que ce mariage t'apporterait... une grande prospérité. »

« Moi, je veux aller retrouver Alija. »

« Je comprends, mais... est-ce que tu sais où il est ? Il ne t'a laissé aucun message ? Il ne t'a jamais fait part de son intention de s'absenter ? »

Ces questions bouleversèrent complètement Élisabeth et changèrent son comportement du tout au tout. Jusque-là elle avait été calme, écoutant la psy, rassurée par sa jeunesse et sa gentillesse. Mais là, quelque chose de très noir venait de se passer. En fait, le problème Châtelard n'était qu'un détail : le mal qui l'habitait provenait de l'absence d'Alija, et d'elle seule.

Elle se leva et se mit à marcher de long en large comme une bête en cage, sanglotante, donnant au passage des coups de pied dans les meubles, puis se jeta sur le divan à plat ventre en hurlant.

« Je ne sais pas... Je ne sais plus rien... Je veux le voir ! Je ne peux pas vivre sans lui ! »

Elle leva un visage dévasté vers la psy qui alla chercher un verre d'eau et un comprimé, les lui tendit. Élisabeth la repoussa en hurlant de douleur.

« Non ! Non ! Il n'y a plus rien ! Il n'y a plus rien ! »

La psy lui posa une main légère sur l'épaule.

« Dans la vie de tout être humain il y a obligatoirement des périodes de deuil. Mais elles ne durent pas dans la même intensité. Le monde est plein de gens que tu rencontreras un jour... Plein de choses qui t'arriveront... Prends ça. »

Élisabeth lança un bras à la volée en direction de la jeune femme qui réussit à esquiver et à ne pas lâcher le verre.

« Prends ça, tu souffriras moins... Et ce soir tu dormiras mieux »

« Je ne veux pas... je ne veux pas dormir sans Alija. »

« Tu dois dormir, sinon tu vas tomber malade. »

Élisabeth changea de registre. De plaignante elle devint accusatrice.

« Vous savez quelque chose ! Vous savez où il est et vous ne voulez pas me le dire ! »

« Je ne connais pas Alija et je ne sais rien. Bois ça. »

« Il m'aime. Il n'est pas allé avec les filles du quartier. Je le sais. Il n'est pas retourné en Bosnie. Sa femme... c'est sa sœur ! », dit-elle tout d'une traite, haussant la voix à chaque énonciation.

La psy lui proposa :

« Est-ce que tu voudrais dormir à l'hôpital pendant quelque temps ? »

Elle ne répondit pas et se remit à crier, des cris animaux, viscéraux, des cris d'amour frustré. La psy, un peu déstabilisée, soupira, et lui posa une main amicale sur l'épaule.

À cet instant, le téléphone sonna. Elle décrocha, contrariée.

« Allô ? J'avais pourtant dit qu'on ne me dérange

pas... Ah ! Bon ! Passez-le-moi. Allô commissaire ?...
Comment ? »

Ses yeux s'écarquillèrent.

43

Julien faisait les cent pas au pied de l'immeuble.

Il leva les yeux en direction des fenêtres de la famille Pignerol : Lionel et Sylvester étaient en train d'arroser les gens qui entraient dans leur bâtiment en leur versant de l'eau sur la tête. Ils étaient tellement abrutis qu'ils ne réalisaient pas que leur initiative, destinée à pourrir la vie des voisins, leur apportait un plaisir inattendu : il faisait 38 à l'ombre et une petite douche fraîche était la bienvenue. Les arrosés rigolaient, ça les dépitait.

Puis ils eurent une meilleure idée.

Julien hésitait à monter, tant il avait peur de se montrer importun, lorsqu'il entendit qu'on le hélait de l'allée. Il se retourna : c'était Janine. Elle lui serra la main chaleureusement, s'étonnant de la coïncidence.

« Vous me croirez jamais ! J'arrive de chez vous », dit-elle. Et comme il s'en étonnait, elle lui expliqua qu'elle aurait voulu lui parler de sa fille, parce qu'elle ne savait plus quoi en faire.

« Moi... heu... j'ai pas grand monde à qui parler »,
conclut-elle.

« Comment va-t-elle ? » demanda Julien.

« Bonne nouvelle : elle n'a rien à la tête. Enfin, je
veux dire, on me l'a dit hier à l'hôpital après les radios en tranches (elle fit le geste de couper du sau-
cisson), quoi »

« Le scanner ? »

« Oui, c'est ça ! Le scanner il est bon, mais c'est
son moral... De ce côté-là, c'est pas brillant. »

« Elle est suivie par un médecin ? »

« Oui, oui, une... une un peu chinoise, qui a l'air
bien... moi je la trouve un peu jeune pour un docteur, mais elle n'a pas l'air bête. C'est elle qui lui a
fait passer des trucs à l'hôpital. »

« Est-ce qu'elle va continuer les leçons de piano ? »

« Moi j'aimerais. Ça lui ferait sûrement du bien.
Mais... dites, on dirait que vous n'êtes pas au courant ? »

« De quoi ? »

« Son fiancé est mort. »

Julien se figea, réussit à articuler un « Son... fiancé ? Hubert Châtelard ? »

« Elle n'en avait pas trente-six d'officiels. »

« C'est pas vrai ! » dit Julien d'une foix de fausset.

« Quoi, c'est pas vrai ? Si je voulais vous raconter
des blagues, j'en choisirais une plus drôle ! »

« Mais comment ? »

« Il est tombé sur une perceuse électrique qui l'a
troué d'un côté à l'autre. (Elle mima la traversée du

220

corps d'Hubert par la mèche de dix.) Une perceuse !
Avec une mèche de dix, en plus ! Vous trouvez ça
normal, vous ? Tombé sur le dos ! D'accord, c'était
pas une lumière, mais quand même, il était ingénieur. Tomber à la renverse sur une perceuse branchée, faut le faire ! »

« Mais quelle horreur ? Élisabeth est au
courant ? »

« Ça a l'air de ne lui faire ni chaud ni froid... Vous
savez, c'était... ils allaient se marier, mais elle n'a pas
un caractère passsionné » mentit-elle parce qu'elle
trouvait ça plus prudent.

« On sait qui a tué ce... malheureux jeune homme ? »

Janine n'eut pas le temps de répondre : un hurlement lui avait fait tourner la tête.

Une dame très frisottée, revenant de toute évidence de chez le coiffeur, venait de se prendre une
giclée de coca sur la tête.

Janine, excédée, hurla à ses fils qui ricanaient à la
fenêtre, heureux d'avoir trouvé enfin le liquide le
plus emmerdant possible :

« Sylvestèèèère !... Pas avec du coca ! »

Sur un ton calme et déterminé, essuyant tant bien
que mal ses cheveux, la dame dit à Janine :

« Janine... Un jour, je vais les gazer, tes mômes ! »

Janine lui envoya un coup de coude dans les côtes
en pouffant :

« Me fais pas de fausse joie ! »

Elle sortit un kleenex de sa poche et se mit à
éponger sa voisine en hoquetant de rire. Elle avait

complètement oublié Julien. Le jeune homme était tout à fait dépassé. Une perceuse ? Une chute sur le dos ? Ce fiancé de façade, sinistre et gris ? La mère qui venait d'apprendre une mort — un homicide ? — particulièrement abominable et avait le fou rire à cause d'une averse de coca ?

Il préféra prendre le large.

44

Nulle part.

Élisabeth arpentait un immense terrain nu où poussaient des plantes sauvages. Les maisons étaient loin mais les champs étaient plus loin encore. Elle marchait sans but, les bras ballants, sous le ciel très grand, le regard dans le vide.

Elle se mit à courir très vite.

Elle courait, elle courait dans les herbes et les ronces. Seule, mais comme poursuivie par d'invisibles agresseurs, elle se retournait de temps à autre, ramassant une pierre, et, d'un geste précis, la lançant, visant quelqu'un qu'elle était seule à voir.

Elle courait encore, frappant dans le vide son ennemi intérieur. Elle bavait et griffait comme un animal sauvage.

Enfin, l'ennemi invisible dut battre en retraite, car elle se mit à marcher plus calmement, reprenant son souffle, essuyant ses lèvres.

Elle eut faim.

Sa longue course sans but l'avait conduite par hasard vers un cimetière de voitures.

Elle marchait à présent bras ballants et entra sans motif dans la cabane qui servait de bureau au casseur.

Sur une étagère, au milieu d'un tas d'outils, sans emballage, à même le bois noirci par des giclures d'huile de moteur, gisaient deux sandwiches au pâté de foie et deux canettes de bière. Élisabeth ressentit tout de suite une lourde antipathie à l'égard de ce lieu : il lui rappelait trop le garage Châtelard. Mais les sandwiches étaient appétissants. Elle en attrapa un d'un geste rapide, mordit dedans, puis but une goulée de bière et s'assit sur un baril crasseux, s'essuyant la bouche avec le revers de la main.

Un homme sec aux traits accusés, vêtu en cow-boy d'opérette avec une veste à franges, coiffé de l'incontournable Stetson hérissé de pin's, et chaussé de bottes de rodéo en cuir qui avait été blanc, canette à la main, entra et la regarda avec colère.

« Alors, on ne se gêne pas ! », cria-t-il.

Il s'approcha, menaçant. Elle se leva, prit la canette par le goulot et la brandit comme une matraque. La bière bon marché dégoulina le long de sa jambe, lui imprimant son odeur aigre.

« Mais c'est qu'elle est méchante ! », ricana-t-il en voyant une jeune fille oser se mettre en position de bagarre devant lui, un homme, un vrai, un dur..

Il fit un geste obscène avec sa canette et continua d'avancer en faisant « ksss... ksss... ». Élisabeth cassa sa propre bouteille contre le mur, fit un bond en avant, et lui entailla le visage. Plus surpris que furieux, il saisit au hasard une grosse pince et se pré-

224

cipita sur elle. Mais elle était sortie de la baraque à toutes jambes, et la poursuite continua dans la casse de voitures.

Ils zigzaguèrent dans les petites allées ménagées entre les carcasses. Élisabeth courait très vite, chaussée de tennis usagés bien confortables, mais le casseur était gêné par les talons instables de ses bottes.

Élisabeth réussit un vrai parcours de cirque : elle arrivait tantôt à se percher sur des amoncellements métalliques, tantôt à sauter comme un danseur étoile du Bolchoï dans des bennes épargnées par les crashs qui les avaient amenées là. Lui criait des insultes, ramassait des morceaux de ferraille pour les lui jeter, mais il la loupait toujours et elle continuait à lui échapper.

Elle ne devait pas lui échapper. Ce n'était pas possible. Elle devait être châtiée. Châtiée, pénétrée, écartelée, découpée. Ou peut-être dans un ordre différent.

Elle était là, à portée de main, il entendait son souffle et la reniflait, mais elle s'envolait toujours à la dernière minute. Puis elle le fit tomber en lui balançant à la tête une roue sans pneu qui l'atteignit en plein visage. Il commença à avoir peur : s'il ne l'abattait pas, c'est elle qui aurait sa peau. Il avait l'habitude des bagarres, des agressions, mais l'irruption de cette fille et sa force phénoménale étaient totalement anormales.

Des squelettes de voitures brûlées avaient été disposés en tas réguliers séparés par des flaques noirâtres. Élisabeth se dirigea vers le plus gros des tas, une vraie pyramide.

Au sommet, une vénérable Chrysler dorée presque intacte trônait en équilibre instable, juchée sur une vieille deux-chevaux.

Élisabeth escalada la pyramide, et il lui suffit de pousser très fort sur l'arrière de la deux-chevaux pour déséquilibrer complètement la Chrysler au moment où l'homme passait en dessous.

La Chrysler pivota, tourna sur elle-même, et écrasa l'homme.

Élisabeth s'était agrippée aux autres vieilles carcasses pour ne pas tomber. Quand elle vit que l'homme était emprisonné dans un cercueil de métal, et surtout qu'il avait été déchiqueté par les tôles, elle descendit de la pyramide, fixa quelques secondes son œuvre, sans compassion mais sans plaisir, le visage inexpressif. Le casseur avait sans doute expiré sur le coup, car il était absolument immobile et n'émettait aucun son. Son visage était resté intact, à part une oreille qui pendouillait de façon ridicule mais son épaule gauche avait été proprement découpée en trois tranches d'une parfaite régularité, comme par une machine à découper le jambon. C'était un travail superbe : les chairs et les os, les muscles, les tendons étaient harmonieusement répartis.

Le sang coulait en plusieurs rigoles capricieuses le long de tôles de couleurs différentes ; elle trouva qu'elles dessinaient de jolis méandres.

Elle chercha les restes du sandwich, mais ils

gisaient sur le sol trop sale. Elle rentra alors dans la cabane et prit le deuxième sandwich.

Elle s'en fut, lentement, sans but, prit le temps de caresser un chien jaune eczémateux qui l'avait suivie, motivé par l'odeur d'un fragment de pâté qui avait chu sur son T-shirt. Elle lui donna le reste du sandwich et se dirigea d'instinct vers la cité Bernard-Tapie.

45

Là-bas, au garage, l'ambiance n'était guère plus avenante.

Robert Châtelard était debout contre la porte de la boutique. Il frappait la paume de sa main gauche avec le poing droit en cadence. Effondré sur une chaise, Jean-Pierre regardait par terre en essuyant du dos de sa main le sang qui coulait de son nez — lequel avait doublé de volume — et les larmes de ses yeux.

Debout, l'un à côté de l'autre, Pignerol et Ahmed le mécano regardaient avec appréhension le commissaire Morvan qui marchait de long en large en grognant :

« On le rattrapera, votre maçon... c'est une question d'heures, un ex-Yougoslave sans titre de séjour régulier, ça ne passe pas les frontières comme ça ! Si ça se trouve, il a déjà été arrêté à la suite d'un contrôle d'identité. »

« Et après ? dit Châtelard qui rit d'un rire noir. Vous le jugerez, et puis il ira prendre des vacances dans une prison quatre-étoiles, logé, nourri, avec la télé, aux frais des Français qui ont cotisé toute leur vie ! »

Ahmed rentra la tête dans les épaules. Jean-Pierre osa une révolte.

« Arrête, Papa !, dit-il. C'est peut-être même pas lui ! »

Châtelard fonça sur son fils comme un taureau dans l'arène.

« Comment, c'est peut-être même pas lui ? Il a tué mon fils parce qu'il la sautait, cette pute, cette charogne, cette chienne... (Il se retourna vers Morvan, fou de mépris.) Je le retrouverai avant vous, nuls de flics, et je lui exploserai la tête moi-même. »

Châtelard frappa Jean-Pierre d'un sérieux coup de poing dans la poitrine. Morvan arriva à les séparer avant le deuxième coup, mais le jeune homme avait fait un faux mouvement et se retrouva les quatre fers en l'air en tentant de retrouver son souffle avec difficulté.

« Modérez-vous, Châtelard, dit Morvan sévèrement. Qu'est-ce que vous faites de la présomption d'innocence ? Et puis rien ne vous autorise à parler de la sorte de la petite Pignerol. Elle n'est pas responsable de ce qui s'est passé. Et puis je vous rappelle que la thèse de l'accident n'est pas abandonnée. Quant à votre fils, le passer à tabac n'arrangera rien. Vous tenez vraiment à ce que je vous embarque ? »

Châtelard abandonna provisoirement l'idée de cogner son fils. Il se mit à faire les cent pas dans la boutique. Chaque fois qu'il passait devant de gros outils, Pignerol et Ahmed frissonnaient d'appréhension. Mais le commissaire restait apparemment décontracté.

« Accident ? Qu'est-ce que vous dites encore comme conneries ? Mon fils aurait laissé une perceuse branchée ? Et qui tournait toute seule ? Et il serait tombé dessus en arrière ? Non mais vous me prenez pour un gogol ! J'ai jamais entendu un scénario aussi naze. Ah, vous, les flics, vous ne manquez pas d'air ! C'est kif-kif les histoires de mecs qui se suicident en se tirant une balle dans le dos ! Qui est-ce que vous êtes en train de couvrir ? Bande de charlots... »

« Pour moi, je le maintiens, l'hypothèse de l'accident n'est pas écartée... »

Le commissaire était ennuyé d'être obligé de dire de grosses bêtises : Châtelard avait raison, tomber sur le dos sur une perceuse branchée était une hypothèse abracadabrante. Mais s'il ne calmait pas le garagiste, celui-ci deviendrait incontrôlable. D'ailleurs, rien ne prouvait qu'il n'avait pas lui-même tué son fils... non, François, tu divagues se dit-il : Châtelard pouvait tuer quelqu'un d'un coup de poing, d'un coup de fusil, mais pas avec une perceuse, et sûrement pas dans le dos.

« Aviez-vous des ennemis ? »

« Évidemment que j'en avais ! Tous les concurrents ! Mon atelier c'est le meilleur ! Tous les autres, des pedzouilles, des couilles molles, ils ne peuvent pas me blairer parce que le client c'est chez moi qu'il va. Mais ils sont tellement nazes qu'ils n'oseraient jamais entrer ici pour régler leurs comptes ! »

« Cela dit.... il y a peut-être un rapport avec les autres morts suspectes qui pleuvent dans le coin... Sabligny est un petit coin peinard, et nous avons déjà trois morts violentes en une semaine... sans compter la prostituée. »

Châtelard le fixa, dubitatif. J'ai trouvé le bon argument, se dit Morvan. Continuons. Bien, le « sériale killeure »... Ça détourne la fureur de la bête.

« Ça serait un « sériale killeure » d'une espèce rare... un qui ne s'attaque pas seulement aux femmes. Peut-être un homosexuel... Quelquefois, ils massacrent des hommes par dépit ! Des hommes qu'ils ont dragués sans succès. »

« Un pédé qui me draguerait je lui écrase la tête », dit Châtelard, plein de tolérance et de compréhension.

Jean-Pierre fit remarquer timidement que le crime de la rue Bidet semblait ne pas faire partie de la série.

« Oui d'accord, dit le commissaire. Il y a toujours Patricia Loucheur. Mais c'est sur le point d'être élucidé. Pour celle-là, ça n'est pas du tout le même cas de figure : son proxénète est sur le point de signer ses aveux. Ce n'est pas notre « sériale killeure ». Mais je l'aurai, le monstre. Je l'aurai. Bon, à demain. »

« C'est ça, foutez le camp. »

Le commissaire pivota en direction de la porte de la boutique. Pignerol et Ahmed lui emboîtèrent le pas avec célérité, mais Châtelard attrapa Pignerol par le col en criant :

« Reste un peu là, toi. J'ai deux mots à te dire. »

Le commissaire comprit que la situation était des plus critiques pour le père de la jeune fille fatale.

« Minute, dit-il d'un air hautement professionnel. Ces deux-là je les embarque pour les interroger. Il ne faut pas qu'ils s'imaginent qu'ils vont s'en tirer comme ça ! Allez ouste ! »

Il sortit en poussant devant lui Pignerol catastrophé et Ahmed plutôt soulagé. Châtelard se retourna alors vers Jean-Pierre et le fit relever.

« Qu'est-ce qui t'a pris, à toi, de ne pas être de mon avis ? »

Jean-Pierre voulut parler, mais aucun son ne sortit de sa bouche.

Le commissaire fit monter à l'arrière de sa Peugeot les deux malheureux qui le suivaient, embêtés, mais qui trouvaient beaucoup plus inoffensif d'être embarqués par un commissaire de police que de rester à portée de patte de leur employeur. Il roula pendant deux minutes, puis stoppa dans le centre-ville et leur dit avec le sourire :

« Bon, allez, tirez-vous. »

« Merci, Monsieur le commissaire », dit Pignerol qui jaillit de la voiture ruisselant de soulagement. « À demain, Ahmed. »

« Moi demain je ne reviens pas », dit Ahmed, pas enthousiaste.

« Moi à votre place je reviendrais..., dit le commissaire en redémarrant. Sinon, il risque de pleuvoir des lézards. »

Pignerol et Ahmed se regardèrent, dubitatifs.

Le commissaire les regarda, pauvres gars prisonniers de la machine, puis se rendit au magasin d'horlogerie-bijouterie du "Phénix", au centre-ville, et demanda au patron qu'il connaissait vaguement son avis sur la bague maigriotte, juste un coup d'œil comme ça, pas une véritable expertise. L'artisan déclara après un bref examen qu'il s'agissait bien d'un diamant authentique. Il reconnaissait le bijou : il l'avait vendu six mois auparavant à... voyons... un monsieur... Hubert Châtelard ! dit-il, triomphant, en refermant un grand registre.

« Pour des fiançailles ? »

« Probable ; il connaissait bien le diamètre du doigt de la jeune fille... ».

Cinq minutes avant que le commissaire ne se fût garé devant le commissariat, Alija, menottes aux mains, avait été poussé dans une fourgonnette qui avait démarré sur les chapeaux de roues, sous le regard satisfait de Fourmillon.

Son patron entra dans le commissariat de mauvais poil, et fila dans son bureau sans saluer les agents qui glandaient dans la grande salle, omission qui était contraire à ses principes républicains.

Une fois seul, il sortit de la poche de son pantalon la petite bague et la posa délicatement sur son éphéméride.

Pour quelles raisons nébuleuses l'ingénieur assassiné avait-il posé cette bague sous des débris métalliques ? Pour qu'on ne la lui dérobe pas ? Ou pour la dérober à sa propre vue ? C'était sûrement la bague de fiançailles. Achetée six mois auparavant. Donc donnée depuis longtemps. Et elle se retrouvait là. Donc rendue... restituée ou rendue sur ordre ? peut-être extorquée ?

Hubert avait-il eu l'intention de la donner à sa fiancée récupérée pour sceller leur seconde promesse de mariage, ou à une autre fiancée de rechange ? La jeune fille l'avait-elle perdue, rendue, avait-il fallu lui arracher du doigt ? Et pourquoi cet objet prénuptial gisait-il dans des pluches métalliques ? Cette bague le gênait, non parce qu'elle représentait une question sans réponse — il nageait dans les questions sans réponses depuis plus de trente ans —, mais parce qu'elle le rendait lâche : il reculait le moment où il la montrerait aux Châtelard et les interrogerait sur son probable itinéraire.

Il remit la bague dans sa poche et appela Fourmillon par l'interphone. Celui-ci entra, l'air dégagé.

Le commissaire lui demanda de lui amener d'urgence et par tous les moyens Sejdovic, le fameux Yougoslave du garage Pignerol. De fouiller sa foutue péniche et ses foutues fréquentations.

Fourmillon acquiesça d'un air zélé.

« Tu l'as déjà vu, toi, ce fameux Sejdovic ? »

« Oui, au garage. »

« Tu me le décrirais ? »

« Une armoire, hein. La trentaine. Genre un mètre quatre-vingt-dix, quatre-vingt-dix kilos. Bronzé, brun, des cheveux longs en catogan, comme une gonzesse, et puis cradoque, avec l'air pas net comme tous les Romanos. »

« Et tu crois qu'il pourrait avoir tué un poids plume comme le fils Châtelard avec une perceuse ? C'est nul. Il aurait pu l'allonger d'une seule main. »

Fourmillon haussa les épaules. Il pensait qu'avec les Romanos on pouvait s'attendre à tout, mais s'abstint de donner son avis sur ce point : il connaissait l'allergie de son supérieur aux propos racistes. Il se borna à faire « Bof » en sortant.

Le commissaire était déboussolé. Serial killer ? My foot ! Le meurtre de la prostituée n'était pas l'œuvre de l'exécuteur de trois autres, c'était certain, et même les trois autres ne lui paraissaient pas avoir été perpétrés par le même gus. Il y avait dans le meurtre de l'automobiliste quelque chose d'accidentel, dans celui de l'usager de la cabine téléphonique quelque chose de crapuleux, et dans celui d'Hubert Châtelard quelque chose de personnel. De la haine, comme disait Chlourp Chlourp.

L'affaire de l'automobiliste était la plus opaque : c'était peut-être un simple drame de la conduite irresponsable. Beaucoup de crétins se croyaient assez doués pour ne pas mettre leur ceinture et avaient le pied scotché au champignon. Bien sûr, des gens avaient déclaré avoir vu quelqu'un sortir de la voiture : ce passager hypothétique avait été identifié sous serment comme étant une femme, un grand blond, deux grands blonds, un ado à problèmes, un Maghrébin et un pompier.

Quant au chicaneur à tête de rat, il avait bien eu

l'os hyaloïde brisé par un hatémi, et son portefeuille avait été vidé de tout fric et de toute carte de crédit, mais était-ce la même personne qui l'avait tué et volé ? Et puis cet individu, un petit employé municipal médiocre nommé Kevin (Kevin ! Sa sœur s'appelait sans doute Sue Ellen) Rignaule, avait été décrit par ses collègues du service de l'État Civil comme quelqu'un de tellement mesquin, pinailleur, ergoteur et malveillant qu'il devait exister dans tout Sabligny une cohorte d'impétrants qu'il avait arbitrairement malmenés. Et qu'un individu colérique qui a été arbitrairement malmené par un petit employé chafouin se trouve par un pur effet du hasard en face de cet employé dans un coin désert... les conditions idéales d'un défoulement un peu musclé étaient réunies.

Mais Hubert... c'était bien plus trouble. Braquer une perceuse dans son dos. Vouloir le transpercer. Sans menaces préalables, sans magouille (avouée) de bagnoles maquillées, sans vol, sans effraction. Et balancer cette bague dans les épluchures métalliques... la bague portée par la jeune fiancée fugueuse... l'addition de ces éléments en faisait une affaire très passionnelle.

C'était simple, tout ça...

Morvan sentit qu'il était urgent de retrouver Sejdovic. Il se fichait pas mal de ses papiers, mais était sûr qu'il était une des pièces maîtresses du puzzle. Et puis il était en danger : Châtelard lui ferait la peau sans hésiter la prochaine fois qu'il le trouverait dans son champ visuel.

Il décida de se concentrer sur les dossiers concernant des Yougoslaves qui avaient peu ou prou troublé l'ordre public dans sa petite ville — plutôt peu que prou, mais après avoir fait porter aux Maghrébins puis aux Africains le poids de tous les péchés de la Terre, les défenseurs de la Nation basés à Sabligny avaient reporté leur ire purificatrice sur les Yougoslaves — (qui seraient les prochains ? Les Touareg ? Les Mandchous ? Les Eskimos ?). Et le fait que Sejdovic soit probablement Tsigane en faisait un double bouc émissaire. Yougoslave et Tsigane, c'était lourd.

Ah les Tsiganes ! dès qu'il en apparaissait un petit groupe, tout le monde les rendait responsables de ce qui n'allait pas dans le pays. Voleurs (c'étaient donc eux qui avaient saboté le Crédit Lyonnais ? Touché des commissions monumentales de la part de gros pétroliers ? Bénéficié d'emplois fictifs ?), dangereux (c'étaient donc eux qui violaient les gamins dans les collèges religieux, naufrageaient l'Erika, nourrissaient les vaches au prion ?), sales (c'était tellement facile de prendre un bain lorsque le premier point d'eau disponible est à quatre kilomètres du terrain vague plein de détritus où stationnent les caravanes dans la certitude d'être vidés le lendemain) ; personne ne voyait en eux des êtres humains chaleureux, généreux (Allez donc chercher une mère abandonnée ou un vieillard jeté dans le monde tsigane), pleins de vitalité, héritiers d'une culture riche et musiciens magnifiques. Morvan était révolté par ces attitudes paléolithiques bêtes et méchantes et ne manquait jamais, lorsqu'il croisait des Tsiganes, de les saluer poliment et de leur montrer qu'il ne leur était pas systématiquement hostile, bien qu'il ne les angélisât pas outre mesure.

Il en revint aux Yougoslaves de la région. Ils étaient chômeurs ou occupaient des emplois peu enviables, cantonnés dans les quartiers les plus défavorisés. Une seule famille s'en sortait vraiment à Sabligny en tenant ce petit restaurant agréable et bon marché qu'il aimait bien du côté du canal. Il décida d'aller y déjeuner le lendemain pour humer des senteurs évocatrices d'autres horizons, écouter de la musique agréable et glaner des renseignements sur Alija. Mais il savait d'avance qu'il tomberait sur un bec : les minorités ethniques en situation difficile étaient solidement soudées, et c'était bien normal.

Quoique. Dans le mic-mac ethnique du drame que vivait cette partie du monde, un sous-groupe pourrait bien se faire un plaisir d'en couler un autre, et les Tsiganes étaient des cibles de choix.

Il ferait ensuite une petite excursion dans les immeubles connus pour abriter des Yougoslaves, ex-Yougoslaves ou futurs ex-Yougoslaves. Mais il y avait tellement de sans-papiers qui tentaient de survivre dans les quartiers défavorisés, que les attraper était une autre paire de manches. C'était facile de détaler à l'approche de la police dans ces immeubles délabrés et aussi truffés d'ouvertures qu'un morceau de gruyère.

La porte du bureau s'ouvrit à la volée. C'était l'agent Grondin, qui roulait des yeux tellement écarquillés que le commissaire se demanda s'ils n'allaient pas rouler à terre. Je n'avais jamais réalisé que

Grondin était un nom de poisson, se dit le commissaire. Quel déterminisme.

« Patron ! Vous ne savez pas ce qu'on a trouvé chemin des Rigoles ? »

« Hein ? »

« Encore un mec de liquidé. »

« Bordel ! Qui ça ? »

« Un Basque.... il a été compressé... »

« Compressé ? »

« Ben oui, il y a un tas de carcasses de bagnoles qui lui sont tombées dessus... il n'en reste plus grand-chose. »

« Tiens ! Eh bien on y va. Ça commence à prendre des allures de série... »

Il mit la main droite dans sa poche de veste à la recherche d'un hypothétique carré de chocolat et ses doigts rencontrèrent quelque chose de métallique. Il soupira. Même vraie, cette bague était mesquine.

46

Élisabeth était couchée tout habillée sur son lit, fixant le plafond. Elle se sentait anesthésiée, mais les voisins du dessus commencèrent à faire l'amour en beuglant.

Elle se leva, gagna la cuisine. Un lit sans Alija était intolérable. Malgré les médicaments, malgré la psy. La passion, le désir, le manque ravageur qu'éprouvent tous les toxicomanes sevrés étaient juste un peu émoussés par les neuroleptiques, mais suffisamment insupportables pour qu'elle ne puisse pas rester en place. Sa peau la brûlait, la brûlait de l'absence des mains d'Alija, de la peau d'Alija, de la virilité d'Alija. Dans son lit elle se sentait prisonnière, d'une prison intérieure qui la faisait suffoquer. Et puis la position couchée appelait ce corps, ce corps si proche, si lointain, perdu, perdu...

Elle prit un morceau de fromage qui traînait sur la table, en coupa machinalement un morceau avec un gros couteau à découper, tenta vainement de le mastiquer, puis le recracha. C'était un gruyère de promotion, originaire de divers déchets fromagers de la communauté européenne, et acheté six semaines auparavant. Ceci expliquait cela.

Par la fenêtre, elle regarda le paysage de ciment, écouta les autres bruits de la nuit, tentant d'occulter celui des voisins amoureux.

Mue par une pulsion irrépressible, elle sortit.

Quelques brisures d'heures après, elle rôdait sous les énormes piles de ciment qui soutenaient la chaussée de la rocade. La lumière était blafarde, un peu estompée par les couches de vapeurs grasses et d'émanations sales. Béton, béton, camions à l'arrêt, ordures, vacarme de la circulation.

Noir de la nuit, gris du béton, points jaunes et rouges émis par les véhicules.

Un homme en maillot de corps, ruisselant de transpiration, allumait une cigarette près de son bahut et scrutait la nuit à la recherche d'une prostituée, il y en avait de très sexuellement transmissibles qui hantaient le coin. Il aperçut Élisabeth. Il s'approcha d'elle avec un air de mâle en chasse, appréciant le corps superbe, le visage d'icône, les cheveux, même sales, de la jeune fille. Elle avait une démarche souple, somptueuse, mais elle n'était pas apprêtée, maquillée, elle n'avait pas du tout le genre habituel des Vénus du grand échangeur Nord-Est. Ça ne devait pas être une professionnelle, juste une ces petites qui cherchent quelques billets de cent balles et ne restent jamais tellement longtemps au même endroit, par crainte de représailles du corps constitué des vraies prostituées. Il se promit de passer une soirée pas banale.

Mais son sourire s'éteignit quand le visage de la jeune fille apparut dans la lumière d'un réverbère : elle avait l'air de souffrir d'une douleur atroce ; puis quand elle le vit, son expression changea comme à la faveur d'un fondu-enchaîné de cinéma : de femme blessée elle s'était transformée en bête féroce : elle avait l'air tellement agressive que la prudence le fit reculer. Encore une droguée en manque, pensa-t-il, elles sont — comment est-ce qu'ils disent ça à la télé ? — incontournables ? Non, incontrôlables. Ça peut vous passer des sales maladies, ces filles-là, si le préservatif craque, ou avoir sa bande de junkies planquée tout près, qui vous regarde vous envoyer en l'air et qui vous saigne pour se payer un fix...

Il jeta sa cigarette, tourna les talons et passa sous une autre pile de l'échangeur. Dommage. Il en avait bien envie, mais il valait mieux se rabattre sur une fille plus ordinaire.

Puis il lui sembla qu'il se passait quelque chose de totalement inattendu : elle le suivait. Il tourna la tête derrière son épaule, oui, elle le suivait, marchant de plus en plus vite. Ça commençait à sentir mauvais. Il accéléra, la sema entre les arcades de béton qu'il connaissait bien.

Elle marchait. Il marchait.

Ils ne se voyaient plus. Il s'arrêta, souffla, se passa la main dans les cheveux, sourit, hocha la tête comme pour se dire que c'était incroyable d'avoir eu peur d'une fille, d'une simple fille seule.

Il alluma une nouvelle cigarette, adossé à un pilier. Qu'elle vienne, bon Dieu, qu'elle vienne. Il allait lui faire regretter ce petit jeu-là. Un bruit le fit sursauter. Pour essayer de voir ce qui se passait, il glissa insensiblement de côté, la tête tournée vers l'angle du pilier. Il scruta la nuit, ne vit rien de spécial, mais tout à coup une lame s'abattit sur lui et s'enfonça dans son ventre du côté où il ne l'attendait pas.

De l'agresseur, il n'avait vu que l'éclair argenté de la lame du couteau. Le ronron de la circulation couvrit son gémissement. Il s'effondra.

Personne ne vint à son secours. On était trop près d'une mégalopole chaotique. Des gens passant en voiture virent bien un homme à terre, mais il y avait tellement de SDF qui trouvaient abri sous les ouvrages en béton du grand échangeur que personne ne pensa une seconde qu'il s'agissait d'un agonisant.

Il avait toujours pensé qu'il mourrait dans un accident de la circulation. Ça le contrariait de penser qu'il s'était trompé. Quand une fleur de la nuit qui descendait d'un camion en soupirant distingua la mare de sang et ameuta les autres routiers, il était trop tard.

Une jeune fille pâle était déjà très loin, allant nulle part sans se presser.

Sorti d'un autoradio proche, un drôle de blues, chanté par une voix râpeuse qui vous traversait jusqu'aux os déversait sa poignante mélancolie. « Something is pulling me outside... »

47

Dans la salle de bains, Élisabeth enleva son jean et son T-shirt maculés de sang, les jeta dans la baignoire, se rinça les mains distraitement, et se recoucha en slip et soutien-gorge sans refermer portes ni lumières. Elle s'endormit immédiatement d'un sommeil de plomb.

Elle rêva de l'église de Meung-sur-Loire. Elle était en train d'ajouter une petite bougie allumée à toutes celles qui entouraient le socle de la statue de sainte Claire.

Sa mémé était à côté d'elle, douce, souriante.

Élisabeth, qui n'avait que dix ans dans le rêve, se retourna vers elle et lui demanda avec inquiétude :

« Dis, mémé, quand on sera morts, ça sera terrible, le Jugement dernier ? »

« Mais non, dit la mémé en riant. On ira tous au paradis. Tu verras comme ça sera beau. »

Malheureusement, Élisabeth n'était plus sur la péniche, là où les rêves étaient aussi beaux que la réalité, et le rêve se termina en cauchemar : le visage tendre de la mémé se dilua et fit place à celui de Châtelard. Elle cria en dormant.

Dans sa chambre, Janine émergea difficilement, se gratta énergiquement la tête, regarda l'heure au réveil, fronça les sourcils, et sortit de la pièce en traînant les pieds, sans réveiller son mari qui ronflait comme un moteur de Boeing.

Elle entra dans la chambre de sa fille, étouffa un cri en voyant du sang sur son soutien-gorge blanc. Elle se jeta sur elle, folle d'angoisse, la déshabilla à la recherche d'une blessure. Élisabeth se réveilla à peine et se laissa faire sans ouvrir les yeux, en grognant légèrement. Janine scruta minutieusement le corps de la jeune fille, effaça quelques traces superficielles de sang avec sa propre main : la peau était lisse et intacte, elle n'avait rien, pas la moindre blessure, pas même une éraflure.

Janine poussa un rugissement de soulagement et la recoucha, l'installant le plus confortablement possible comme un bébé. Elle la recouvrit d'un drap, éteignit la lumière et se rendit à la salle de bains, pensive. Élisabeth avait peut-être saigné du nez ?

Elle se versa un verre d'eau, puis aperçut le jean et le T-shirt pleins de sang sur une chaise. Elle poussa un nouveau cri, prit les vêtements de sa fille entre ses mains, les retourna, constata qu'il y avait beaucoup moins de sang à l'intérieur qu'à l'extérieur du tissu et décida de les laver tout de suite, avant même de se poser trop de questions.

Elle les rinça soigneusement dans le lavabo, puis

les fourra dans la machine à laver et les recouvrit d'autre linge sale.

Elle nettoya le plus silencieusement possible la baignoire, le lavabo et le carrelage, puis s'assit sur le bord de la baignoire pour réfléchir, bouleversée.

« C'était pas son sang à elle, nom de Dieu, merci petit Jésus. Mais alors qu'est-ce que c'est que ce merdier ? Mais qu'est-ce que c'est ? Qu'est-ce qu'elle a encore foutu ? », marmonnait-elle entre ses dents. Il régnait un climat de plus en plus dramatique dans ce bled sans intérêt depuis quelques jours : les morts pleuvaient, et ça faisait des cercles qui se rapprochaient de plus en plus de sa fille.

« Qu'est-ce que c'est que ce merdier ? »

Elle recommença à se gratter la tête avec frénésie. Ça n'arrangerait rien mais ça soulageait momentanément.

Quelqu'un tuait des gens autour d'Élisabeth, c'était évident. Pour la terroriser ? Pour en faire sa complice comme dans Dracula ? Quelqu'un qui avait tué Hubert, et puis un autre encore cette nuit. Sans compter les pseudo-accidentés du quartier... Ça ne pouvait être qu'Alija. Sinon elle ne se serait pas approchée d'une nouvelle victime au point de se tacher de sang. Elle ne pouvait faire des choses affreuses, dangereuses, que pour lui. Alija tuait et elle l'assistait. Possible. Quoique étonnant : Janine imaginait bien Alija en guerillero, abattant des ennemis politiques à la Kalachnikov mais pas tuant au hasard des minables. Enfin. Elle était très loin de se sentir infaillible.

246

Mais pourquoi Élisabeth rentrait-elle régulière-ment à la maison, si elle secondait son homme ? Pourquoi ne restait-elle pas avec lui, alors qu'elle en était dingue ?

Et pourquoi Alija, qui semblait tellement éloigné d'un trip de jalousie paranoïaque, aurait-il expédié Hubert avec cette perceuse ? Et si c'était lui, Élisa-beth risquait-elle d'être arrêtée ?

Elle arrêta de se gratter et de se poser des ques-tions à quatre heures et demie du matin et avala en guise de somnifère une grande lampée de vieux sirop codéiné contre la toux périmé depuis trois ans. Évi-demment, au matin, elle était complètement engluée quand les garçons se réveillèrent. Elle les expédia sans aménité à l'école, les poussant dans l'escalier en râlant : « Allez, ouste ! on dégage ! »

Puis elle but sept cafés et ouvrit son poste de radio en rangeant — succinctement — la vaisselle du petit déjeuner. Elle était tellement nerveuse qu'elle cassa deux bols.

La voix réjouie de la journaliste qui présentait les infos sur sa station préférée ne contribua pas à la re-mettre de bonne humeur.

« On enregistre une recrudescence de 25 % de sui-cides de chômeurs dans la Seine-Maritime... »

« Et ça les étonne ? », grogna-t-elle.

« Le professeur Dumouton, titulaire de la chaire de suicidologie du travail à Paris XII, estime qu'il y a lieu d'appliquer une péréquation asymptotique aux données brutes... »

Janine changea de station en haussant les épaules

puis se versa un Ricard. Une autre voix attira son attention :

« La coquette petite ville de Sabligny-sur-Seigle vit toujours dans la terreur. Le Loup-Garou de la Zone Est a encore frappé. (Janine faillit s'étrangler avec son Ricard.) Un droguiste de quarante-trois ans, père de six enfants, a été poignardé cette nuit aux abords de la rocade Sud. Nous avons en direct le commissaire Cantal, chargé de l'enquête... »

La voix agacée du commissaire Morvan succéda à celle de la seconde intervenante féminine.

« Morvan, s'il vous plaît. Je m'appelle Morvan, la victime n'est pas un droguiste, mais un routier, et c'est du grand échangeur Nord-Est qu'il s'agit.. Il est possible que nous soyons en face de l'œuvre du même déséquilibré qui a déjà porté la mort à quatre reprises dans notre cité. Je tiendrai une conférence de presse devant les caméras de Télé-Interfluviale à 13 heures ».

Janine éteignit, hagarde, et décida de faire des efforts de coiffure.

48

Un quart d'heure après, elle était assise devant l'inspecteur Fourmillon qui faisait l'important en se goinfrant de cachous.

« Chère Madame, dit le jeune homme, le commissaire a beaucoup d'estime pour votre famille mais il est occupé par sa conférence de presse. Qu'est-ce que je peux faire pour vous ? (Large sourire.) Votre fille s'est encore sauvée ? »

« Meuh non, elle bouge ni pied ni patte. Seulement voilà, inspecteur, j'ai peur. »

Fourmillon se sentit infiniment protecteur.

« Bien sûr, bien sûr, le loup-garou a encore frappé. Un cachou ? »

« Moui. » Elle gloupa un cachou. « Vous comprenez, moi j'ai quatre enfants. Alors avec un monstre dans le secteur ! »

« Vous n'avez rien à craindre, ça n'est pas un monstre qui s'attaque aux enfants. »

« Tiens ! Pourtant, les monstres... »

Fourmillon prit un air qui se voulait intensément intellectuel. « C'est un monstre atypique. En général, les monstres s'en prennent aux femmes pour des raisons sexuelles, ou aux enfants pour des raisons identiques. »

Il était très content d'avoir pu mémoriser le mot « atypique ». Il pensa qu'il améliorait son niveau culturel : il avait pu comprendre la semaine précédente quatre phrases consécutives d'Alain Finkielkraut (entendues bien sûr en se trompant de station) sans recourir au dictionnaire.

Janine prit d'instinct l'air qui convient quand on s'adresse à un flic du genre de Fourmillon : un air extrêmement bête.

« Et ce monstre-là... »

« Il s'en prend seulement aux hommes. »

« Mais, la pute ? »

« On a coxé son proxo. (Il était tout content de son allitération.) C'est une affaire à part. Mais elle a eu le mérite de nous faire faire quelques descentes dans la communauté yougoslave. »

« Ah tiens ! »

Elle était sincèrement intéressée. Ils allaient peut-être retrouver Alija ?

« Notre tueur est peut-être yougoslave, peut-être pas. On verra. En attendant, il ne tue que des hommes, c'est un fait avéré. »

« À la bonne heure ! » dit Janine guillerette.

« C'est quand même préoccupant », dit Fourmillon, déconcerté par cette réaction. Cette mère de famille nombreuse serait-elle une féministe radicale au point de souhaiter la disparition de toute espèce mâle ? Il la regarda avec une soudaine méfiance.

Janine, elle, trouvait que ça traînait.

« Et cette nuit, alors, qu'est-ce qui s'est passé ? »

« Bof, il a tué un droguiste. »

On aurait dit qu'un droguiste, pour l'inspecteur Fourmillon, n'était pas quelqu'un qui méritait un quelconque éloge funèbre.

« Tiens, un droguiste. C'était pas un routier ? Vous avez des indices ? »

« Pas question de les divulguer », dit Fourmillon sur un ton noble et scandalisé.

Janine décida d'employer la manière sucrée. Elle prit un ton doux, innocent et suppliant.

« Un petit indice de rien... comme ça si on sort la nuit on pourra se méfier. »

« Nous avons un portrait psychologique. »

Janine ne put retenir un petit ricanement.

« Hin, hin, reconnaître quelqu'un la nuit avec un portrait psychologique, ben ça, vous repasserez. »

Fourmillon se vexa.

« Madame, ne négligez pas l'aspect « psychotique » de la question : nous sommes en face d'un homme profondément névrosé. »

« Mais... », dit Janine en reprenant son air demeuré, car il fallait la jouer fine pour obtenir le renseignement qu'elle avait décidé d'obtenir : « Vous êtes sûr que c'est un homme ? »

« C'est évident. »

« Ah bon. »

« Les femmes ne tuent jamais gratuitement, voyons. Un cachou ? »

Elle déclina poliment Il en prit une poignée et

l'absorba. Des cachous dégoulinèrent le long de son menton. Il se leva, se dirigea vers la porte et la mit très poliment dehors, constatant :

« Chère Madame, vous n'êtes pas la première mère de famille à trembler pour ses enfants. »

Janine fit un sourire angélique et allait sortir, quand Fourmillon lui flanqua dans les bras un grand sac de plastique.

« Tenez, il faut que vous reconnaissiez les affaires de votre fille, on les a retrouvées en perquisitionnant sur la péniche. Si c'est bien à elle, vous signez et vous les emportez. »

Janine ouvrit le sac avec appréhension. Il contenait bien du linge et quelques robes d'Élisabeth, plus une brosse à cheveux, des barrettes et un minimum de pharmacie. Elle tripota les objets avec chagrin. C'étaient des vestiges du bonheur éphémère de son enfant.

« Ben oui, c'est à elle... »

« Faut signer la décharge.... là, en bas. »

« Et le Yougoslave, pas de nouvelles ? »

« Il s'est évaporé. »

« Quel fumier, quand même, dit Janine en signant. On ne fait pas ça à une fille si jeune. »

« N'est-ce pas ? » abonda Fourmillon, satisfait, tout content à l'idée de s'être trouvé une alliée potentielle dans la croisade qu'il menait contre les Gitans, Yougoslaves, Arabes, populations allogènes de tout poil.

Quand elle regagna son appartement, son mari et ses enfants étaient déjà en train de manger devant la télévision des hamburgers froids et des frites molles dans des bacs de plastique. Ils regardaient des variétés atterrantes.

« On peut gagner un milliard si on trouve la couleur de la culotte de Malvina Maravilla dans *La Troisième TNT 4 et ses hormones*, dit Sylvester.

Élisabeth était affalée sur le canapé et regardait dans le vide. Janine alla d'abord planquer le sac en plastique sous son propre lit puis lui mit un hamburger dans la main. Élisabeth mordit dedans machinalement.

Lionel et Sylvester se saisirent de sa barquette de frites. Janine leur distribua quelques torgnoles en les exhortant à lui laisser son déjeuner.

Les gamins lâchèrent prise et allèrent se battre sur le tapis.

« Il faut que tu manges, Élisabeth, dit Janine. Et puis il faut que tu arrêtes de sortir la nuit. D'accord ? »

Élisabeth ne dit rien, continuant à regarder dans le vague. Janine prit quelques frites. Mon Dieu quelle horreur. Mais par bonheur il restait du ketchup au Nutella.

« Tu sors la nuit, je le sais, et c'est pas sain. »

« Si tu sors la nuit faut que tu sois armée, dit doctement Christophe. Dans ma classe, il y a un mec qui dit que son frère il peut avoir des colts Python pour pas cher. »

« Me coupe pas tout le temps la parole pour dire des conneries, dit Janine. Élisabeth, quand tu as envie de te promener, fais-le dans la journée. »

« Oui », répondit Élisabeth d'une voix sourde. Janine n'était pas sûre qu'elle ait compris ce qu'elle venait de lui dire. Le père était intrigué.

« Mais qu'est-ce qui se passe ? »

« Il se passe qu'à son âge, dit sa femme sur un ton définitif, elle devrait pas sortir toute seule en pleine nuit. Surtout avec le monstre qui a encore tué un routier droguiste cette nuit. »

Élisabeth ne réagit pas. Janine débarrassa en faisant tomber des frites partout, puis elle apporta des desserts estampillés « Jurassic Shark ».

« Faudrait la distraire..., dit Pignerol avec douceur. On va aller voir Mémé le prochain week-end à Meung-sur-Loire... (Il prit tendrement la main d'Élisabeth.) Ma Lili... Si tu veux, dimanche, on ira en forêt de Fontainebleau. »

L'amour maladroit de son père touchait Élisabeth qui n'avait jamais été très démonstrative avec lui mais qui devenait plus tendre, d'une tendresse d'animal domestique, depuis qu'elle s'était enfoncée dans cette étrange maladie. Elle posa la tête sur son épaule. Elle n'avait peut-être pas bien compris les termes exacts du message mais elle en avait saisi le sens général.

« Les femmes ne tuent jamais gratuitement », se répétait Janine en ramassant les frites qui s'étaient évadées sur la moquette.

49

C'était une autre nuit sans Alija. Comment dormir quand on meurt de désir ?

Elle était attachée par les poignets et par les chevilles aux montants de son lit. Sa mère avait utilisé des cravates, des ceintures et des foulards, mais comme elle n'avait pas serré pour ne pas entraver la circulation du sang, Élisabeth se détacha facilement.

La porte de la chambre était fermée à clé, mais elle parvint à l'ouvrir avec une paire de ciseaux. Les serrures des HLM sont rarement très sérieuses. Elle passa le bout du nez : le couloir était vide, et on entendait seulement le père ronfler.

Elle sortit à pas légers.

La nuit était chaude, claire, bruissante. La lune était haute et pleine, miroitante.

Les animaux et les marées, le ventre des femmes, les moussons et les loups plus ou moins garous subissaient sa séduction et remuaient à son appel. Les services d'urgence des hopitaux psychiatriques étaient débordés, et des enfants naissaient à qui mieux mieux.

La cité Bernard-Tapie était tranquille. Il était très tard : les bandes s'étaient déjà disloquées. Élisabeth traîna longuement sans but. Elle marchait lentement, hésitant à chaque carrefour sur la direction à prendre, mais sans faire aucunement attention à la circulation. Une voiture l'évita de justesse, le conducteur se défoula en crachant des injures.

Elle avançait, somnambulique, les paumes des mains levées vers la divinité froide. Elle croisa un clochard ivre, pas méchant, qui se retourna sur elle, étonné de son allure de zombie, et lui tendit sa bouteille. Mais Élisabeth ne l'avait même pas vu.

Un autre homme la croisa, se retourna, se jeta sur elle et la ceintura. Il riait à pleine gorge de sa facile victoire, mais elle réussit à reculer le haut de son propre corps pour prendre de l'élan et lui envoya un formidable coup de poing dans la figure. Il la lâcha sur-le-champ, trébucha, se frotta la mâchoire, et se prépara à répliquer, mais elle était déjà loin.

Elle dérivait, marcha encore. Son pied droit, qu'elle avait cogné par mégarde contre un pied de la table de la cuisine, lui faisait mal. Elle boitait un peu.

Elle arriva dans la zone industrielle près d'un vaste chantier, avec des ouvrages de béton, des grues fantômes, des machines, des méandres. Elle s'assit par terre, massa son pied, puis son attention fut attirée par de petits gémissements : un jeune couple se livrait à un flirt poussé au-dessus de la falaise qui dominait l'excavation du chantier.

Elle se figea. Les amoureux ne faisaient pas attention à elle. Ils étaient laids, mais avaient l'air heureux. Elle regarda quelques secondes ce bonheur, ferma les yeux. Leurs petits couinements devaient cesser à tout prix.

Elle s'approcha.

50

Une heure après, le commissaire Morvan sortit de sa voiture personnelle passablement déglinguée en soupirant. Il portait une veste assez chic sur un pyjama orné de petits mickeys. Il était chaussé de charentaises et fredonnait :

« Gaby, oh Gaby, tu devrais pas me laisser la nuit, je peux pas dormir, je fais que des conneries... »

Arrivé devant le commissariat, il respira un grand coup, regarda sa montre et monologua :

« Mais qu'est-ce qu'ils sont cons, mais qu'est-ce qu'ils sont cons ! Toujours s'entretuer en pleine nuit ! »

Il pénétra dans le commissariat en traînant les pieds.

Chez Julien, la lumière de la chambre était très douce. Julien était couché et feuilletait un article intéressant sur l'origine des langues dans un magazine scientifique, innocente parade contre l'angoisse de l'insomnie. Pelotonnée de l'autre côté du lit, Catherine, sa femme, dormait en ronflotant. Pourquoi arrivait-elle à dormir les nuits de pleine lune et pas lui ?

Julien la poussa d'un geste qui, s'il était sans brutalité, ne trahissait pas une grande passion : la jeune femme s'arrêta de ronfler. Julien reprit sa lecture avec un soupir d'aise. Puis la jeune femme recommença à ronfler. Julien leva les yeux au ciel.

Un autre bruit lui fit froncer les sourcils : quelque chose remuait entre les rideaux. Julien se redressa, inquiet, hélant son chat.

« Jones ? C'est toi ? Le chat, Minouminouminou ? »

Mais il eut la surprise de voir Jones, son chat, entrer dans la pièce par la porte du séjour entrouverte. Il ouvrit la bouche toute grande d'effroi. Il eut le temps de balbutier un « Qui est là ? » mal assuré, lorsque les rideaux s'écartèrent et qu'Élisabeth surgit de la fenêtre, finissant d'enjamber la rambarde. Julien stupéfait jaillit de son lit, vêtu d'un caleçon à fleurs et d'un T-shirt militant contre la déforestation. Il mit un doigt devant sa bouche en désignant sa femme.

« Chchchtttt... Ne la réveille pas... »

Élisabeth fixa Julien sans rien dire. Il la prit par la main et la fit sortir de la chambre à pas de loup.

Au commissariat, l'adolescente rébarbative qui flirtait dans le chantier était assise devant Morvan et Fourmillon, et sanglotait de façon hystérique en balbutiant « Alain... Alain... »

« Eh ben quoi, Alain ? » disait Fourmillon, toujours délicat et psychologue.

Mais la malheureuse se bornait à répéter ce prénom de façon compulsive. Le commissaire essaya la méthode du oui ou non, et se mit à lui poser des questions qui n'induisaient que des réponses affirmatives ou négatives. Il lui demanda si cet Alain l'avait violée, agressée, battue, menacée d'une seringue, s'il lui avait pris son sac, mais il n'obtint que des mouvements de tête désordonnés.

« Ben mon petit, si vous ne dites rien, comment voulez-vous qu'on l'arrête ? » dit Fourmillon, exaspéré.

La jeune fille se mit à pousser des beuglements de veau. Le commissaire s'approcha en tendant le cou comme pour admirer un lépidoptère.

« Mais c'est la petite Pochard, des assurances Pochard ! » découvrit-il.

« Absolument », confirma Fourmillon.

« Elle a vu le monstre ? »

« Non non. Elle n'arrête pas de répéter « Alain ».

« Comment, non ? Il y a des monstres qui s'appellent Alain ! »

Fourmillon somma brutalement la jeune fille de dire ce qu'avait fait cet Alain. Mais elle le fixait en pleurant la bouche ouverte, comme une réclame pour l'antique vermifuge Lune. Alors Fourmillon prit un air qui se voulait scientifique.

« Ça fait une heure que c'est comme ça. Ça ne serait pas un cas d'autistisme, par hasard ? »

« Autisme, abruti. Pas du tout, c'est un cas de trouille », dit le commissaire qui pêcha dans un tiroir une bouteille de whisky et des gobelets de carton, servit une rasade gigantesque à la gamine et la força à boire. Elle s'étrangla, Fourmillon lui tapa dans le dos si fort qu'il la fit tomber de sa chaise et la récupéra de justesse avant qu'elle n'eût touche le sol.

« Ne la dérouille pas ! » s'interposa le commissaire.

Il refit boire la jeune fille qui se débattait en lui pinçant le nez. Un peu libérée par l'alcool, elle finit par dire :

« J'étais avec Alain. On se promenait. »

Le commissaire sourit : ça commençait à venir. Il lui demanda beaucoup plus doucement où elle se promenait, mais elle se mit à trembler et répondit qu'ils l'avaient vu.

« Qui ça ? », demanda le commissaire.

La jeune fille hurla :

« Il a tué Alain ! »

« Ah ben voilà ! C'est plus clair ! », dit le commissaire, content.

« C'était le monstre ? », dit Fourmillon.

La jeune fille se prit la tête à deux mains.

« Je ne sais pas... Alain... »

« Il était comment, celui qui a tué Alain ? » dit gentiment le commissaire. Aidez-nous, pour qu'on le rattrape et qu'on l'envoie aux Assises. Essayez de vous rappeler ! »

« Il a jeté Alain », dit la petite avec les yeux exorbités.

« Jeté ? », s'étonna le commissaire.

« Dans le chantier », dit la jeune fille qui se leva en titubant et se dirigea vers le portemanteau dans le but de reprendre son manteau. « Et tout son sang a giclé. »

Il y avait en effet quelques bavures de sang encore frais sur le manteau. Le commissaire tendit un mouchoir en papier à le jeune fille pour qu'elle les essuie, mais elle ne prit pas le mouchoir. Il aurait sans doute fallu mettre le manteau de côté pour le légiste, mais la lune rendait les policiers irrationnels eux aussi.

« Il était comment ? » demanda le commissaire.

« Alain ? »

« Non, le monstre. »

« J'ai vu que ses cheveux... Il était grand. Il était très blond. Oh ! il l'a tué. Ooooooooooh ! »

« Et après ? Il ne vous a pas agressée ? »

« Non... Il ne m'a même pas regardée. Je crois qu'il ne m'a même pas vue. »

« Ça colle avec nos constatations, dit Fourmillon. Ce Alain Machin, qui s'appelle Le Goff, on l'a retrouvé dans le nouveau chantier de continuation régionale du RER, empalé sur les tiges de contrainte du béton. Il y a sept tiges en tout qui lui sont passées en travers du corps. Je vous dis pas le tableau. On a pensé qu'il avait glissé, mais il ne fait pas glissant en ce moment, et puis on y voit comme en plein jour avec la lune qu'il fait... »

« Ouais, ouais, avec la lune qu'il fait... » répéta le commissaire en considérant son adjoint de travers. Il se précipita pour soutenir la petite Pochard qui, complètement ivre, son imperméable enfilé doublure dehors, essayait d'ouvrir la porte des toilettes en répétant :

« Bon, puisque Alain est mort, je vais me coucher, moi, je vais me coucher. »

« Pas question. On retourne au chantier tous ensemble. »

« Tous les trois ? Maintenant ? Pourquoi ? » demanda Fourmillon.

« Pourquoi ? Pourquoi ? (Le commissaire esquissa
un pas de danse.) Pourquoi est-ce qu'il a épargné la
petite Pochard ? Je suis sûr qu'on va trouver quelque
chose là-bas, il faut qu'elle nous emmène. Quelle
nuit ! (Il recommença à fredonner.) Je fais mon foo-
ting au milieu des algues et des coraux... »

Ils sortirent du commissariat. Fourmillon était
obligé de traîner la petite Pochard qui n'arrêtait pas
de perdre ses chaussures. Sur le pas de la porte, le
commissaire s'arrêta et regarda en l'air en direction
de la lune, extatique :

« Qu'elle est belle, ce soir... ! »

51

Julien, soucieux de pudeur, avait passé un jean, et s'était attablé en face d'Élisabeth dans la cuisine. Élisabeth mangeait des restes de poulet. Elle était très sale et dévorait comme un animal, jetant les os rongés par terre. Julien n'était pas encore remis de son intrusion inattendue. Il la laissa manger en silence, lui servit un verre d'eau, puis lui demanda timidement d'où elle venait.

« J'ai pas... la clé... de chez moi... », dit-elle en bégayant à moitié, du gras de poulet lui barbouillant le visage.

« Je vais te raccompagner... Ils sont là, tes parents ? »

Elle hocha la tête.

« Elle est très gentille, ta mère... ton père aussi ! Et tes petits frères, euh... eh bien il faut les supporter. Dès que tu auras un travail, tu pourras déménager, ne plus les voir. »

Elle ne répondit pas, continuant à ronger un os, faisant craquer les cartilages.

« Tu as peur de tes parents ? Il ne faut pas avoir peur d'eux. »

« J'ai pas peur, dit Élisabeth. Elle est loin, la maison ? »

Julien était de plus en plus décontenancé.

« Ta maison ? Non... Pas très. Je sais où c'est. »

Élisabeth attrapa un morceau de pain tranché qui était encore dans un sachet de plastique et mordit le tout. Julien lui enleva le paquet de la bouche, le défit, enleva le plastique. Elle essayait tout le temps de le lui reprendre en grognant. Quand il eut libéré une tranche, elle la lui arracha des mains. Julien déglutit péniblement.

« J'aimerais que tu te soignes », dit-il. Elle ne répondit pas. « Et que... que tu recommences à jouer du piano. »

Elle ne comprenait pas la moitié des mots que Julien prononçait. D'ailleurs, lui-même était tellement malheureux qu'il disait n'importe quoi.

« Tu ne vas pas te laisser abattre par une dépression !... Tout le monde en fait ! Et on s'en sort (Doucement, tristement.) Ma chérie... Élisabeth... (Plus énergiquement :) Il faut que tu me promettes de ne plus sortir toute seule la nuit. »

Elle se leva sans raison et alla regarder la lune par la fenêtre. Il se leva aussi et prit dans ses bras cet être hagard et dépenaillé, à des années-lumière de la jeune musicienne impeccable qui jouait du Mozart avec lui.

Elle ne le repoussa pas, mais resta inerte dans ses bras.

« Mon Dieu.... Élisabeth... est-ce que tu sais qu'il y a quelqu'un qui rôde dans les rues tout près d'ici ? Quelqu'un qui tue ? »

Il avait les larmes aux yeux. Il l'embrassa très doucement dans les cheveux. Elle se dégagea machinalement. Il chercha dans sa poche de pantalon les clés de sa deux-chevaux qu'il ne trouva pas, se dirigea vers le portemanteau fouiller dans la poche de son blouson. Comme la cuisine n'était éclairée que par une petite lumière assez confidentielle, il alluma a giorno et chaussa une paire de lunettes.

Il trouva enfin ses clés, mais au moment où il se retournait vers Élisabeth qui se tenait pile sous le plafonnier, il vit qu'elle avait une grosse tache de sang sur son T-shirt.

« Mais qu'est-ce que tu as ? Tu es blessée ? »

Il essaya de la reprendre dans ses bras, mais elle dit cette fois ci sur un ton soudainement froid et dur :

« Non. »

« Tu as touché quelqu'un ?...(Puis, paniqué :) Tu as rencontré quelqu'un ? »

Elle s'était remise à regarder la lune.

« Oui. Dans la rue. »

Julien s'énerva :

« Mais bon Dieu, est-ce que tu vas écouter ce que je te dis ? Il y un tueur dehors ! »

« Un tueur... », répéta-t-elle, indifférente.

« Un tueur fou... »

Elle hocha la tête en signe d'assentiment. Il sembla à Julien qu'il découvrait un masque étrange posé sur le visage qu'il connaissait et qu'il aimait. Il le parcourut de l'index sans que la jeune fille ne bouge, et se mit à trembler, fou de terreur. Ce sang. Ce visage inconnu. Un terrible chaos avait pris naissance en lui. Élisabeth victime du tueur fou. Élisabeth tueur fou. De toute façon en grand danger. Mais le tueur ? Venait-il de l'extérieur ou de l'intérieur ?

52

Afin de refouler dans le recoin le plus noir de son inconscient le soupçon blasphématoire qu'elle commençait à nourrir à l'égard de sa fille, Janine s'était construit un scénario joliment cohérent. Elle avait réussi à se persuader que c'était Alija le monstre qui rôdait dans Sabligny et décimait l'innocente population de cette médiocre bourgade. C'était lui le « serial killeure », le loup-garou, le vampire, et basta. Le mobile ? Des affaires de Yougoslaves, évidemment. Les Yougoslaves, elle n'avait rien contre, mais on disait partout que c'étaient des gens pas comme tout le monde — surtout quand c'étaient des Romanos ! — et exotiques, qui avaient sûrement apporté dans leurs bagages des manières mystérieuses et exotiques de régler leurs petites affaires.

Cette explication idiote avait le mérite d'expliquer pourquoi Élisabeth s'échappait la nuit et rentrait avec des T-shirts souillés de sang. Elle assistait aux agressions et aidait peut-être son amant à compresser des Basques ou à transpercer des Bretons. (Drôle de politique pour des Yougoslaves !... hypothèse de complot anti-Gaulois digne de Fourmillon...) Mais Alija ne lui voulait sûrement pas de mal, et pour qu'elle échappe à cette complicité Tarantinesque il suffirait à l'avenir de l'attacher un peu mieux qu'avant.

Janine était contente de ses déductions : l'avenir n'était pas aussi sombre qu'elle l'avait craint. En fait c'était surtout le Ricard qui avait éclairci son horizon.

Hélas ! son mari balaya d'une seule petite phrase tout ce bel édifice de logique. Il lui révéla en se rasant, alors qu'elle poussait du pied sous la baignoire un vêtement taché d'Élisabeth, qu'on savait enfin ce qu'était devenu Alija.

« Il s'est fait arrêter pour cause de sans-papiers. »

« Mais depuis quand ? »

C'était très ennuyeux, ça ! S'il moisissait en cabane depuis qu'ils avaient retrouvé leur fille errant dans la cité avec des sparadraps partout, ça justifiait le désespoir de la petite, d'accord, et ça blanchissait son amant du crime de saloperie, de désinvolture amoureuse et de plaquage inconsidéré, mais ça le blanchissait aussi complètement de l'hécatombe subséquente... Alors qui Élisabeth secondait-elle au cours de ces boucheries ?

« Quand ? Quand est-ce qu'on l'a arrêté ? »

« Ben, juste quand Lili est revenue à la maison ! Pauvre petite, ça lui a porté sur le système, qu'on arrête son amoureux. »

« Comment tu sais tout ça ? »

« C'est Jean-Pierre qui m'a tout raconté. »

« Merde alors. »

« Ben oui, il était très copain avec Alija, tu vois, pauvre garçon, tu réalises ? Il s'est renseigné, des fois que son pote lui aurait tué son frère... eh ben non. Le jour du coup de la perceuse, Alija était déjà au trou. C'est quand même un hypocrite, Morvan. Il a toujours fait semblant de ne pas être au courant... Tu ne crois pas qu'on devrait le dire à Lili ? Ça lui ferait moins de peine de savoir qu'il ne l'a pas larguée. »

« Minute ! Ne lui donne pas des faux espoirs comme ça, Gérard. S'il l'aimait toujours, il lui aurait écrit ou téléphoné », dit Janine qui se faisait des illusions sur les égards démocratiques auxquels avaient droit des étrangers arrêtés en situation irrégulière.

Gérard en resta le rasoir en l'air, il n'avait pas pensé à ça.

Quand il arriva au garage, il tenta d'en savoir un peu plus par Jean-Pierre, mais c'était très risqué de remettre la question sur le tapis, parce que le pauvre rouquin était complètement déstabilisé par la mort de son frère et l'état de nerfs de son père : Châtelard torturait littéralement son personnel. Ahmed, Jean-Pierre et Gérard vivaient des heures difficiles.

Pendant que son mari essayait d'éclairer leur lanterne en glanant des indices, Janine passait l'aspirateur dos au poste de télévision.

Sur l'écran se succédaient des pubs d'un luxe insolent et d'une grande beauté formelle, fringues inabordables, bagnoles rutilantes, téléphones portables hyperperformants qu'il fallait absolument acquérir pour continuer à vivre vrai.

Élisabeth était affalée sur le divan, l'œil dans la direction du poste, mais sans le regarder.

Comme le son des spots de pub est toujours plus fort que celui des émissions non publicitaires et qu'il s'harmonise plutôt mal avec le ronflement des aspirateurs, Janine était obligée de hurler pour se faire entendre.

« Je veux bien croire que tu n'as pas couché avec monsieur Garnier, et puis d'abord, je m'en fous, et puis deuxièmement au point où on en est, ce pauvre Hubert ne ressuscitera pas. »

En passant devant le buffet elle remarqua un verre oublié contenant un liquide non identifié. Elle le renifla, le siffla avec une expression dubitative. Ça n'avait pas l'air planant, le vin de qualité médiocre tournait rapidement au vinaigre.

Elle soliloquait en même temps que les spots qui promettaient aux consommateurs un avenir amphigourique très différent du sien, mais il aurait fallu revêtir certains jeans, boire certaines boissons à bulles, acheter certains surgelés, certaines voitures, certains détergents, protège-slips, assurances-funérailles ou chewing-gum light.

« Je me demande si les Châtelard... à force de maquiller des bagnoles et de faire de la carambouille... ils se seraient pas pris les pieds dans leurs magouilles... les casseurs de bagnoles, c'est pas des ramollos. Ça se pourrait bien qu'ils aient réglé leur addition comme ça ! »

Elle jeta un coup d'œil à sa fille qui ne bougeait pas et poursuivit.

« Règlement de comptes ou pas, je ne veux pas que tu ressortes la nuit. Compris ? (Elle brandit le tuyau de l'aspirateur comme un pistolet-mitrailleur.) Eh, Lili ? Tu réalises, ou quoi ? Ça fait trois fois que tu sors toute seule, juste quand il y a un assassinat. Trois assassinés dans la même semaine, ça fait un paquet ! »

Elle arrêta son aspirateur et se planta bras croisés devant sa fille.

« D'abord là maintenant qu'on est toutes seules tu vas me dire pourquoi j'ai trouvé du sang sur tes affaires ? Hein ? Qui est-ce que tu as approché ? »

À la télé, les pubs avaient fait place à un flash d'information. Élisabeth n'avait pas répondu. Janine commença à s'énerver.

« Tu ne dois pas toucher à un mort ou à un blessé. Toucher à des morts, c'est morbide. (Subitement plus gentille, elle s'accroupit devant Élisabeth et lui prit la main.) Les assassinés, laisse ça aux flics. O.K ? Ta docteur elle a dit qu'il fallait pas te contrarier, mais il y a des limites ! »

Apparut sur l'écran une très jeune présentatrice qui n'avait pas l'air d'avoir inventé l'eau tiède. Elle avait des boucles d'oreille gigantesques et était maquillée à la truelle. Elle ânonnait son texte, les yeux rivés à son prompteur, qu'un assistant distrait avait dû placer trop haut, ce qui faisait qu'elle parlait en ayant l'air de s'adresser à l'archange Gabriel et pas au public de Télé-Interfluviale.

« Flash exceptionnel sur les événements de Sabligny après la découverte du corps d'Alain Le Goff, barman stagiaire, retrouvé empalé sur les tiges de béton pré-contraint du nouveau chantier de prolongation régionale du RER, belle réalisation de notre conseil général que d'aucuns taxent trop volontiers d'immobilisme. » (Janine fit une grimace de dégoût, non pas à cause de l'immobilisme du conseil général, qui ne l'avait jamais tracassée outre mesure, mais à cause de l'image du type empalé, et marmonna qu'ils auraient pu leur épargner le détail.) « Je passe la parole au commissaire François Morvan, chargé de l'enquête » (Janine fit un petit sourire complice à l'image du commissaire. Il leur avait peut-être caché l'arrestation d'Alija, mais il était quand même plutôt sexy.)

L'expression sérieuse et tendue du commissaire contrastait avec celle, ravie, de la présentatrice.

« L'absence de mobiles et de liens entre les diverses victimes conduit naturellement à penser qu'il s'agit des ravages de la folie. Nous sommes en présence d'un malade mental extrêmement dangereux. »

« Vous êtes sûr, commissaire, qu'il s'agit du même monstre pour tous les meurtres de ces jours-ci ? »

« Pour le droguiste-heu-routier de la rocade, nous ne sommes pas encore sûrs que ça soit notre monstre à nous.... c'est peut-être un autre monstre. »

Est-ce que ça pourrait être celui qui avait violé la fille du légionnaire qui était vigile au « Tout à cent francs » ?

« Mais non, la fille du légionnaire c'était son père,

comme pour ses petites sœurs, d'ailleurs. Mais pour les autres... »

Il se leva et montra une carte routière de Sabligny punaisée sur un grand tableau.

« Nous avons rentré plus de pfff... une foultitude... quelque chose comme mille données dans notre ordinateur... sans trouver de point commun aux victimes. Rien dans leur caractère, leur profession, leur comportement habituel ne les relie les unes aux autres... sauf le fait d'avoir été assassinées dans un périmètre assez réduit qui aurait pour centre la cité Bernard-Tapie. »

Sur la carte, un ensemble d'immeubles avait été entouré d'un gros trait de marqueur rouge. Janine poussa un cri d'horreur.

Dans le poste, la présentatrice excitée gloussait :

« Il y a donc un sadique dans la cité Bernard-Tapie ! »

Le commissaire lui lança un regard de haine. Il avait envie de l'étrangler et faisait des efforts opiniâtres pour que ça ne se voie pas trop.

« Bravo, chère Mademoiselle. C'est ce que j'allais conclure, mais en employant de préférence le terme de psychopathe ! La cité est depuis tout à l'heure sous haute surveillance. (Il fit face à la caméra, ainsi que les mimiques itératives de l'assistant réalisateur le lui prescrivaient.) Je m'adresse à tous mes concitoyens : ne sortez plus seuls la nuit sans nécessité impérieuse, et surtout surveillez vos enfants... (L'assistant essayait par des gestes de plus en plus explicites, de l'inciter à « pradéliser » sa façon de s'exprimer, mais François Morvan était un homme libre : il aurait fallu, pour l'amener à cette extrémité, lui pointer une Kalachnikov dans le dos.) Un numéro vert est à votre disposition, qui vous reliera au commissariat central de Sabligny... »

Janine trouva par miracle un vieux stylo publicitaire et nota le numéro vert sur le coin d'un *Télé Z* vieux de dix-huit mois. On ne savait jamais. Puis elle éteignit le poste et regarda longuement Élisabeth qui fixait l'écran noir.

« Allez, Lili, viens au docteur, ça va être l'heure de ta séance pour la tête. Faut que tu t'occupes. Allez ! Lève-toi ! »

Pendant que se déroulait la séance de psychothérapie au dispensaire Desmond-Tutu, Janine essaya de fixer son attention sur le contenu des magazines gisant sur la table basse de la salle d'attente de la psy. Il y en avait pour tous les goûts : de *Gala* au *Courrier International*. Ces deux extrêmes ne la tentèrent pas : elle se rabattit sur un vieux *Marie-France* qui explicitait des recettes de cuisine indienne : c'était très joli sur la photo, mais il fallait des épices qu'on ne trouvait pas en ville. Et puis elle n'arrivait pas à se laisser griser par la fabrication des tandoori : elle était trop stressée par les révélations du commissaire. Elle savait que sa fille était mêlée aux abominables meurtres, et qu'elle avait une nuit ou plusieurs nuits croisé le Loup-Garou du grand échangeur. Elle l'avait croisé, oui, mais aperçu ? attiré ? repoussé ? ou alors couché avec ?

Ou alors.

Elle la revit petite, silencieuse, tellement jolie, polie, tellement appliquée, puis adolescente, étrangement solitaire et docile. Les petits enfants doivent
détester l'école, et ados doivent être révoltés, tout le
monde dit ça, tous les magazines l'écrivent, tous les
films le prouvent. Il paraît que c'est normal, obliga-
toire. D'accord, on dit pas mal de conneries à la télé,
mais l'analyse même rudimentaire exprimée dans les
émissions que Janine avait regardées lui paraissait
logique. Les jeunes qu'elle avait connus frondeurs,
râleurs et provocateurs étaient tous rentrés dans le
rang une fois franchie la barre des vingt ans.

Mais Élisabeth ?

Elle essaya de raisonner d'une façon mathématique.

Un : si les enfants agressifs sont les enfants normaux, c'est que les enfants sages sont donc les enfants pas normaux.

Deux : si on a tous une quantité de violence égale
dans la tête, comme une quantité égale de sang dans
le corps, alors celle d'Élisabeth ne se manifestait pas
comme celle des autres qui braillaient, tapaient, in-
sultaient, taguaient, cassaient. Elle avait bien remarqué certaines colères blanches, silencieuses, de sa
fille, certaines petite phrases assassines prononcées
d'une voix douce et égale, mais...

La psy vint lui dire quelques mots gentils à la fin
de la séance. Janine l'entendait à peine. Ma fille est
une Martienne au secours agent Mulder. Je voudrais
tellement savoir mais sans la trahir, ah il faut la distraire, oui docteur voilà les cent cinquante francs oui

je prends la feuille de Sécu merci docteur à la prochaine d'accord.

Distraire Élisabeth, oui, bon, d'accord. Qu'est-ce que Janine pouvait bien faire sans un sou ? Elles traînèrent dans les rues de Sabligny. Janine lui montra des étalages, essayant de l'intéresser aux robes, aux chaussures à la mode. Elle la fit entrer dans un magasin de disques pour écouter les derniers tubes, lui acheta une glace monumentale... Elle essaya de toutes ses forces de lui procurer les petits plaisirs des jeunes filles de son âge. Mais Élisabeth avançait sans rien voir.

Elles rentrèrent à la maison. Janine consulta le tableau des médicaments qu'elle avait affiché dans la salle de bains, frère jumeau de celui de la cuisine, fit allonger Élisabeth sur son lit et lui donna une gélule à prendre avec un verre d'eau. Obéissante comme un chien, elle l'avala.

Janine resta longuement assise sur le bord du lit, caressant la tête de son enfant. Elle ressentait un besoin vital de parler d'elle avec quelqu'un sous peine d'implosion.

Mais avec qui ? Elle n'avait pas d'amies, juste de vagues copines qu'elle rencontrait dans les allées de la cité ou au supermarché, mais avec lesquelles elle n'avait jamais eu de conversations intimes. Sûrement pas avec le commissaire, qui risquait de mettre Élisabeth en préventive s'il partageait ses soupçons. Même si elle arrivait à le séduire, il avait des devoirs. Son mari ? Il était trop vulnérable. L'entendre exposer de pareilles hypothèses concernant sa petite Lili risquait de lui flanquer une attaque. La psy ? Janine avait une peur bleue des psy, car les seuls qu'elle avait entendus s'exprimer étaient ceux qu'on invitait dans les émissions de télévision. Elle s'imaginait qu'ils parlaient tous un langage ésotérique : elle n'arriverait sûrement pas à dialoguer avec la jeune femme, et puis ses idées sur le secret professionnel étaient floues : si cette dame, qui avait l'air bien gentille, pensait qu'une de ses patientes était une « serial killeuse », elle la livrerait à la police, ou la ferait entrer dans un « asile de fous ». Enfin, l'image que Janine se faisait d'un hôpital psychiatrique datait de cent bonnes années : des créatures crépusculaires maltraitées, rampant dans leur pipi... Non, il n'y avait qu'un seul interlocuteur possible.

53

Quand Élisabeth se fut endormie pour de bon, Janine ferma soigneusement sa porte d'entrée, munie de nouveaux verrous, se rendit au Conservatoire et grimpa à la salle de musique.

La salle était vide. Janine regarda autour d'elle, déçue.

« Monsieur Garnier ? Eh, oh ? Vous êtes pas là ? »

Elle jeta un coup d'œil à sa montre et se dirigea vers les tables d'élève dans l'intention de s'asseoir, quand son attention fut attirée par une portée inachevée sur le tableau. Elle s'approcha, regarda et alla vers le piano. D'une main hésitante, elle joua ce qu'il y avait sur le tableau.

Julien entra sans bruit et s'arrêta pile...

« Mais vous connaissez le solfège ? »

Janine sourit comme une enfant, avoua qu'elle avait beaucoup aimé les cours de musique à l'école. Ses camarades la charriaient à cause de ça... Personne ne voulait étudier le solfège, sauf elle. Elle trouvait ça rigolo, on aurait dit une langue à part...

« C'est une langue », dit Julien.

Elle fit quelques pas dans la classe, attrapa un livre, l'ouvrit. Rêveuse, elle se retourna vers le jeune homme.

« J'aurais peut-être pu faire des choses, vous savez, si je n'avais pas eu tellement d'enfants ! »

Il l'assura que lorsque tous ses enfants seraient élevés elle pourrait reprendre ses études.

Janine n'y croyait guère. Il essaya de la persuader, lui promit qu'il lui donnerait des adresses, des tuyaux. Puis brusquement ce fut le silence. Ils se dévisageaient mutuellement, n'osant commencer ni l'un ni l'autre.

Au bout d'un long moment, Julien se jeta à l'eau.

« Madame... J'aimerais bien vous parler. »

« Ça tombe bien, je voulais vous parler aussi. »

Ils s'assirent, continuant à se scruter. Le premier pas était fait, mais le second s'annonçait aussi difficile. Ils ne savaient pas comment poursuivre.

« C'est à propos des leçons d'Élisabeth ? », risqua Janine.

« Non. »

« C'est à propos de quoi ? »

« Elle sort la nuit. »

Janine devint méfiante. Il était raide dingue d'elle, c'était évident, alors peut-être qu'il la suivait. Est-ce qu'il aurait vu le sang ?

« Ah oui ?.... Tiens...Vous l'avez rencontrée ? »

« Elle est venue chez moi la nuit dernière. »

« Quoi faire ? »

Là, Janine était sincèrement étonnée. Elle se rappelait très bien la jeune épouse rébarbative et la gamine cracheuse de purée. Pourquoi Élisabeth aurait-elle débarqué dans cet environnement hostile en pleine nuit ? Elle l'imagina en un éclair poignardant madame Garnier et déglutit péniblement. Quel cinéma je me fais, se dit-elle. Restons calme.

« Je crois que... qu'elle avait faim. Elle avait, euh... »

Il voulait parler des taches de sang sur le T-shirt, mais n'y arriva pas. Est-ce que Janine avait vu le sang elle aussi ?

« Elle a... mangé du poulet. »

« Bon, ben, je ferai attention, dit Janine, un peu rassurée mais sur ses gardes. C'est très embêtant qu'elle se balade comme ça toute seule. Elle pourrait faire des mauvaises rencontres. J'ai entendu le commissaire à la télé. Le monstre, et tout, et tout. Il paraît qu'il ne tue que des hommes, mais quand même ! Il pourrait changer d'avis ! »

« Madame... »

« Appelez-moi Janine. Qu'est-ce qu'il y a ? »

« L'autre soir, j'ai remarqué... »

Elle se crispa à nouveau.

« Quoi ? »

« Elle avait... »

Il posa une main sur son propre T-shirt à la hauteur de la tache qui figurait sur celui d'Élisabeth la nuit passée, espérant que Janine allait comprendre toute seule. Il avait du mal à soutenir son regard.

« Elle avait... (il n'y arrivait décidément pas) très faim. Elle a... dévoré comme une bête. »

Janine fut encore soulagée. Mais ça allait durer encore combien de temps, ce va-et-vient entre l'angoisse et le calme ?

« Ah oui... D'accord. Elle avait faim. Elle ne mange rien aux repas. Merci de me prévenir, je vais la forcer à manger, et puis je vais la surveiller mieux que ça. Mais la toubib, elle a dit qu'il ne fallait pas la contrarier et puis qu'elle est majeure. Alors je dois y aller mollo. Vous voyez ? »

« Je vois, je vois.... Vous avez des nouvelles de l'enquête, sur l'assassinat de son fiancé ? »

« C'est pas un assassinat du tout. Ce con il s'est électrocuté, alors il est tombé sur sa perceuse », dit Janine avec un aplomb que Julien admira.

« Élisabeth lui avait rendu sa bague ? Il paraît qu'on l'a retrouvée à côté du corps. »

« Mais non c'est pas elle, c'est mon mari qui l'a rendue, dit Janine, catégorique. Puisqu'il travaille au garage ! »

« Janine, comprenez-moi. Je veux la protéger, je veux l'aider. Je ne dirai jamais rien qui puisse... lui faire du tort. Vous savez, moi, je... je... »

« Vous l'aimez. Je l'ai bien vu ! Sinon, je ne serais pas venue ici. »

Elle avait dit ça avec simplicité. Il se sentait, malgré son chagrin, à l'aise avec cette femme.

« On étouffe, ici ajouta-t-elle. Vous ne trouvez pas ? »

Elle se leva et le prit d'autorité par le bras, le conduisit à la porte.

« Allez... venez donc, on va faire un tour. Faut

qu'on sorte, tous les deux. Vous flippez complètement, et moi... Moi, je me sens en prison. Une espèce de prison qui... qui viendrait de l'intérieur. »

54

Au moment où ils sortaient du Conservatoire, le commissaire, lui, sonnait à la porte des Pignerol. Il portait une veste beaucoup plus moche que d'habitude et avait le rhume des foins.

Lionel lui ouvrit la porte et le regarda d'un air hostile.

Le commissaire le lui rendit. Il trouvait que ce gosse était une caricature de sa sœur : son visage était fin, mais asymétrique et disgracieux, ses yeux étaient de la même couleur aquatique sombre, mais ils étaient petits et ronds comme des yeux de cochon au lieu d'être grands et en amande.

Et surtout il supportait mal l'agressivité narquoise chez les enfants.

Naturellement, la télévision était allumée dans le séjour et diffusait des dessins animés au graphisme rudimentaire, très laids, mais au prix d'achat très rentable.

Le commissaire fut obligé de brailler pour couvrir les hurlements des larves belliqueuses qui s'exterminaient à qui mieux mieux sur l'écran.

« Bonjour ! Qui es-tu, toi ? »

« Lionel Pignerol, vieux con. »

« Si tu veux un pain, je te conseille de continuer comme ça. »

« Vous avez pas le droit. Les jeunes, c'est nous qu'on a raison. »

Malheureusement, il n'a pas tort, se dit Morvan qui se sentit tout à coup très jaloux : quand il était enfant, les adultes avaient toujours raison, à présent qu'il était adulte, les enfants avaient raison. Quand avait-il eu raison, lui ?

« Je vais me gêner, haha ! Où sont tes parents ? »

« Rien à branler. »

« Et ta sœur Élisabeth ? »

Le gosse ne répondit pas et retourna vers ses émissions nullissimes. Le commissaire se saisit du zappeur et éteignit le poste. Le gosse hurla comme si on venait de lui arracher un ongle. Le commissaire lui tapa — pas trop — sur l'épaule et lui conseilla de dégager..

Il venait juste de s'apercevoir qu'Élisabeth était dans la pièce, debout près de la fenêtre, atone, les bras ballants le long du corps.

Avec une grimace complice, Lionel demanda :

« C'est pour elle que vous venez ? Elle a pété les plombs. »

Le commissaire le vira de la pièce à coups de pied dans le derrière puis prit Élisabeth par la main et la fit asseoir sur le canapé. Docile, elle s'assit, mais il savait qu'elle le regardait sans le voir. Il congédia de nouveau Lionel qui était rentré dans la pièce les observait, l'air chafouin. Cette fois-ci, on entendit la porte d'entrée claquer.

Le commissaire attrapa une chaise et s'installa en face d'Élisabeth. Le visage de la jeune fille s'anima légèrement. Elle semblait le reconnaître.

« Ma mère n'est pas là », dit-elle d'une voix sans timbre.

« J'ai retrouvé Alija Sejdovic », dit le commissaire.

Élisabeth frémit. Son menton remua, ses yeux s'animèrent, et elle balbutia, avec l'ébauche d'un sourire incrédule :

« Alija... »

Son visage avait quitté son immobilité cireuse. Elle cligna des yeux comme en face d'un soleil éclatant.

« Il est en examen. »

« Examen ? Il est malade ? »

« Lui, non, mais ses papiers (le commissaire appuya sur le mot « papiers ») sont malades. Il est en détention préventive. »

Élisabeth semblait lutter pour éclaircir ses esprits.

« Il revient quand ? »

« Oh... ça dépendra... La procédure... »

Il regardait intensément la jeune fille, mesurant les ravages de la chose à laquelle il ne savait pas donner de nom, une chose qui se situait entre une grande douleur et une maladie implacable.

« Je vais le voir ? »

« Mais oui, bien sûr que tu vas le revoir. Seulement, il faut avoir de la patience, il y a des formalités. En attendant, dis-moi... Quand est-ce que tu es allée chez les Châtelard pour la dernière fois ? »

Elle commença par remuer la tête de droite à gauche en haletant, puis se leva et réagit avec une violence qui le stupéfia.

« Je ne veux pas ! » Sa voix était devenue beaucoup plus sonore et elle s'était mise à tourner en rond nerveusement « Je ne veux pas le voir ! »

« Hubert ? Mais il est mort ! »

« Je le sais bien, qu'il est mort ! »

« Alors, qui est-ce que tu ne veux pas voir ? »

« Il ne va pas venir ici ? »

Le commissaire lui prit les deux mains entre les siennes.

« Il n'est pas question que Châtelard vienne ici. Compris ? Je voulais seulement savoir si tu étais allée rendre la bague. »

« Je ne voulais pas y aller. Mais Papa... Il fallait que je la rende. »

« Alors tu y es allée ? »

Elle fit oui de la tête.

« Toute seule ? »

Même mimique.

« Quand ? »

« Je... ne m'en souviens pas... Un jour... Il y a longtemps... »

« Hin, hin. Et cette bague... tu la lui as bien rendue ? »

« C'était une bague de fiançailles. On n'était plus fiancés. Je ne pouvais pas la garder. »

« Tu as bien fait. Mais le jour où tu as rendu la bague, il ne s'est rien passé de particulier ? Tu n'as rien remarqué au garage ? Tu n'as pas rencontré quelqu'un là-bas ? Quelqu'un que tu connaissais ? Ou alors un inconnu ? »

« Je ne m'en souviens plus. »

« Tu l'as rendue à Hubert ? »

« Oui, je lui ai redonné la bague. Papa est rentré du garage, il a dit il faut rendre la bague, moi je rends la bague, voilà. »

Elle était venue avec la bague, Hubert était mort peu de temps après, et cette fichue bague avait valdingué sur l'établi. Et la perceuse, est-ce qu'elle s'était mise en marche toute seule ?

« Il était là, ton père, ou il était dans l'atelier ? »

« Non. Il était rentré à la maison. »

« Et Ahmed, et Jean-Pierre ? »

« Je ne les ai pas vus, il n'y avait personne. »

« Mais Hubert.... Il était bien là ? Tu lui as donné la bague ? Il l'a prise dans sa main ? Qu'est-ce qu'il a dit ? »

Il se disait qu'il n'aurait pas dû la bombarder de questions : elle n'était pas en mesure de répondre. C'était même cruel de tourmenter quelqu'un qui n'était pas dans son état normal. Mais le moindre monosyllabe, le moindre frémissement de son visage, ses regards, la qualité même de ses silences le faisaient progresser.

« Il n'était pas content. Mais maintenant il est mort. Tout ce qu'il a dit, ça n'a plus d'importance. »

« Dis-moi... »

288

Elle le regardait avec un air beaucoup plus lucide qu'au début de la conversation. Elle comprenait très bien ses questions, à présent. Il en était sûr.

« Pourquoi est-ce que tu as tellement peur de Châtelard ? »

« Je n'ai pas peur de lui. Je n'ai pas dit ça. Mais je ne veux plus aller dans la maison du fond. »

Le commissaire soupira profondément. Il venait de faire la synthèse d'un tas d'idées éparses. Il lui assura :

« Tu n'iras plus jamais. »

Élisabeth se détendit et se mit à pleurer sans faire de bruit.

Il se leva, souffrant d'indécision avec une intensité qu'il n'avait jamais encore éprouvée, puis alla lui tapoter le dos avec compassion. Comme il ne pouvait voir son visage, il osa lui demander doucement si ça faisait longtemps, avec Châtelard.

Elle se retourna, le regarda, arrêta de pleurer. Elle était pâle comme la pleine lune.

« Quatre ans... »

« Mais alors... (Il était bouleversé.) À l'époque, tu... avais... quatorze ans ? »

« Madame Châtelard était morte... de quelque chose dans le ventre... alors... »

« Tu ne le verras plus. Tu as ma parole », dit gravement le commissaire, qui n'avait jamais été aussi sincère. « Pleure pas. Quel salaud. Violer une gamine de quatorze ans... et la donner en prime à son fils... »

« Mais, dit-elle, relevant la tête et le fixant d'un air

sincèrement étonné : Il ne m'a jamais violée, vous savez. »

Il se sentit aussi stupide que Fourmillon. Il avait tiré des plans sur la comète, et c'étaient des plans ordinaires, éculés, trop faciles. Il avait recopié un scénario-type, celui de l'adolescente violée qui se venge quatre ans après. Perdu ! Vieux feignant, va. Le labyrinthe devenait de plus en plus obscur et le Minotaure n'arrêtait pas de changer de visage.

Il alla regarder par la fenêtre, embrassant du regard, le cœur gros, ce paysage urbain qui s'offrait à sa vue dans la moiteur de l'après-midi. Il détestait la couleur blanche du ciel, cette ville, cette architecture, ces gens, ce bruit, ce gâchis... et se tromper.

« Mais si il ne t'a pas violée, alors pourquoi tu as si peur de lui ? »

Elle soupira, entrouvrit les lèvres, chuchota.

« C'est parce que... Non... je ne peux pas...... Vous allez... »

« Je ne vais rien du tout. Pourquoi, Élisabeth ? Je veux que tu me dises pourquoi ! »

« Parce que... j'aimais bien ça. J'aurais pas dû. J'aurais pas dû. C'est de ma faute. C'est pour ça que j'ai été punie. »

Il fit un geste d'apaisement. Pas dû quoi ? Au nom de quoi ? Punie par qui ? De quel droit ? Depuis des siècles, les hommes ne cessaient de réinventer un barbu vengeur assis très haut dans les nuages qui tenait une comptabilité inexorable des péchés, du karma, peu importait le nom, mais une comptabilité pointilleuse destinée à punir, toujours punir...

Et lui-même faisait partie du manège : il avait été toute sa vie un des zélotes du remplisseur de registres. C'était ça qu'il faisait chaque jour avec plusieurs épaisseurs de bandeaux sur les yeux et il n'avait plus envie de le faire.

Elle se rassit, se moucha, et demanda avec une voix de petite fille si Alija était avec une autre femme quand on l'avait retrouvé.

« Alija Sejdovic n'a pas suivi d'autre femme. Il a été arrêté... parce que sa demande d'asile politique avait été rejetée, que son permis de séjour était expiré : il était en situation irrégulière. Mais il était tout seul. Tu me comprends ? Il ne t'a pas trahie, ton Alija. Je ferai ce que je pourrai pour qu'il revienne ici. Je te le rendrai... Ne pleure plus... ne pleure plus, je t'en prie. Écoute plutôt de la musique... »

Il n'avait pas envie de la questionner sur les autres crimes.

Là-bas, le long du canal, Janine et Julien avaient réussi à trouver un endroit assez beau, à mi-chemin entre la nature folle et le dépotoir. Ils marchaient sur un ancien chemin de halage en se regardant avec beaucoup de sympathie mais aussi avec une grosse peur.

« Vous... croyez vraiment ça, monsieur Garnier ? »

« Vraiment ? Pas vraiment. Je n'en sais rien. C'est une hypothèse. De temps en temps, ça me saute à la figure. Et vous, qu'est-ce que vous croyez vraiment ? »

« Moi, ça dépend des moments. En tout cas, la fille de la rue Bidet elle est à part, c'était son mac qui l'a tuée parce qu'elle voulait raccrocher. »

« Mais les deux premiers types qui se sont fait agresser dans le quartier, on ne leur a pas retrouvé d'ennemis. Ils se sont fait tuer à dix minutes, à cinquante mètres l'un de l'autre. C'était bien le jour où elle est revenue ? »

« Ben oui. »

« C'était tout près de chez vous, non ? »

« Ça collerait très bien. Les deux c'était sur le trajet pour aller de l'hôpital de la Charité à chez nous. »

Janine contempla le canal, l'eau, les arbustes, les fleurs sauvages, toute cette beauté étouffée, cette nature rétrécie, le soleil qui n'arrivait pas à égayer le paysage. Elle soupira en regardant vers la péniche d'Alija qui somnolait au loin.

« Mais pourquoi ? » dit Julien.

« Je voudrais tellement le savoir », dit Janine.

Silence.

Elle se remit à parler avec une voix différente, assurée et saccadée à la fois.

« Elle a beaucoup de force. Elle a toujours tout fait trop fort. C'est logique. Elle a aimé ce type trop fort... Et puis l'amour s'est changé en je ne sais quoi... »

« Mon Dieu... Madame... Oh... Janine... Il ne faut pas qu'on l'enferme. Ni la police, ni les psychiatres. »

« Moi non plus, je ne veux pas qu'on l'enferme. Mais elle risque de continuer. Il va peut-être y avoir un mort tous les jours ! Je ne peux pas la laisser faire. Elle s'arrêta de marcher et changea de ton. Et puis mon mari, merde, s'il perd sa place... Vous en connaissez beaucoup, qui retrouvent du boulot à son âge ? »

« Élisabeth ne continuera pas si elle reste avec vous. »

« Pas si sûr... Il faudrait que je reste tout le temps accrochée à elle, sans rien faire d'autre, sans dormir la nuit. Il faudrait que j'achète des menottes ! Et mes gamins ? Elle va peut-être s'en prendre à eux ? Ils ne sont pas marrants, ils n'ont jamais arrêté de l'embêter, même tout petits. Et puis qu'est-ce qu'il faut que je dise à la toubib qui la soigne ? Elle va prévenir les flics aussi sec ! (Elle parlait de plus en plus vite, de plus en plus haut, déroulant le film-catastrophe de son avenir immédiat sur un appareil de projection emballé.) Il y a peut-être un médicament qui la ferait arrêter, mais pour qu'on lui donne le médicament, il faudrait que je parle ! Qu'est-ce que je dois lui dire, à la toubib ? Et à Élisabeth, qu'est-ce que je dois dire ? Dans quelle langue ? Quand elle me regarde, j'ai l'impression qu'elle ne comprend plus rien, qu'elle perd plein de mots tous les jours. Dites, comment est-ce qu'il faut leur parler, aux fous ? »

Julien la prit dans ses bras et la blottit contre son épaule. Ils restèrent immobiles, désolés, démunis.

« J'en sais rien. Moi aussi, j'ai bien remarqué qu'elle ne me comprenait plus... »

« Ça serait trop beau qu'il existe une langue pour eux... Tout ce que je sais c'est que.... je ne sais rien. Il faudrait... »

« Leur parler avec amour... » dit le jeune homme, dévasté.

« Je l'aime, moi aussi... dit Janine. Je vous jure que je l'aime... »

« Je sais. »

Élisabeth était attachée au canapé par une laisse de chien. Affalée, elle avait l'air plus morte que vivante.

À l'autre coin de la pièce, Janine était prostrée à côté du téléphone auquel elle jetait des petits coups d'œil. Elle se redressa tout d'un coup, déterminée, et claqua plusieurs fois des doigts. Élisabeth ne réagit pas. Janine se souvint avoir vu dix minutes d'une émission sur l'autisme, mais elle avait zappé, elle n'y comprenait rien. Elle se souvint aussi d'une chanson de Gainsbourg :

« Perdue dans son exil,

Physique et cérébral... »

Gainsbourg... tiens, oui, il aurait tout compris, lui.

Janine saisit l'appareil. Elle forma un numéro, sortit un peigne de sa poche et le plaça devant le combiné pour tenter de dissimuler sa voix. En parlant du nez, elle déclara :

« Le commissariat ? Écoutez bien et prenez des notes. Le monstre que vous cherchez, hein, celui qui a tué plein de gens à Sabligny, votre Loup-Garou du grand échangeur Nord-Est, je sais qui c'est... Non, je dirai pas mon nom à moi, pas question ! Le monstre, c'est... »

Elle ne put continuer. Elle raccrocha brusquement, fila se verser une rasade de Ricard qu'elle but cul sec.

Puis elle alla chercher un bol d'eau à la cuisine et fit boire Élisabeth, lentement, avec précaution, avec une grande tendresse.

« Non, je pourrai jamais. Non. Pas ça... Tant pis pour les autres, tant pis pour mes cons de gamins. Ils n'auront qu'à faire attention à eux. »

Elle fixa son enfant emmurée dans cette chose sans nom avec un abominable mais calme désespoir. Résignée. Elle la prit dans ses bras, la berça et lui caressa les cheveux. La jeune fille, retrouvant une attitude de petit enfant, se nicha contre sa mère avec un grognement d'aise.

« Je te garderai avec moi. Ils t'auront jamais. Ce soir je te détacherai et on ira faire un petit tour. Oh, merde et merde... »

57

Une petite voiture rouge bas de gamme et plutôt mal entretenue arriva aux pompes de la station-service Châtelard. La conductrice, une fille de vingt ans brune, vive, pleine d'entrain, écoutait un air de rock tonique en battant la mesure. Elle klaxonna deux petites fois, des couic couic joyeux, sans agressivité.

« Il y a quelqu'un ? »

Elle avait passé la tête à la fenêtre en relevant ses lunettes noires sur son front. Son très joli visage surprit agréablement Jean-Pierre qui sourit. La jolie brune le dévisagea avec sympathie.

« Coucou ! »

Jean-Pierre, qui n'avait pas souri depuis des jours et des jours, se sentit tout à coup plus léger.

« Le plein ? Super ou sans plomb ? »

« Sans plomb 95 !... »

Pendant que Jean-Pierre versait le carburant, la jeune fille s'abîma dans la contemplation d'une carte en fronçant les sourcils.

« Dites... »

« Ouais ? »

« J'arrive pas à lire ces machins-là. Je suis complètement paumée ! Comment je retrouve l'autoroute ? »

Jean-Pierre, qui avait fini de servir, s'approcha et regarda la carte. Leurs têtes se touchaient presque.

« Ben..., dit Jean-Pierre, faudrait faire demi-tour en sortant, prendre le boulevard Jean-Jaurès..., rester sur la file de gauche, tourner avant Castorama..., prendre la rue du Télégraphe... euh... »

Châtelard, qui avait une mine de déterré, surgit sur le pas de la porte de la boutique une boîte de bière à la main. Il clama très fort que son fils était toujours en train de draguer les pétasses. Le sourire de la jeune fille disparut.

« Il est sympa, votre patron ! », dit-elle.

« Et la fosse, elle va se nettoyer toute seule ? », hurla Châtelard.

Jean-Pierre regarda longuement son père et dit plus bas à la jeune fille :

« Et où est-ce que vous allez, comme ça ? »

« À Paris.... et après je descends à Avignon... j'ai plein d'invitations pour le off. »

« Le quoi ? »

« Le off du Festival. Tout un tas de spectacles d'avant-garde. »

Jean-Pierre contourna la voiture et ouvrit carrément la porte côté passager.

« Si je vous explique sur la carte vous n'allez pas trouver. Je vais vous montrer le chemin. »

La jeune fille balança son sac sur la banquette arrière pour permettre à Jean-Pierre de s'asseoir. Elle s'amusait énormément.

« Alors tu fais le copilote jusqu'à Avignon ? »

Jean-Pierre hocha la tête sans rien dire. La jeune fille sourit encore plus largement pour manifester son accord. Puis elle s'écria, comme si elle redescendait sur terre :

« Oh, mais, pour l'essence, ça fait combien ? »

« Rien... Cadeau... » dit Jean-Pierre. Il vit son père approcher et son sourire s'effaça. « Démarre, démarre, il y a le feu ! »

La voiture démarra sous les yeux de Châtelard, et de Pignerol qui l'avait suivi. Châtelard éructait, bafouillait, beuglait. Pignerol se mit à rire nerveusement. Enfin les fêlures du bunker ambulant devenaient visibles. Châtelard se retourna vers lui, prêt à frapper, mais il était trop sidéré par la réaction de Pignerol pour passer à l'acte et son bras retomba.

Pignerol lui dit, en s'étranglant de rire :

« T'as plus que moi, Robert, maintenant ! T'as plus que moi... »

Ils restèrent tous les deux face à face dans la chaleur étouffante de l'après-midi.

58

La canicule était la raison la plus vraisemblable qui avait poussé le commissaire Morvan à installer une table et des chaises dehors, sur le trottoir. Il était assis à la table et songeait sous le regard de deux plantons éberlués.

Il avait déroulé devant lui un grand plan de Sabligny, agrémenté de petits drapeaux de couleur. Il semblait jouer avec ses petits drapeaux, les piquant à différents endroits de la commune, puis sortit précautionneusement de sa poche une cassette qu'il inséra dans un baladeur. Il appuya sur le bouton et s'adossa confortablement pour écouter avec extase : c'étaient de vieux succès des Beatles.

Fourmillon arriva : Morvan arrêta *Yellow Submarine* à regret et se recomposa un visage sévère et compétent.

« Qu'est-ce qu'il y a ? »

« J'ai fini le portrait-robot psychologique du monstre. Mais il y a un problème. »

« Tu m'étonnes. »

Fourmillon brandit une liasse de feuilles d'un air dépité.

« D'après l'ordinateur le monstre pourrait être une femme. C'est impossible ! Et pourtant l'ordinateur est japonais. »

« Pourquoi impossible ? » demanda Morvan en faisant signe à Fourmillon de lui remettre ses feuilles.

« Les monstres, c'est jamais des femmes. »

Il ne voulait pas se défaire de ses feuilles, preuve d'un travail scientifique et acharné.

« Qu'est-ce que tu y connais, en monstres ? »

« Ben les « serial killers » comme l'Étrangleur de Boston, Ted Bundy, l'apprenti boucher de Melbourne, le rôtisseur de Lausanne... c'est des hommes, et des hommes qui tuent des femmes. »

« Apprends une chose, mon pauvre ami, c'est qu'en matière de criminalité, il n'y a aucune règle générale. Aucune !... Tu entends ? Et puis si tes monstres de référence sont des hommes qui tuent des femmes, là c'est un monstre qui ne tue que des hommes. Ça t'inspire quoi, comme déduction ? »

« Rien. »

Dans le regard du commissaire se lut une immense résignation. Son adjoint était un abruti, il le savait depuis longtemps, et il assumait.

« Je m'en doutais, se borna-t-il à constater. Est-ce qu'il y a eu beaucoup d'appels sur le numéro vert ? »

Fourmillon était bête, mais pas au point de ne pas analyser le « Je m'en doutais » de son supérieur. Vexé, il grogna :

« Un tas. »

« Tous identifiés ? »

« Pratiquement. »

« Alors tu te gardes ton portrait-robot psychologique et tu me donnes plutôt la liste des appels. »

Fourmillon lui tendit une autre liasse de papiers de mauvaise grâce. Pour une fois qu'il avait été fier de lui. Si peu... et c'était passé comme un rêve. Ça n'était vraiment pas en continuant à travailler sous les ordres de ce vieux fou qu'il allait avoir du galon.

Le commissaire siffla en regardant la liste des appels.

« Eh ben, il y en a un paquet. »

« Je vous le disais... Ils prétendent tous qu'ils ont reconnu le monstre. »

« Normal, dit le commissaire en parcourant la liste. C'est parce qu'ils trimballent eux-mêmes des ribambelles de monstres dans leur inconscient » (Là, Fourmillon se sentit vaguement inquiet.) Bon. Prends Grondin et Biquet avec toi, et retirez-moi de cette liste toutes les vieilles mémères hallucinées, toutes les ménagères de moins de cinquante ans qui s'emmerdent et veulent passer à la télé, tous les petits malins qui veulent fourvoyer la police, tous les ados qui veulent la niquer, tous les paranoïaques... »

Fourmillon fronça les sourcils.

« À quoi on les reconnaîtra ? »

« Demande à ton ordinateur, puisqu'il est japonais. (Il remarqua avec étonnement un nom en fin de liste.) Ah, merde ! »

Pendant que le commissaire s'attardait sur le nom

qui avait attiré son attention, un agent en tenue vint se planter devant lui. Il était essoufflé et scandalisé.

« Patron ! »

« Eh bien qu'est-ce qu'il y a ? »

« Patron ! Monsieur le commissaire !... Il y a qu'il y a... Ça alors... Vous devriez venir voir dans votre bureau. »

Le commissaire se leva. Fourmillon tança son propre inférieur d'un air arrogant, afin d'évacuer sur lui un peu de la rancune qu'il avait amassée à l'égard de son supérieur, ce qui est un exercice plus vieux que le monde.

« En voilà des façons ! », dit-il à l'agent stressé.

« Cool, Fourmillon », lui recommanda le commissaire, qui rentra à l'intérieur du commissariat, Fourmillon sur ses talons.

Pénétrant dans son bureau, il eut la surprise intense d'y trouver un homme jeune, très blond, suprêmement élégant, à mi-chemin entre la star du boy's band et le manager d'une start-up suffisant, qui s'était assis à sa place et avait les pieds sur son bureau.

Il avança et s'arrêta à dix centimètres de l'intrus. Fourmillon béait comme une carpe.

Sec, le toisant de haut en bas, le commissaire apostropha l'individu.

« Monsieur ? »

Avec un petit air ironique et royal, le jeune homme lui ordonna :

« Asseyez-vous. »

« Je vous remercie de votre urbanité, dit le commissaire, que j'apprécie d'autant plus que vous êtes dans MON bureau et que VOS godasses reposent sur des rapports officiels. »

« Bonne réaction », dit le jeune homme performant en se levant.

« Vous distribuez des bons points à quel titre ? » grogna le commissaire.

L'autre rigola.

« Vous êtes bœuf-carottes ? »

« Non, je dirige un access-peeping-team... ce sont des unités pilotes de l'ex-surveillance du territoire. »

Nullement impressionné, le commissaire gagna sa place et s'assit sur son siège après avoir épousseté ses dossiers.

« Et alors ? C'est pour jouer à la guerre des polices que vous investissez mon bureau avec une telle désinvolture ? Vous avez flanqué le bordel dans mes dossiers. »

« Vos dossiers sont caducs. »

« Caducs ? »

« L'affaire du monstre de Sabligny est réglée. Vous pouvez retourner aux bagarres d'ivrognes. »

« Quel bonheur ! Je raffole des bagarres d'ivrognes. »

Mais le jeune homme se situait lui-même à cent coudées au-dessus de ce genre d'humour. Il ne releva pas, et poursuivit, sur le ton de la confidence :

« Je viens d'appréhender les responsables des meurtres commis dans votre secteur. »

Il était ravi. Le commissaire eut un vague sourire bizarre. Un ange passa.

« Ah. Les responsables. Formidable ! Mais vous avez employé le pluriel... Puis-je connaître leur identité ? »

« Sûrement pas. » Le commissaire sursauta. « Leur identité concerne la défense du territoire. Mais vous pouvez néammoins savoir qu'il s'agit de deux terroristes yougoslaves particulièrement efficaces. »

« Deux Yougoslaves ? », répéta le commissaire, franchement surpris.

« Deux tueurs que je pistais personnellement depuis des semaines avec des moyens cybernétiques... sur le web et même en simulation virtuelle du KKZ Arkansas de Silicon Valley. Ils avaient pour mission d'abattre sur notre territoire un partisan bosniaque du nom d'Alija Sejdovic. »

« Et ils l'ont abattu ? »

« Pas du tout. Sejdovic avait été appréhendé la veille du jour fixé pour son exécution grâce à la sagacité de votre adjoint. »

Le commissaire regarda Fourmillon d'un drôle d'air. Fourmillon retint sa respiration. Mais son chef lui dit lentement :

« Je n'aurai qu'un mot : Bravo ! »

« Je compte sur vous, étant donné que vous l'avez sous la main, pour faire reconduire cet Alija Sejdovic à la frontière, et discrètement. »

« Comptez sur moi... vous pouvez compter ! Ça sera d'une discrétion totale, je m'engage à ce que personne au monde ne puisse s'en apercevoir... Mais quelque chose me chiffonne... pourquoi vos Yougoslaves ont-ils décimé la population de ce quartier ?

Qu'est-ce qu'ils avaient à foutre d'un droguiste, — droguiste ou routier —, qui n'était pas Yougoslave, d'un garagiste et d'un barman stagiaire, par exemple ? »

« Pour faire diversion, évidemment. Et le meurtre de Patricia Loucheur, prostituée qui travaillait sous la coupe d'un autre Yougoslave, était une diversion encore plus subtile. »

« Ah.... Évidemment... Mais, puis-je vous rappeler que son proxénète est passé aux aveux ? Et il portait sur le visage et aux mains des traces de brûlures qui cadraient très bien avec l'incendie de la voiture rue Bidet. »

« Diversion, vous dis-je ! Ces brûlures lui ont été infligées par mon binôme de terroristes, qui ont imité les brûlures virtuelles que le proxénète aurait pu contracter rue Bidet pour vous égarer ! »

« Mmmmmm... Quelle subtilité ! Quelle diversion... d'une ampleur inattendue, quand même. Tuer au hasard toute une poignée de citoyens ordinaires de la banlieue Est uniquement pour dissimuler leur règlement de comptes entre ex-Yougoslaves, je n'y aurais pas pensé. Un ou deux à la rigueur... mais... »

« Mais qu'est-ce qu'ils avaient contre la cité Bernard-Tapie puisque le Bosniaque qu'ils poursuivaient habitait une péniche sur le canal ? C'est pas à côté ! » intervint Fourmillon.

Le commissaire regarda Fourmillon avec stupéfaction : il venait de l'entendre dire autre chose qu'une ânerie.

« Manœuvre !, dit le jeune technocrate en claquant

dans ses doigts. Manœuvre basique de délocalisation, coutumière des unités terroristes balkaniques pro-Serbes destinée à interpeller les forces de police lambda qui raisonnent laborieusement selon des schémas obsolètes. »

« Lambda ? Évidemment, dit le commissaire avec un sourire extatique. Et obsolète ? Je me reconnais tout de suite. Vous êtes vraiment très forts, à la DST... »

« Nous sommes les meilleurs sur le marché. »

Là, le commissaire eut un hoquet.

« Le marché ?... Quel marché ? »

« Nous sommes jeunes et performants, c'est tout. Je n'admets dans mon team aucun élément de plus de trente ans et de moins de trente-cinq... trente-sept si son guide-line d'empowerment a vraiment été clean. (Là Fourmillon vacilla.) Et quand la DST sera privatisée... (ses yeux brillaient d'une ardeur toute commerciale et ses lèvres se retroussèrent sur ses belles dents étincelantes de jeune broker de Wall Street) nous mettrons un coup de booster sur une politique de marketing agressif qui... »

Mais le commissaire n'avait pas envie d'en entendre davantage.

« Eh oui... à mon âge, je n'aurais jamais pensé à ça. »

« Je vous laisse..., conclut le jeune homme, affairé. D'autres missions à l'échelle planétaire m'attendent. Vous ignorez, vous, ce que c'est que d'être constamment harcelé par la mondialisation »

Il sortit d'un pas sportif. Le commissaire le suivit

des yeux, pensif. Fourmillon était complètement déboussolé..

« Diversion... Pourtant j'aurais cru... »

« Pour l'amour du Ciel, tais-toi, Fourmillon... tais-toi... si tu veux que j'oublie que tu avais arrêté Sejdovic sans me le dire... »

QUATRIÈME PARTIE

L'ÉTERNITÉ

59

On sonna. Janine sursauta, détacha Élisabeth
qu'elle avait ficelée sur le canapé. Elle avait des gestes tendres et précautionneux. On resonna. Elle la
conduisit à sa chambre cagibi, l'assit sur son lit.

« Bouge pas, ma Lili. »

On reresonna.

« Voilà, voilà, on se calme ! »

Elle alla ouvrir en traînant les pieds et resta complètement suffoquée : Alija était là, devant elle, un
sac de marin sur l'épaule. Elle remarqua qu'il n'était
pas rasé et que ça lui allait bien.

« Elle est là ? » demanda-t-il simplement.

Mais Janine restait statufiée, bouche ouverte, regardant Alija comme paralysée par le rayon vert
d'un OVNI. Elle finit par articuler :

« Oui, elle est là, mais elle ne va pas bien du tout.
Entrez, restez pas sur le palier, vaut mieux pas qu'on
vous voie. »

Alija bondit dans le salon et demanda, fébrile :

« Qu'est-ce qu'elle a ? »

Janine se vrilla l'index sur la tempe puis se mit tout d'un coup très en colère...

« Ben, vous avez disparu tout d'un coup ! Vous êtes un beau salaud, mine de rien. Arrêté ou pas arrêté, vous auriez pu la prévenir ! C'est des choses qui se font, quand on aime une femme ! Ça ne coûte pas cher, un coup de téléphone ! Elle a cru que vous l'aviez larguée, elle ne s'en est pas remise, voilà ce qu'elle a. »

Le jeune homme, scandalisé par ce déluge, leva les bras au ciel.

« Je ne l'ai jamais larguée, merde, je l'aime ! J'ai été arrêté. La police m'a pris sur la route, et on ne m'a jamais laissé téléphoner. J'ai fait la grève de la faim pour avoir un avocat... j'en ai pas eu. C'est le commissaire Morvan qui m'a libéré. Où est Élisabeth ? »

La colère de Janine retomba.

« Ah ben alors... Quelle histoire... Et c'est Morvan qui vous a libéré... Mais pourquoi ils vous avaient mis en cabane ? »

« Mes papiers. Où elle est, Élisabeth ? »

Janine quitta la pièce en marmonnant qu'elle ne demandait qu'à le croire.

Alija regarda la laisse de chien sans chien attachée au bras du canapé, perplexe.

Puis Janine revient, poussant Élisabeth devant elle.

Élisabeth regarda Alija, pétrifiée. Puis son visage se métamorphosa comme celui de Jean Marais à la fin de *La Belle et la Bête* : elle redevint humaine.

Ses yeux aveugles recommencèrent à voir, le sang se remit à circuler dans ses veines.

Alija se jeta à genoux devant elle. Il enserra ses hanches de ses bras, posa sa tête sur son ventre. Elle passait les doigts dans ses cheveux.

« Élisabeth... Élisabeth... Ils m'ont arrêté... J'ai pas pu te prévenir... »

« Ça ne fait rien puisque tu es là. »

« Élisabeth... Même si j'avais été expulsé je serais revenu. Je ne peux pas vivre sans toi. »

Elle le fit relever. Ils s'embrassèrent, s'étreignirent, leurs corps s'imbriquant avec passion.

« Tu es là... Tu étais si loin et tu es là.... », répétait-elle.

« Je ne te laisserai plus jamais. »

Pendant ces effusions amoureuses, Janine s'était mise à courir dans tous les sens.

Elle alla chercher un vieux sac de voyage dans lequel elle entassa n'importe comment des affaires diverses appartenant à Élisabeth et même des objet divers qui ne lui serviraient à rien qu'elle empilait de façon compulsive en ahanant. Elle fouilla dans le buffet, en tira la carte d'identité de la jeune fille qu'elle tendit à Alija. Puis elle alla décoller un coin de la moquette sous un lampadaire et pêcha en dessous quelques billets de banque.

« Faut que vous partiez tous les deux. Vite. Prenez ça. Grouillez-vous. »

Alija protesta, ne voulant pas prendre les billets. Mais Janine, regardant sa montre, le supplia :

« Partez d'abord, je vous expliquerai après. Prenez ça. »

« Mais... »

« Ya pas de mais. Dépêchez-vous. »

Elle lui fourra d'autorité les billets dans la main.

Le téléphone sonna. Janine alla répondre en se mordant les lèvres. C'était le commissaire. Elle se composa un air enjoué.

« Allô, c'est vous, Commissaire ? Ma fille ? Ah, pas de veine, elle vient juste de sortir. Venez donc dans une heure ou deux ! »

Alija, avec la détermination de ceux qui ont eu souvent à faire avec la police, ne demanda pas plus d'explications. Il avait entendu le mot « Commissaire » : il saisit le sac de voyage, prit Élisabeth par la main et ils sortirent.

Janine, complètement épuisée, essuya du dos de la main la sueur qui dégoulinait sur son front et alla regarder par la fenêtre en traînant les pieds.

Elle vit le commissaire sortir d'une cabine téléphonique proche de l'entrée de l'immeuble, un esquimau à la main, le suçotant en clignant des yeux.

Elle mit une main sur son cœur, proche de la syncope.

Ils vont se croiser.

Ils se croisent.

Le commissaire regarda passer à deux mètres de lui Élisabeth et Alija avec leurs bagages. Il s'arrêta. Alija et Élisabeth aussi, paralysés comme deux animaux hypnotisés. Alors le commissaire leur sourit et dit en agitant son esquimau :

314

« Bonnes vacances ! »

Alija et Élisabeth détalèrent. Le commissaire se dirigea à pas lents vers l'entrée de l'immeuble en savourant son esquimau. Il rigolait doucement comme quelqu'un qui a mis un temps fou à réussir un puzzle de cinq mille morceaux et qui vient de décider à la dernière minute de le jeter au plafond parce que ça fera plus joli. Là-haut, à sa fenêtre, Janine n'en avait pas perdu une miette.

Quand elle eut vu le commissaire s'engouffrer dans le hall, elle se laissa tomber sur le canapé en soufflant comme un phoque, se secouant comme un chien qui s'ébroue au sortir d'une mare, trempée par des torrents de sueur.

On sonna.

Elle ouvrit avec un sourire grinçant. L'arrivée du commissaire ne cadrait pas avec son indifférence devant la fuite des amants. Qu'est-ce qu'il venait donc faire là puisqu'il les avait laissés partir ? La prévenir qu'il avait alerté le GIGN, les paras, la force de frappe, la CIA ? Mais elle reprit vite ses moyens et regagna le domaine qui lui réussissait le mieux : celui de la séduction.

« Ah, bonjour, tiens, c'est déjà vous ?... Vous vouliez me voir ? »

Elle était charmante, dans son empressement exagéré. Le commissaire remarqua qu'elle sentait un peu la transpiration, mais ce n'était pas pour lui déplaire. Il se passa la main dans les cheveux.

« Vous auriez quelque chose à boire ? »

Janine, ravie, se redit que son visiteur n'était pas si

mal de sa personne. Un peu gros, peut-être, mais ce n'était pas rédhibitoire. Et puis il dansait si bien le paso doble.

« Ah bien sûr ! Tu parles ! Mais comment donc ! Un Ricard ? »

Le commissaire s'assit et la suivit des yeux. Elle allait et venait de façon nerveuse, et ses gestes mettaient en valeur sa plastique. Le regard du commissaire s'attarda sur les belles jambes de son hôtesse, ses chevilles fines, sa cambrure marquée, son décolleté à l'italienne. Il fit une petite grimace de connaisseur.

Elle vint s'asseoir à côté de lui, posa une bouteille de Ricard, deux verres et des glaçons sur la table basse, servit deux rasades considérables et tendit un verre au commissaire avec un air ravi qui n'était pas vraiment catholique.

« Il fait chaud, hein ? »

« Ah, je ne vous dis pas ! »

Elle était crispée, mais tellement vivante. Le commissaire était ébahi. Il lui semblait qu'il n'avait pas éprouvé de désir depuis des siècles, qu'il n'en éprouverait plus jamais, et voilà que cette femme opaque, sur la défensive, farcie de mensonges, infiniment plus complexe que la ménagère moyenne cajolée par les télévisions, hirsute, mal ficelée dans une robe qui n'était pas à la mode, cette femme compromise dans une affaire de meurtres abominables, l'embrasait complètement. Il prit un ton mondain, espérant qu'elle n'aurait rien perçu.

« Vos enfants vont bien ? »

316

« Oui ! Très bien ! Tout baigne ! Collés au plafond ! »

Elle s'était donné un air extatique.

« Votre fille n'est pas là ? »

« Beuh ! Elle ne va pas tarder... comme je vous ai
dit ! Il fait beau, hein ? Les jeunes, ça se promène. »

« Ah oui... C'est vrai ! »

« Vous ne partez pas en vacances ? Ah, c'est vrai,
j'oubliais, avec le monstre ! Toujours en cavale, votre monstre ? »

Ils vidèrent leurs verres. Elle resservit tout de
suite et rebut, puis ramassa un programme de télévision tombé à terre et s'éventa avec. Elle croisa les
jambes très haut. Le commissaire avait un mal fou à
ne pas se jeter sur elle et la renverser sur le canapé.
Évidemment, elle avait très bien senti son trouble et
savait que l'entretenir était le seul moyen de gagner
du temps, de mettre sa fille hors de portée. Mais
atention : il n'avait pas l'air con. En faire trop lui
mettrait la puce à l'oreille, il fallait doser la provo-
cation.

Elle lui sourit d'un air séraphique. Il but sa
deuxième dose et dit lentement :

« Ne vous en faites pas pour votre fille... Ça n'est
pas grave... Je n'avais rien de spécial à lui dire... juste
des petits renseignements... j'interroge beaucoup de
gens, ces temps-ci. »

« Mon Dieu ça marche », se disait-elle. Elle fit un
calcul rapide : son mari rentrait ponctuellement du
garage à sept heures, ça leur laissait une marge...

Et dans le fond, coucher avec lui ne serait pas un

sacrifice si terrible que ça. Non, ça ne serait même pas un sacrifice du tout. Elle se surprit à se demander où et comment il passait ses week-ends. Elle se ferait sûrement moins tartir avec lui qu'avec son vieux Gérard légumifié et avec ses trois toxiques de fils. Elle se sentait de plus en plus légère : la petite avait retrouvé son homme et ils partaient loin de Sabligny. Et quand on se sent légère...

Le commissaire s'était mis à chantonner en levant son verre comme pour porter un toast :

« L'amour n'est pas que dans les chansons, Poupée de cire, poupée de son ! »

Elle adorait ce vieux succès. De toute façon elle adorait tout Gainsbourg bien qu'elle eût été incapable d'énumérer ce qu'il avait écrit. Ils reprirent en chœur :

« Suis-je meilleure suis-je pire, qu'une poupée de salon ? »

Quelqu'un toussota. Janine et le commissaire se retournèrent et aperçurent Julien Garnier se tenant sur le seuil de la porte palière restée entrouverte. Le jeune professeur était estomaqué par cette ambiance inattendue.

« Monsieur Julien !, dit Janine en éclatant de rire. Tiens ! Restez pas là ! Venez vous asseoir ! Vous voulez un Ricard ? »

« Non... Oui, merci Janine. »

Il se laissa tomber sur une chaise, elle le servit, mais il se releva et salua le commissaire.

« Bonjour Monsieur ! Excusez-moi ! Je suis venu

comme ça sans prévenir... Julien Garnier, professeur de musique. »

Janine jeta un œil un peu angoissé sur le commissaire, mais celui-ci répondait en souriant, très amène :

« Enchanté. Commissaire Morvan. (Julien sursauta.) J'étais venu prévenir madame Pignerol qu'elle n'avait plus de bile à se faire pour ses enfants, le monstre a été arrêté. En fait, c'étaient deux Yougoslaves. Vous n'avez pas bonne mine, jeune homme. »

« Ah ! », dit Julien, proche de l'évanouissement.

Janine, elle, s'étrangla avec sa boisson opalescente. Le commissaire lui tapa dans le dos. Elle avait les yeux hors de la tête.

« Vous avez arrêté le monstre ? Mais vous ne me le disiez pas ! Et vous dites deux Yougoslaves ? Mais comment ça se fait ? D'abord les Yougoslaves ça ne se dit plus, il n'y a plus de Yougoslavie, il y a plein d'autres pays à la place ! Et puis le monstre, ils étaient deux ? »

« Oui... Deux terroristes... Qui en cherchaient un troisième... et avaient un goût prononcé pour la diversion. »

Il faisait de grands gestes en rigolant, les deux autres se regardaient, inquiets, n'y comprenant rien, se demandant si le commissaire ne disjonctait pas sous l'effet conjugué de la température très élevée et de l'alcool. Puis il parla bas, sur le ton de la confidence.

« Vous savez la différence qu'il y a entre l'infaillibilité pontificale et les conclusions de la DST ? (silence égaré des deux autres). Moi non plus. »

Il éclata de rire et passa le bras autour de la taille de Janine qui pouffa et se serra contre lui spontanément, parce qu'elle en avait envie, et non pour faire de son corps un bouclier humain.

Quelque chose se dénoua dans le cœur de Julien. Tout d'un coup, il était moins malheureux. Il ne reverrait plus Élisabeth, et c'était mieux. Elle était heureuse avec son amant, lui redevenait libre pour d'autres émotions... peut-être pour un autre corps ? Le rire du commissaire était contagieux. Julien se mit à rire lui aussi. Ils rirent très fort tous les trois et reprirent en chœur, trinquant comme pour fêter une grande victoire :

« Je suis une poupée de cire, une poupée de son... »

60

Des oiseaux barbotaient dans l'eau du canal.
D'autres la frôlaient en faisant des ricochets. Les
bruits de la ville étaient loin. Les meurtres de la
terre ferme aussi : il n'y avait plus que cette route
d'eau toute brillante qui menait aux immenses
océans.

Alija manœuvrait la péniche à toute vitesse. Élisabeth l'aidait avec le sourire : ses gestes étaient précis,
efficaces. Quand ils eurent largué les amarres, mis le
moteur en marche et que la péniche eut commencé à
glisser sur le canal, Élisabeth se rapprocha d'Alija, se
serra contre lui, posa sa tête sur sa poitrine, noua ses
bras autour de son cou et enroula sa jambe droite
autour de la jambe gauche du jeune homme, afin
qu'un maximum de sa chair soit en contact avec un
maximum de la sienne.

Elle lui dit :

« On ne se quittera plus jamais... »

« Non, plus jamais. »

« Tu sais quoi ?... J'ai fait des drôles de rêves...
pendant que tu étais parti... »

Rêves ?

La péniche passa sous un pont, quitta l'eau miroitante et entra dans une eau noire qui se reflétait sous
l'arche en créant des images tremblotantes. Le visage d'Élisabeth changea. L'expression cruelle, hagarde, qui lui était devenue familière, reparut un
instant.

Puis la péniche revint à l'air libre. Élisabeth regarda Alija, son visage se pacifia et sa respiration redevint douce et régulière.

FIN

12 juillet 2000

Composition Nord Compo.
Reproduit et achevé d'imprimer sur Roto-Page
par l'Imprimerie Floch à Mayenne
le 2 novembre 2000.
Dépôt légal : novembre 2000.
Numéro d'imprimeur : 49908.
ISBN 2-07-049926-X / Imprimé en France.

91063